U0096803

茅盾研究八十年書系

錢振綱・鍾桂松◎主編

羅宗義◎著

23

茅盾文學批評論

花木蘭文化出版社

國家圖書館出版品預行編目資料

茅盾文學批評論／羅宗義 著 — 初版 — 新北市：花木蘭文化出版社，2014〔民 103〕
目 2+172 面；19×26 公分
(茅盾研究八十年書系；第 23 冊)
ISBN：978-986-322-713-7（精裝）
1. 沈德鴻 2. 中國當代文學 3. 文學評論
820.908 103010307

ISBN-978-986-322-713-7

茅盾研究八十年書系
第二三冊 ISBN：978-986-322-713-7

茅盾文學批評論

本書據廈門大學出版社 1991 年 8 月版重印

作 者 羅宗義
主 編 錢振綱 鍾桂松
總 編 輯 杜潔祥
副總編輯 楊嘉樂
編 輯 許郁翎
出 版 花木蘭文化出版社
社 長 高小娟
聯絡地址 235 新北市中和區中安街七二號十三樓
電話：02-2923-1455／傳眞：02-2923-1452
網 址 http://www.huamulan.tw 信箱 hml 810518@gmail.com
印 刷 普羅文化出版廣告事業
初 版 2014 年 7 月
定 價 60 冊（精裝）新台幣 120,000 元

茅盾文學批評論

羅宗義 著

提　要

本書作者在研究茅盾文學批評理論方面長期來有較多的探究，在此基礎上，又重新撰寫了這本專著，比較系統完整地總結了茅盾的文學批評實踐活動。作者分篇進行討論：上篇、文學批評觀論；中篇、文學批評方法論；下篇、文學批評者論；結語——在中國現代文學批評史上的地位。

目次

導言：比較中得出的一個結論

(一)

魯迅 1929 年在《〈文藝與批評〉譯者附記》中說：「必須更有眞切的批評，這才有眞的新文藝和新批評的產生和希望。」

茅盾 1921 年在《〈小說月報〉改革宣言》中說：「批評主義在文藝上有極大之威權，能左右一時代之文藝思想。」

(二)

魯迅 1927 年在《魏晉風度及文章與藥及酒之關係》中說：「我們想研究某一時代的文學，至少要知道作者的環境、經歷和著作。」1936 年在《「題未定」草》中又說：「我總以爲倘要論文，最好是顧及全面，並且顧及作者的全人，以及他所處的社會形態，這才較爲確鑿。」

茅盾 1922 年在《文學與人生》中說：「凡要研究文學，至少要有人種學的知識，至少要懂得這種作品產生時的環境，至少要了解這種文學作品產生時代的時代精神，並且要懂得這種文學作品的主人翁的身世和心情。」同年在《「半斤」VS「八兩」》中又說：「我相信文學批評的對象至少也要是一個作家的全體；……在一篇作品裡決不能捉摸著整個作家。」

(三)

魯迅 1930 年在《對於左翼作家聯盟的意見》中說：「我那時就等待有一個能操馬克思主義批評的槍法的人來狙擊我的，然而他終於沒有出現。」1934

年在《看書瑣記（三）》中又說：「文藝必須有批評；批評如果不對了，就得用批評來抗爭，這才能夠使文藝和批評一同前進，如果一律掩住嘴，算是文壇已經乾淨，那所得的結果倒是要相反的。」

茅盾 1929 年在《讀〈倪煥之〉》中說：「我更希望『革命的批評家』們，不要儘管翻弄賣膏藥式的江湖口訣……直到現在，我還是等待著《從牯嶺到東京》中間的『現實的具體問題』有什麼革命的批評家稍稍按捺下罵人的熱情而給予一些從各方面的批評和分析。」1922 年在《「文學批評」管見一》中曾說：「正惟其多紛爭，不統一，文學批評才會發達進步。」

（四）

魯迅 1934 年在《罵殺與棒殺》中說：「現在有些不滿於文學批評的，總說近幾年來的所謂批評，不外乎捧與罵。……批評家的錯處是在亂罵與亂捧。」1924 年在《未有天才之前》又說：「惡意的批評家在嫩苗的地上馳馬，那當然是十分快意的事；然而遭殃的是嫩苗——平常的苗和天才的苗。」1933 年又在《我怎麼做起小說來》中說：「批評界更幼稚，不是舉之上天，就是按之入地……批評必須壞處說壞，好處說好，才於作者有益。」

茅盾 1921 年在《討論創作致鄭振鐸先生信》中說：「苟其完全脫離感情作用而用文學批評的眼光來批評的，雖其評爲失當，我們亦應認其有價值」。同年在《文學批評的效力》中又說：「在中國現在的文學界內，批評創作是萬分緊要的，但誤人的批評還是少些爲妙。」1922 年在《文學作品有主義與無主義的討論——覆周贊襄》中又說：「就我們所接對於《小說月報》創作的批評而言，大抵非漫罵即皮相的稱贊，直刺入內心的批評，簡直沒有。」1923 年在《雜感》中又說：「因爲一時看不見理想中的好花，而遂要舉斧斫去一切嫩芽：這怕不是有理性的人所肯做的。批評家自然不能僅僅替天才作贊，抨擊也是他的任務；但是可惜我們的批評家的抨擊卻不免於亂擊。」

（五）

魯迅 1925 年在《並非閒話（三）》中說：「批評家的職務不但是剪除惡草，還得灌溉佳花——佳花的苗。」

茅盾 1925 年在《論無產階級藝術》中「無產階級藝術的批評將自居於擁護無產階級利益的地位而盡其批評的職能。」

（六）

魯迅 1922 年在《對於批評家的希望》中說：「我對於文藝批評家的希望卻要小。……我所希望的不過願其有一點常識，……看不起托爾斯泰，自然也自由的，但尤希望先調查一點他的行實，眞看過幾本他所做的書。」

茅盾 1921 年在《文學批評的效力》中說：「文學批評者不但對於文學有徹底的研究，廣博的知識，還須了解時代思潮。如果沒有這樣的素養便批評，結果反引人進了迷途了。」1946 年在《文藝修養》中更進一步指出：「做一個文學理論家、文藝批評家的話，書本的知識當然是很必要的。」但「還是不夠的。他還要研究社會經濟的情況和社會經濟的發展，因爲文學就是社會經濟生活的上層建築。」

（七）

魯迅 1922 年在《對於批評家的希望》中說：「現在還將廚子來比，則吃菜的只要說出品味如何就盡夠，若於此之外，又怪他何以不去做裁縫或造房子，那是無論怎樣的呆廚子，也難免要說這位客官是痰迷心竅的了。」1934 年在《看書瑣記（三）》中又說：「作家和批評家的關係，頗有些像廚司和食客。」

茅盾 1925 年在《論無產階級藝術》中說：「譬如好手的廚子果然應該常聽吃客的批評以改良他的肴饌，但吃客須有希饌來嚐，方才能夠做出一本『食譜』來。」1933 年在《作家與批評家》中又說：「雖然批評家確不是吃客。眞正的吃客是讀者。……批評家們只能指示原料的出產地，找當然還要廚子自己去找。」「廚子因爲在油鍋邊站得久了薰得夠了，所以自家做出來的菜，究竟太甜呢或者太酸，未必能夠清清楚楚辨味道。在這裡，就不能不說那些在客廳拿著筷子等吃的人們的舌頭比較靈些了。所以眞正要菜好，還得廚子和吃客通力合作。」

如此這般的比較，要得出一個什麼樣的結論呢？其實，我只想說明茅盾在文學批評理論方面的建樹並不遜於魯迅。

也計魯迅闡述的觀點比茅盾更準確、更深刻、更精闢、但是，他們之間的觀點卻是多麼地相似啊！值得注意的，茅盾闡述的觀點往往比魯迅要早些，甚至從發表的時間看似乎要早得多。更值得注意的，對於文藝批評的職能，魯迅和茅盾同時在 1925 年都論述過這個問題，魯迅的「剪除惡草」和「灌溉佳花」的名言在文藝圈裡，甚至在文化思想界可謂無人不曉，這篇文章於 1925 年 12 月 7 日在《語絲》周刊第 56 期發表，而茅盾的《論無產階級藝術》於 1925 年 5 月 2 日至 10 月 24 日在《文學周報》上連載，公然提出「無產階級藝術的批評論將自居於擁護無產階級利益的地位而盡其批評的職能」。兩者比較，雖然魯迅的表述十分生動、精闢，但茅盾的觀點完全可以包容魯迅的觀點，爲無產階級利益而立論，必然要「剪除惡草」和「灌溉佳花」，而魯迅的觀點卻不能包容茅盾的觀點，茅盾提出的鮮明的階級標準和堅持的明確的黨性立場，正是當時魯迅所缺乏的東西。而且，據筆者所見資料，如此明確地提出文學批評的黨性原則，在中國現代文學批評史上，恐怕要算是第一個。

眾所周知，魯迅是博覽群書的人，他十分注意文藝動態，和茅盾的文學主張相同而又「神交」已久，茅盾早期發表在《小說月報》上的文章，特別是，三十年代，魯迅和茅盾是並肩戰鬥的戰友，同時在《申報》的《自由談》發表文章，當時即有魯、茅之稱，因此，可以推斷，魯迅在寫文章的時候，很可能讀過茅盾的文章，有所啓發、有所借鑒，正如茅盾借鑒魯迅的文章一樣。這當然只是一個按照常理的推斷，缺乏史料的根據，但絕無褒茅貶魯之意。即使魯迅由於當時種種原因，並沒有注意到茅盾的文章，但至少可以說他們是「英雄所見略同」吧。

但是，在文學批評理論的研究中，卻無視歷史，出現了一種傾向：魯迅的觀點常常被評論家們當做經典，反覆地多次引用，而茅盾同樣的觀點往往被忽視、被漠視。常見的通行的文藝理論教材中文藝批評這一章中，魯迅的名言幾乎俯拾皆是，而茅盾的觀點幾乎無人問津。在全國影響頗大的北京師範大學文藝理論教研室編的《文學理論學習參考資料》中的《文學的批評》部分摘編了魯迅 22 條言論，而僅僅選編了茅盾建國後的一篇評價《青春之歌》的文章，也正說明這種傾向的存在。

當然，原因可能是多方面的。首先，也許是資料上的問題。《魯迅全集》早就出版，而《茅盾全集》至今遠遠未出齊全，建國前的文學批評文章直到近幾年才進行收集出版，如《茅盾論中國現代作家作品》、《茅盾論創作》、《茅盾文藝雜論集》等，這給研究者和讀者帶來了困難。其次，也應該考慮到另外一個因素。相當長時期以來，對魯迅的宣傳一直是高濃度的、白熱化的，魯迅研究中也常常被「神化」，視魯迅的話爲「句句是眞理」，爲了論証了自己觀點的正確，也就不厭其煩、反覆多次地引用，因此，研究者和讀者都十分熟悉，甚至到了能背誦的程度。而對茅盾的研究，是近幾年的事，特別是茅盾文學批評建樹的研究，甚至可以說，還處於僅僅開始的階段。

這，給我們提出了一個任務：茅盾所留下的文化遺產，也是我們祖國寶貴的精神財富，應該宣傳、應該研究，恢復歷史的本來面目，也為建設有中國特色的社會主義文藝增添一個有益的參照系統。

這也就是我撰寫這本小冊子的目的吧。

上篇　文學批評觀論

茅盾一開始即把文學批評和文學創作視爲同一目的、具有同等重要的作用：「自來一種新思想發生，一定先靠文學家做先鋒隊，借文學的描寫手段和批評手段去『發聾振聵』。」〔註1〕並肯定他們的關係是「相輔而進」，強調「批評主義」「能左右一時代之文藝思想」，「堅信」「必先有批評家，然後有眞文學家」。〔註2〕這也許就是茅盾涉入文壇時，最初不是以創作家的姿態而是以批評家的姿態立於文壇之中的原因吧。有人曾以文學批評家——創作家兼文學批評家——文學批評家的線向定勢來概括茅盾的一生，創作只是他文藝生涯中的一個階段，而文學批評則貫穿著他文學生涯的始終。

雖然茅盾並未留下一部關於文學批評的專著，但散見於他的文藝雜論中，並以自己的文學批評的實踐，對文學批評的性質、特點、職能、範圍、作用、標準等，早在二、三十年代，就都做了比較完整的論述。

1922年，茅盾就認爲「文學批評家」不是「大主考」，文學批評不是「司法官的判決書」，爲了破除對文學批評的神秘感，指出：「批評一篇作品，不過是一個心地率直的讀者喊出他從某作品所得的印象而已。」〔註3〕但1921年就提出「文學批評的責任不但對於『被批評者』要負責任，而且也要對於全社會負責任」，這就要求批評者「對於文學有徹底的研究，廣博的知識，還須了解時代思潮。」〔註4〕1923年，茅盾又指出：「有許多青年小說家、對劇

〔註1〕茅盾：《現代文學家的責任是什麼？》，《茅盾全集》第18卷，第8頁，人民文學出版社1989版。

〔註2〕茅盾：《〈小說月報〉改革宣言》，同上，第57頁。

〔註3〕茅盾：《「文學批評」管見一》，同上，第254頁。

〔註4〕茅盾：《文學批評的效力》，同上，第125頁。

家、詩家，而沒有極偉大的堪作中心的小說家、對劇家與詩人；有多量的新作出世，而沒有一部震驚一時，吸收一切視線的傑作；有許多的作家卻沒有大群的讀者。原來根本的原因只是為的缺乏健全的正派的文學批評。」〔註5〕這雖然是從當時葡萄牙的文學現狀引出的結論，但茅盾提出「健全的正派的文學批評」，正是倡導科學的摒除門戶之見的文學批評。因此，早在二十年代，茅盾就把文學批評看做是在文學欣賞的基礎上，依據一定的科學原則對某種文學現象進行分析和評價的科學活動。

關於文學批評的職能，1925 年他就認為：一是「抉出藝術的眞相而加以疏解，使人知道怎樣去鑒賞」，一是「指出藝術的趨向與範圍，使作家從無意的創造進至有意的創造」，他還指出資產階級的文學批評論，「將自居於擁護資產階級利益的地位而盡其批評的職能」，而「無產階級藝術的批評論將自居於擁護無產階級的利益而盡其批評的職能」。〔註 6〕這個鮮明的階級性和黨性原則，是馬克思主義文學批評論的基本原則。它決定了文學批評是一種戰鬥性的科學活動。

關於文學批評的標準，茅盾早在 1920 年即指出：「文學是思想一面的東西，這話是不錯的。然而文學的構成，卻全靠藝術」，「欲創造新文學，思想固然要緊，藝術更不容忽視。」〔註7〕思想和藝術相結合的標準，是茅盾進行文學批評的基點，貫穿於文學批評活動的一生。

1936 年，茅盾又指出：「自來偉大的文藝批評都是從『此時此地的需要』出發的。」〔註8〕從實際出發，實事求是，理論聯繫實際，就體現了無產階級文學批評鮮明的階級性和嚴密的科學性相統一。

關於文學批評的範圍，茅盾的文學批評實踐活動是十分開闊的，文藝運動、文藝思潮、文學流派、作家作品以及文學批評本身，他都投以關注的目光，予以分析和評價。

關於文學批評的任務，茅盾的文學批評實踐活動緊緊圍繞了三個中心：開展積極的思想鬥爭，繁榮文藝創作；總結文藝創作和文藝運動經驗；評價古今中外的優秀作品，特別注重現代文學中剛剛誕生的優秀作品。

〔註 5〕茅盾：《自動文藝刊物的需要》，同上，第 356 頁。

〔註 6〕茅盾：《論無產階級藝術》，《茅盾文藝雜論集》上集，第 188 頁，上海文藝出版社 1981 年版。

〔註 7〕茅盾：《「小說新潮」欄宣言》，《茅盾全集》第 18 卷，第 12 頁。

〔註 8〕茅盾：《需要腳踏實地的批評家》，《茅盾文藝雜論集》上集，第 596 頁。

總之，茅盾對文學批評的貢獻是十分全面的，本篇僅就文學批評的戰鬥性、科學性、針對性、藝術性等四個方面展開論述。

第一章　爲無產階級的利益而「盡其批評的職能」——文學批評的戰鬥性

茅盾早在 1925 年發表的《論無產階級藝術》一文中，就旗幟鮮明地提出：「我們應該承認文藝批評論確是站在一階級的立點上爲本階級的利益而立論的；所以無產階級藝術的批評論將自居於擁護無產階級利益的地位而盡其批評的職能。」這個文學批評的戰鬥性原則，是針對「自來的文藝批評家常常發『藝術超然獨立』的高論」，並揭露其「不過是間接的防止有什麼利於被支配階級的藝術之發生罷了」的反動本質，而提出來的。這個文學批評的鮮明的階級標準，無產階級的黨性原則，無疑的，應是馬克思主義文學批評論的一個重要原則。因爲，任何階級的文學批評家總是自覺地或不自覺地站在他所屬的階級或階層的立場上來考察文藝現象，總結創作經驗，評論作家、藝術家的成敗得失，支持某種傾向或反對某種傾向，以維護本階級的利益；無產階級當然也不例外，並且要撕破「超階級」的迷人的面紗，揭露其「藝術超然獨立」主張的虛僞性和反動性，公然宣稱要爲自己階級的利益而「盡其批評的職能」。

茅盾的一生，正是遵循這個原則，進行戰鬥的文學批評的。對於錯誤的以至反動的文藝思潮，他總是不遺餘力地予以抨擊：對於革命文學和無產階級文學創作中的「幼苗」和「佳花」，他總是予以扶持和培育、促進了無產階級文學隊伍的壯大和無產階級文學事業的繁榮和發展。

「文學研究會」期間的茅盾，雖然並未具備鮮明的階級意識，但以反帝、反封建的戰士、以倡導「爲人生而藝術」的現實主義原則，活躍於文壇。在當時「不特無眞正的文藝批評家，連被批評的材料都沒有」〔註1〕的寂寞的評壇上，茅盾以「鼓吹新思想」〔註2〕的明確目的而重視文學批評的，與當時的政治、思想革命是同步的。1920 年，他在《現代文學家的責任是什麼？》中就提出：「自來一種新思想的發生，一定先靠文學家做先鋒隊，借文學的描寫手段和批評手段去『發聾振聵』。1921 年，他在《〈小說月報〉改革宣言》中指出：「批評主義在文藝上有極大的威權，能左右一時代之文藝思想」，並批評「月旦既無不易之標準，好惡多成於一人之私見」的現象，提出「將先介紹西洋之批評主義以爲之導」，但又指出「並不願國人皆奉西洋之批評主義爲天經地義，而稍殺自由創造之精神」，提倡運用科學的方法開展批評。同年，他在《討論創作致鄭振鐸先生信》中進一步指出：「批評和藝術的進步，相激勵相攻錯而成；苟其完全脫離感情作用而用文學批評的眼光來批評的，雖其評爲失當，我們亦認其有價値。」

茅盾在介紹西洋的批評主義的過程中，儘管也受到泰納的把種族、環境和時代當成文學批評的依據的影響〔註3〕，也曾贊同過法朗士的「文學批評是一個靈魂和一本傑作接觸而生的紀錄」的主觀批評方法〔註4〕，但在不斷地文學批評實踐中逐步建立起自己的社會歷史批評體系。他把是否眞實地反映了現實生活作爲衡量一個作家的藝術成就的重要標準，他認爲只有「表現社會生活的文學才是眞文學」〔註5〕，但他又並不認爲反映現實本身就是文學的目的，而提出要「指導人生」要求文學「擔當喚醒民眾而給他們力量的重大責任」〔註6〕。他在二十年代初期曾宣傳過「新浪漫主義」，倡導「樂觀的文學」，正是基於這個原因。

在這期間，他是屈指可數的極爲活躍而最有成績的文學批評家。

茅盾進行了三個方面的論戰：一、他在《什麼是文學》、《自然主義和中國現代小說》等文中，深刻地揭露了「鴛鴦蝴蝶」派的本質及其危害性，掃清封建文藝的流毒，廓清新文學的發展道路。二、他在《四面八方的反對白

〔註1〕茅盾：《春季創作壇漫評》，《茅盾全集》第 18 卷，第 80 頁。
〔註2〕茅盾：《對於系統的經濟的介紹西洋文學底意見》，同上，第 20 頁。
〔註3〕茅盾：《文學與人生》，同上，第 268 頁。
〔註4〕茅盾：《「半斤」VS「八兩」》，同上，第 275 頁。
〔註5〕茅盾：《社會背景與創作》，同上，第 117 頁。
〔註6〕茅盾：《「大轉變時期」何時來呢？》，同上，第 414 頁。

話聲》、《評梅光迪之所評》、《文學界的反動運動》、《寫實主義之流弊？》等文中，猛烈地抨擊「學衡派」的謬論，爲捍衛蓬勃興起的新文化運動做出了貢獻。三、他和創造社的論戰雖屬於同一陣營的內部論爭，且有意氣用事、門戶之見之弊，但其論爭的主要癥結是：作品僅僅是作者主觀思想意識的表現呢，還是社會生活的反映？創作是無目的無功利的呢，還是要爲人生爲社會服務？在這些問題上，無疑的，茅盾是更接近於正確方面的。他的主張爲中國現代現實主義文學的誕生和發展，無疑地起了催生和促進的作用。

與此同時，他在《小說月報》上發表了《春季創作壇漫評》、《評四、五、六月的創作》以及在《時事新報·文學旬刊》上發表了《〈創造〉給我的印象》，首創了綜合批評一個時期文學創作特點的宏觀研究的範例。前兩篇，一開始就自覺地站在被損害者的立場上去評價作家和作品：「我對上面的二十四位作家，表示非常的敬意，因爲他們著作中的呼聲都是表示對於罪惡的反抗和對於被損害者的同情。」〔註 7〕但他又尖銳地指出：「描寫男女戀愛的小說上占百分之八九十」，「爲創作而創作，實是當今大多數創作者的一個最大的毛病」，並提出他對「現今創作壇的條陳是『到民間去』」，「否則現在的『新文學』創作要回到『舊路』。」〔註 8〕因此，茅盾提出的問題絕不僅僅是擴大視野、擴大題材的問題，而是接觸到新文學發展的方向問題，無疑，爲當時的文學創作指出了正確的方向，起到了「振聾發聵」的戰鬥作用。後一篇，對創造社諸作家作品的品評，因爲茅盾仍然運用現實主義的眼光去研究作品，不免有失誤之處，但對郁達夫在《藝文私見》中所宣傳的「天才」的文藝觀的批評卻是正確的。當時郁達夫所發表的「私見」，其實代表著創造社成員的觀點。他們往往以「天才」自恃，認爲作品是作家主觀的天才產物和表露，文藝除了美的追求之外沒有其它目的之類的觀點，甚至公開否定「人生派」的「文藝的功利主義」，顯然是錯誤的，對他們創作的發展以及新文學運動的健康前進，都是有害的。茅盾的批評，捍衛了新文學發展的方向，起到相當的戰鬥作用。

在中國現代文學史上，對魯迅是否予以正確的評價，是一個大是大非問題。當時，對魯迅不僅有來自敵對陣營的誣蔑，即使在革命陣營中也有不少人不能正確地認識魯迅。因此，肯定魯迅、宣傳魯迅，就成爲當時文學批評

〔註 7〕茅盾：《春季創作壇漫評》，同上，第 83 頁。
〔註 8〕茅盾：《評四、五、六月的創作》，同上，第 133、136 頁。

中的一個重大的戰鬥任務。茅盾義不容辭地第一個承擔這個任務。1921 年，他在落花生的《換巢鸞鳳》的篇末「附注」中指出：「中國現代在小說界的大毛病，就在於沒有『寫實』的精神；上海有一班人自命為是寫實派，可是他們所做的小說的敘述，都是臆造的。只有《新青年》上的魯迅先生的幾篇創作確是『眞』氣撲鼻。」同年，他在《評四、五、六月的創作》中，對魯迅的《故鄉》和《風波》予以充分的肯定。1922 年，他在《小說月報》的「通訊」欄中，又指出：「《阿 Q 正傳》」「實是一部傑作」，「阿 Q」「是中國人品性的結晶啊！」「又是中國上中社會階級的品性！」〔註 9〕1923 年發表的《論〈吶喊〉》，不僅代表了當時魯迅研究的最高水平，而直到現在常常被文學史家和評論家們所引用。1927 年發表的《魯迅論》，他對魯迅的創作又予以全面的中肯的評價，也代表了新文學發展的第一個十年魯迅研究的最高水平。就在那個時代，茅盾以他戰鬥的文學批評，捍衛了新文化的方向。

「左聯」時期，是茅盾創作的豐收期。但仍然和魯迅並肩戰鬥，在文學批評領域裡，進行了兩條戰線的鬥爭。

一方面，在和反動的以及錯誤的文藝思潮的鬥爭中，茅盾始終和魯迅步調一致，協同作戰。在和「民族主義文學」的鬥爭中，他在「左聯」機關刊物《文學導報》上發表了《「民族主義文藝」的現形》、《評所謂「文藝救國」的新現象》等文中，深刻地揭露了「民族主義文學」的「法西斯蒂」的反動嘴臉，並提出「打倒」「統治階級的文學運動」的戰鬥口號；在對「自由人」、「第三種人」和「論語」派的批判中，他發表了《一張不正確的照片》、《杜衡的〈還鄉集〉》等文，配合魯迅等人對「自由人」，「第三種人」的批判，他還發表了《小品文半月刊〈人世間〉》，聲援了魯迅對「論語」派的批判；在魯迅和施蟄存論戰時，他發表了《文學青年如何修養》支持了魯迅，批評了施蟄存；在第三次「文藝大眾化」的討論中，他還抨擊了秉承蔣介石旨意的汪懋祖所提出的「文言復興運動」的反動謬論。

在「兩個口號的論爭」中，他既批評了周揚等人的宗派主義、關門主義的態度，也批評了胡風的宗派主義的情緒，同意並堅持了魯迅的「兩個口號」「並存」的觀點。在當時革命文藝隊伍面臨分裂危險的嚴重時刻，茅盾同時在《中國文藝家協會宣言》和《中國文藝工作者宣言》上簽名，以他在文藝界的影響，維護了兩個文藝團體的團結，也給社會上造成了兩個團體並無根

〔註 9〕茅盾：《對〈沉淪〉和〈阿 Q 正傳〉的討論——覆譚國棠》，同上，第 160 頁。

本利益衝突的良好印象。雖然曾遭到兩方面某些人士的誤解和責難，但他這種不顧個人得失，大敵當前、謀求團結的革命精神，也是十分難能可貴的，充分表明了他「自居於擁護無產階級利益」的原則立場。

另一方面，對革命文學內部存在的公式化、概念化、「標語口號」式的錯誤的創作傾向以及教條主義的文學批評，茅盾與魯迅攜手一起進行了不懈的鬥爭。在這一時期，他寫了爲數不少的作家論和作品評介，目的是「想扭轉當時甚爲流行的運用左的詞句的教條的概念化的文藝批評風氣，並發現了一些有才華有生活的青年作家。」「同時也批評這種脫離現實主義道路的不良傾向，以及爲這種傾向捧場的文藝批評。」〔註 10〕

從 1927 年至 1934 年間，他連續寫了《王魯彥論》、《魯迅論》、《徐志摩論》、《女作家丁玲》、《廬隱論》、《冰心論》和《落花生論》等 7 篇作家論，運用革命現實主義的批評原則，從思想和藝術相結合去考察他們的創作發展道路，並以實事求是的科學分析方法，新鮮、活潑的文風，奠定了中國新文學作家論發展的堅實基礎，在新文學史上，起著重大的首創作用。在時隔半個世紀之多的今天，這些作家論，仍然是中國現代文學批評史上的藝術珍品，具有很高的參考價值。

從 1927 年至 1937 年間，他發表了至今還無法精確統計的大量的作品評介，僅據筆者所見資料，涉及到的作家，竟有 54 人之多。在新文學史居於重要地位或有重大影響的作家和作品，他幾乎都一一進行品評。如葉紹鈞的《倪煥之》、王統照的《山雨》、葉紫的《豐收》、蕭紅的《生死場》、丁玲的《莎菲女士的日記》和《母親》，沙汀的《法律外的航線》、艾蕪的《咆哮的許家屯》和《春天》、周文的《烟苗季》、吳組緗的《西柳集》、葛琴的《窯場》和《總退卻》、馬子華的《他的子民們》、蒲風的《茫茫夜》和《六月流火》、田間的《中國・農村的故事》、臧克家的《烙印》和《自己的寫照》、艾青的《大堰河——我的保姆》、曹禺的《日出》、田漢的《暴風雨中的七個女性》、夏衍的《賽金花》、宋之的的《武則天》等等。有的作品評介，長達一萬三千多字，如《讀〈倪煥之〉》；有的作品評價，僅僅三百來字，如《渴望早早排演》。這些文章由於見解的精闢和深刻，常常被文學史家的評論家們所引用。

他的評介，多數是獎掖、推崇、讚譽當時的青年作家，如前已引過的他

〔註 10〕茅盾：《多事而活躍的歲月——回憶錄（十六）》，《茅盾專集》第二卷，下冊第 1732、1742 頁，福建人民出版社 1985 年版。

所說：「發現一些有才華有生活的青年作家」，不少作家由於他的獎掖，而走上了健康、堅實的創作道路，有的作家因爲他的推崇而蜚聲文壇。有的青年作家受到不公正的待遇，遭到教條主義的文學批評所攻擊的時候，他總是挺身而出，保護他們，如丁玲的《母親》等；有的青年作家存在著脫離現實主義的道路，陷入公式化、概念化泥淖的時候，他總是不畏人言，引導他們走上正確的道路，如《〈地泉〉讀後感》、《「九一八」以後的反日文學》等；他對青年作家的態度，既不是「罵殺」，也不是「捧殺」，即使在推崇、讚揚某些作家的時候，仍然指出他們的缺點和不足，並指明方向，如《〈雪地〉的尾巴》、《西柳集》、《彭家煌的〈喜訊〉》等等。同時，即使在批評某些作家的時候、也寄予熱切的希望，如在《詩人與「夜」》中對林庚的批評，又如在《〈文學季刊〉第二期內的創作》中對張天翼的《奇遇》的批評等。

總之，茅盾對作品的評介，絕不是當時曾流行的、長期以來所存在的所謂「社會批評」，僅僅著眼於作品的社會意義和思想價值，也不是當時已經存在、近年來十分推崇的所謂「美學批評」，僅僅從藝術的角度去探尋作家的創造，而是將思想和藝術結合起來，探索其內容和形式的諧合，考察其社會意義和藝術價值，估量其思想的深刻和浮淺和藝術創造的成功和失敗。其文風也不是「學究」式的、「八股」味的，而是以凝重、明麗的散文化的風格，而獨樹一幟。這些作品評介，正是爲無產階級的利益而「盡其批評的職能」，爲「佳花」或者「佳花的苗」培土、施肥、剪枝，爲無產階級文學隊伍的壯大和發展而付出了心血。

抗日戰爭和解放戰爭時期，由於戰事的變化、形勢的需要，茅盾常常處於顛沛流離的生活之中，但仍然是他創作的旺盛期。他擔任了不少著名報紙雜誌的編輯工作，還給我們留下了大量的文學評論。

作爲「文協」和國統區文藝界的領導人之一，茅盾發表了不少總結性和指導性的文章，如《八月的感想——抗戰文藝一年的回顧》、《今後文藝界的兩件事》、《抗戰期間中國文藝運動的發展》、《如何加強我們的抗戰文藝》、《文協五周年紀念感想》、《如何把工作做好——爲「文協」六周年紀念作》、《八年來文藝工作的成果及傾向》、《抗戰文藝運動概略》、《在反動派壓迫下鬥爭和發展的革命文藝——十年來國統區革命文藝運動報告提綱》等一系列的文章，以清醒而深刻的分析，實踐了爲無產階級利益而「盡其批評的職能」的戰鬥職責。1938 年，抗戰剛剛開始，他提出「我們要寫代表新時代的曙光的典型，我們也要寫正在那裡作最後掙扎的舊時代的渣滓」，「文藝的教育作用不僅在示人以何者有前途，也須指出何者沒有前途；而且在現實中，那些沒有前途，倘非加以打擊，它不會自行毀滅，既有醜惡存在，便不會沒有鬥爭，文藝應當反映這些鬥爭又從而推進實際的鬥爭。」〔註 11〕1941 年，他又指出：「只有展示了光明與黑暗鬥爭而光明終於占優勢的全過程，然後能眞正給予力量以人們，眞正堅強了人們之信心。」〔註 12〕這不僅對當時的抗戰文學的發展指出了正確的方向，而且對現在的文學創作仍有指導意義。眞正的革命現實主義文學，不能迴避現實鬥爭，更不能以「無衝突論」去粉飾現實，應該正確地反映現實中嚴峻而複雜的鬥爭，從而發揮「推進實際的鬥爭」的戰鬥功能，同時又必須反映光明戰勝黑暗的客觀規律，不能散布悲觀的情緒，使人們對前途喪失信心。在 1945 年的歷史轉折關頭，他準確地評述了八年來「文藝界進步民主的力量如何陷於雙層的夾攻而艱辛萬狀」，清醒地指出：「八年來的文藝工作主要毛病是右傾」，「不能充分反映人民大眾的民主要求。」〔註 13〕這無疑，爲解放戰爭時期國統區「反對內戰，爭取民主」的中心任務，作了輿論上的準備。至於《在反動派壓迫下鬥爭和發展的革命文藝》，是在周總理的指導下，不少文藝界黨內的領導同志參加起草的「報告」，無疑的，是對於國統區文藝界狀況的一次馬克思主義的總結，爲從新民主主義文藝革命而轉向社會主義文藝革命作了思想上的準備。

除此以外，茅盾仍然堅持和當時錯誤的乃至反動的文藝思潮進行鬥爭，特別是和國民黨反動派的反抗戰、反人民的文藝「政策」進行了堅決地鬥爭。他還發表了大量的作品評介，扶持了無產階級文學新人的成長。僅僅 1938 年，茅盾主編《文藝陣地》十五期，就共發表了書報述評 33 篇，及時評介了抗戰初期湧現的文學作品，而且在《「孤島」文化最近的陣容》、《每日「精神食糧」在「孤島」》中給「孤島」文學以充分地關注。他從延安歸來後，以宣傳毛澤東文藝思想、宣傳延安文藝界的朝氣蓬勃的新氣象爲己任，給國統區文藝界帶來了新鮮的空氣。與此同時，多次正確地論述生活、思想、藝術三者的辯証關係，深入探討文學創作中的選材與構思、人物的故事、結構與語言，以

〔註 11〕茅盾：《八月的感想——抗戰文藝一年的回顧》，《茅盾文藝雜論集》下集，第 766、768 頁，上海文藝出版社 1981 年版。
〔註 12〕茅盾：《如何加強我們的抗戰文藝》，同上，第 916 頁。
〔註 13〕茅盾：《八年來文藝工作的成果及傾向》，同上，第 1117 頁。

及青年作家的修養等問題，引導青年作家及愛好文學的青年走向健康的現實主義道路，爲壯大無產階級創作隊伍立下了不朽的功勛。

建國後，茅盾擔任國家文化部門和文藝界的領導職務，兼職甚多，國事和外事十分繁忙，但仍然致力於文學評論工作。作爲當代一位偉大的文學批評家，堅持爲無產階級的利益而「盡其批評的職能」。

勿庸諱言，由於眾所周知的原因，作爲一個國家文化部門領導人的茅盾，在頻繁的文藝批判運動中，不能不身先士卒，積極投入運動，他曾發表了某些現在看來屬於失誤的觀點；但是，由於茅盾的持重和謹慎，一貫堅持革命現實主義的批評原則，發表了不少獨到而精闢之見。因而長期被視爲「右傾」的代表，並被免去文化部長職務。「文革」開始，即以「文藝界最大的資產階級的反動權威」目之，遭到林彪、「四人幫」的誣陷和迫害，直到粉碎「四人幫」以後，才得以重返文壇。

這一時期，他的最大成就，正如《悼詞》中所指出的：「寫了大量的文學評論，特別是一貫以極大的精力幫助青年文學工作者的成長，爲社會主義文化事業作出了重大的貢獻。」據筆者所見的資料不完全的統計，茅盾在這一時期所品評的作家竟達 137 人，他寫的《短篇小說的豐收和創作上的幾個問題》、《一九六〇年短篇小說漫評》、《六〇年少年兒童文學漫談》等都產生過極大的影響。有的作家由於茅盾的評介和推崇，才能在文壇上立穩腳跟，馳騁疆場；當時出現的無名小輩，由於茅盾的精心培植，而成爲當代著名的作家；少數民族的新秀，由於茅盾的傾心關注，也茁壯成長起來。在這一時期，茅盾仍然以掃除教條主義的文學批評爲己任，爲廓清評壇上的錯誤傾向而作出了極大的努力，《怎樣評價〈青春之歌〉？》則是典型的範例。

茅盾堅持無產階級的文學批評標準，他總是反覆強調：「最好的作品是既有鮮明、正確的政治性，又有高度藝術性的作品」〔註 14〕，努力促使文學創作沿著「革命的政治內容和盡可能完美的藝術形式的統一」的方向健康發展。在 1957 年 7 月那樣一個年月，他仍然旗幟鮮明地提出：「不單單分析作品的思想性，也要分析它的藝術性，單用『樸素』，『有生活氣息』等等品題，顯然是不夠的。」「不要小看技巧，沒有技巧的作品，本身就不能行遠垂久」。〔註

〔註 14〕茅盾：《短篇小說的豐收和創作上的幾個問題》，《茅盾評論文集》(上)，第 268 頁，人民文學出版社 1979 年版。

〔註 15〕茅盾：《從「眼高手低」說起》，同上，第 125 頁。

15〕同年，他又指出：「教條主義的文學批評只把『有血有肉，有生活氣息』等等當作符咒來念，卻很少從作品的具體內容來分析，指出怎樣才能有血有肉、有生活氣息；教條主義文學批評的最壞的一類是主觀、片面到粗暴，所謂『一棍子打死』的態度。」〔註 16〕因此，他對作品的讚賞，總是善於將美學批評和社會批評結合起來，決不僅僅著眼於其思想價值和社會意義，同時注重於藝術創造的美學價值的探討，比如，他曾指出：「從它們所反映的背景之廣度和深度，從它們所表現的時代精神之濃厚和強烈，從它們所描寫的人物外形和精神世界之生動而深刻——從所有這一切，都說明一個問題：如果你能找出典型的人和事，代之以高度的概括，運之以洗煉的筆墨，那麼，二千來字而所能達到的境界不會比萬言長篇少些，有時反更多些。」〔註 17〕他正是從藝術創造的典型化的角度，去讚賞作品，去肯定作者。

他注重和提倡題材、形式和風格的多樣化，從而促進作家去發展自己的創作個性，提高作品的質量，更好地發揮文學多方面的教育作用和審美作用。他曾對魯迅作品的藝術風格和藝術意境進行深入地探討後指出：魯迅獨特風格是「洗煉、峭拔而又幽默」，其「藝術意境卻又是多種多樣的」：「金剛怒目的《狂人日記》不同於談言微中的《端午節》，含淚微笑的《在酒樓上》亦有別於沉痛控訴的《祝福》」，「《補天》詭奇，《奔月》雄渾，《鑄劍》悲壯，而《采薇》詼諧」；其雜文，「仍然是回黃轉綠，掩映多姿」，「除了匕首、投槍，也還有發聾振聵的木鐸，有悠然發人深思的靜夜鐘聲，也有繁弦急管的縱情歌唱。」〔註 18〕這不僅對魯迅研究做出新的獨特貢獻，而且對於繁榮和發展社會主義文學創作具有重要而深遠的指導意義。他後來還認爲「我們的生活既有揮斥風雷的一面，也有雲蒸霞蔚的一面，既有拔山倒海的一面，也有錯彩鏤金的一面」，這就要求作家「既能以金鉦羯鼓寫風雲變色的壯麗，也能用錦瑟銀箏傳花前月下的清雅」；「文氣既要能橫槊據鞍，千人辟易，也要能像歲時伏臘，歡騰田野；既要能橫眉怒目寫鬥爭的艱苦，也要能眉開眼笑寫勝利的歡樂；既要善於塑造人物，也要善於渲染氣氛；既要能寫江山之多嬌，也要能寫廣礦的雄偉。」〔註 19〕這

〔註 16〕茅盾：《公式化、概念化如何避免？》，同上，第 132 頁。

〔註 17〕茅盾：《一九六〇年短篇小說漫評》，同上，第 353 頁。

〔註 18〕茅盾：《聯繫實際，學習魯迅——在魯迅先生誕辰八十周年紀念大會上的報告》，同上，第 414、415 頁。

〔註 19〕茅盾：《反映社會主義躍進的時代，推動社會主義時代的躍進》，《茅盾專集》第一卷下冊，第 1238 頁，福建人民出版社 1983 年版。

無疑，爲作家開拓了視野，指出了其獨特風格的創新之路。在評論具體作家時，也注重其藝術風格的探討。對茹志鵑的創作風格予以「清新、俊逸」的概括，常常被評論家們津津樂道；以「峭拔」來概括王汶石的創作風格，使作者念念不忘，執著地進行藝術追求。這在當代的文學評論中，獨樹一幟。

在這一時期，對於文學理論批評中的許多重大問題，諸如關於文藝的工農兵方向問題、要求作家深入生活、改造世界觀問題、貫徹「雙百」方針問題、文藝反映人民內部矛盾問題、以及描寫英雄人物，創作題材論爭、民族形式探討、短篇小說研究等等，茅盾都結合文藝界的實際，發表了許多精闢而深刻的見解，充分發揮文學批評的戰鬥作用。而《夜讀偶記》和《關於歷史和歷史劇》，以「博大精深」爲評論界所稱頌。

《夜讀偶記》雖然留下了某些時代的印記，但它揭示了「『現代派』諸家（主義）」的眞正面貌：「它們「鳴」的結果不是繁榮了文藝，而是在文藝界塞進了一批畸形、醜惡的東西。它們自己宣稱，它們『給資產階級的庸俗趣味一個耳光』，可是實際上它們只充當了沒落中的資產階級的幫閑而已！」他還探討了其思想根源及末落的命運：「如果說『現代派』諸家的思想根源是主觀唯心主義，它們的創作方法是反現實主義的（而且和浪漫主義也沒有共通之處），……它是只能造成文藝的衰落、退化而已！」這不僅澄清了當時文藝界思想上的混亂，對於現今反對資產階級自由化的鬥爭也是有力的思想武器。但茅盾畢竟是茅盾，在當時特定的背景下，也沒有丟掉辯証法，他同時指出：「我們也不應當否認，象徵主義、印象主義乃至未來主義在技巧上的新成就可以爲現實主義作家或藝術家所吸收，而豐富了現實主義作品的技巧。」他仍然堅持了分析的科學性，堅持了現實主義的廣闊的開放性。《關於歷史和歷史劇》雖然主要解剖的是關於《卧薪嘗膽》的種種劇本這個「麻雀」，但都深刻而精闢地回答歷史劇創作的有關的根本問題，對歷史劇創作具有廣泛和深遠的指導價值。

總之，簡略地回顧了茅盾一生的文學批評實踐，他所提倡的爲無產階級的利益而「盡其批評的職能」，正是魯迅所高度概括的文學批評的兩大職能：「剪除惡草」和「灌漑佳花」。聯繫近幾年來的文學批評，就缺乏茅盾所提倡的戰鬥性。對於背離四項基本原則的自由化傾向，對於文藝研究中企圖以西方資產階級哲學思想和唯心主義的文藝思想來改變社會主義文藝方向的危險的動向，對於文學創作中宣傳資產階級人道主義，鼓吹極端個人主義、無政府主義，以及低級庸俗、腐朽沒落的思想情緒，缺乏及時有力、充分說理的批評。對敢於描寫重大的社會矛盾和衝突，敢於藝術創新的「佳花」，也缺乏理直氣壯的扶持和讚賞。因而，內容上四平八穩、構思雷同、手法平庸之作，甚至庸俗色情、詆毀現實之作，通暢無阻，充塞於各種報刊之中。我們多麼需要茅盾那樣的文學批評家，具有敏銳的判斷力，高度的原則性，鮮明的戰鬥風貌。

第二章　反對「符咒」式的文學批評
——文學批評的科學性

茅盾在提倡文學批評的戰鬥性的同時，提倡文學批評的科學性。他主張進行文學批評時，要把馬列主義的眞理性和反映生活的眞實性統一起來：「至於評論家，拿辯証唯物主義當做一支標尺，以此衡量作品，這是最拙劣的作法。評論家即使已經成熟到能把唯物辯証法成為自己的思想方法，但也不可自信他對作品的評論百無一失。理由很簡單，作家是就其生活經驗來寫作品，評論家如果沒有同樣的生活經驗或相似的生活經驗，如何能判定作品中所表現的生活是否眞實？」〔註1〕而早在三十年代，他就生動地描繪了這違反科學的批評方法的狀況：「文藝青年要求指導家們指示他一些創作的方法，指導家們就給了他一大套『上層建築』或是『經濟結構』。文藝青年將這套名詞背熟了，明知對自己的創作沒有多大幫助，但覺做起批評來是大有用處的，於是他就先做批評家來了。實際上是做批評的和受批評的同樣的不很了然；在前者覺得把這套名詞搬弄一番，也就頗琳琅可誦，在後者受了幾次這樣的搬弄之後，漸漸弄出一條軌道上來，從此按步就班，再不敢越雷池一步，而於是乎他就一輩子不得超生。」〔註2〕茅盾在揭示思想方法上的教條主義的同時，還十分鄙棄那種庸俗的「兩分法」：「我們尤其覺得現在流行的一套『批評公式』——某某作品是怎樣大體上是正確的，然而也有缺點云云，未免有時叫

〔註1〕茅盾：《〈春蠶〉、〈林家舖子〉及農村題材的作品——回憶錄（十四）》，《茅盾專集》第1卷上冊，第742頁。

〔註2〕茅盾：《能不能再寫得好懂些》，《茅盾文藝雜論集》上集，第501、502頁。

人肉麻。」〔註3〕但是，在他自己的文學批評實踐中，卻一貫堅持眞正的「兩分法」：好處說好，壞處說壞，有一說一，有二說二，實事求是，褒貶適度。這些，正是茅盾所提倡的文學批評的科學性的基本原則。

但是，從二十年代末開始，就流行一種「符咒」式的文學批評。「符咒」，是魯迅和茅盾共同使用的一個比喻，形象地勾畫出了那種違反文學批評科學性的教條主義的文學批評的特徵：把自己學到的一知半解的那點可憐的馬克思列寧主義的理論，當「符咒」念，當做萬古不變的教條，去分析、評價文學現象和作品，無視文學作品反映生活的眞實性，無視文學作品的美學價值，把「本本」當做唯一的標尺，符合者，捧之上天，不符合者，按之入地，更甚者，順之則昌，逆之則亡。茅盾和魯迅一起，對這種公式主義的、形式主義的、教條主義的文學批評，進行了堅決的鬥爭。

魯迅說：「青年的讀者迷於廣告或批評的符咒，以爲讀了『革命的』創作，便有出路，自己和社會，都可以得救，於是隨手拈來，大口呑下，不料許多許多是並不是滋養品，是新袋子裡的酸酒，紅紙包裡的爛肉，那結果，是吃得胸口癢癢的，好像要嘔吐。」〔註4〕這種「符咒」式文學批評不辨眞僞，只能把「青年的讀者」引入歧途，中了毒還任自迷。

茅盾也多次指責這種「符咒」式的文學批評，指出其嚴重的危害，並一直以反對這種教條主義的文學批評爲己任。1936 年，在《需要腳踏實地的批評家》一文中，茅盾指出：「文藝批評的公式主義的又一端是把『進步的現實主義創作方法』呀，『前進的世界觀』呀，『向生活學習』呀，等等術語當作符咒。」提倡「進步的現實主義創作方法」、「前進的世界觀」、「向生活學習」，無疑都是正確的，但是，把它當作「符咒」來念，成爲空洞乾癟的萬古不變的教條公式，這種「教條主義式的『馬克思主義，』並不是馬克思主義，而是反馬克思主義。」〔註5〕1942 年，他在《論加強批評工作》一文中指出：「目前我們的文藝工作萬般趨於一個總目的，就是加強人民大眾對於抗戰意義之認識，對於最後勝利之確信，這是我們今日文藝批評之政治的同時也是思想的標尺，但是在批評實踐時，如果把這當作符咒來使，那就等於沒有批評。」

〔註 3〕茅盾：《關於〈禾場上〉》，《中國現代文學研究》叢刊 1982 年第 2 期，1982 年 6 月。
〔註 4〕魯迅：《二心集・我們要批評家》。
〔註 5〕毛澤東：《在延安文藝座談會上的講話》。

在茅盾看來，「符咒」式的文學批評，實際上取消了文學批評，有百害而無一利。更爲難能可貴的，在反右鬥爭嚴重擴大化後，「左」傾教條主義的文學批評橫行無忌時，1957 年 8 月，他在《公式化、概念化如何避免？》一文中，仍然堅持自己一貫的立場，鮮明地指出：「教條主義的文學批評只把『有血有肉，有生活氣息』等等當作符咒來念」，並進一步指出：「教條主義的文學批評的最壞的一類是主觀、片面和粗暴，所謂『一棍子打死』的態度。」今天看來，這已經是人們熟知的口頭禪了，但在當時卻是膽識兼備的深刻見地。沒有高度的馬克思主義水平，沒有豐富的文藝鬥爭的革命實踐，是難以公然亮明旗幟的。如果說我們今天在這個問題上已經取得了共同的認識，那是因爲包括茅盾在內的廣大文藝工作者長期堅持鬥爭的結果。

對「符咒」式文學批評，茅盾不僅在理論上進行鬥爭，更主要的，他還以自己的文學批評的實踐，堅持文學批評的科學性，清除教條主義文學批評的惡劣影響。

茅盾在 1928 年寫的《從牯嶺到東京》，1929 年寫的《讀〈倪煥之〉》，無疑的，就是對那種「符咒」式的文學批評的抗爭。《蝕》存在著缺點，甚至有嚴重的缺點，但不失爲一部現實主義的傑作，在中國現代文學的發展中，有著不可替代的重要的作用和影響。當時，卻遭到「符咒」式的文學批評的攻擊。茅盾曾經這樣回答對他的批評：「我雖然不喜歡在嘴頭上搬弄『革命文學家』所誇耀的一點點社會科學知識或是辨証法，然而我將他們的談論看來看去，卻不曾發現有什麼理論是出了我所有的關於那一方面的書的範圍以外；再不客氣說，他們的議論並不能比我從前教學生的講義要多一些什麼。」「我更希望『革命的批評家』們不要儘管翻弄膏藥式的江湖口訣，都來把這些具體問題『去各方面去批評分析』。」「像這樣的武斷不通的『批評』會引幼稚的文壇到一條什麼四不像的路。」〔註 6〕雖然這段話，由於當時年青好勝，意氣用事，不免有些尖酸刻薄，不無偏頗之處。正如後來茅盾撰寫回憶錄時，曾有過自責：「對於普羅文學的評論，則針砭有餘而肯定其歷史功績不足。」〔註 7〕但是，對當時的「符咒」式的文學批評的深惡痛絕之情，卻也溢於言表，對其實質的揭露，也可謂入木三分。這是茅盾對這種批評最早的批評。

〔註 6〕茅盾：《讀〈倪煥之〉》，《茅盾文藝雜論集》上集，第 291、294 頁。
〔註 7〕茅盾：《「左聯」前期——回憶錄（十二）》，《茅盾專集》第 1 卷上冊，第 685 頁。

這種「符咒」式的文學批評不僅當時風行一時，而且長期以來時出時沒，時起時伏，有時甚至竟然甚囂塵上。茅盾時刻注意這種動向，一旦發現，即迎擊出戰。如茅盾後來所述：「《文學》創刊以後，我寫了不少這一類評論文章，一方面鼓勵優秀的新進作家，同時也批評這種脫離現實主義道路的不良傾向，以及爲這種傾向捧場的文藝批評。我認爲這是革命文學自身的腫瘤，必須不留情的予以切除。」〔註8〕「符咒」式的文學批評不僅按照自己的「套子」去貶責和否定某些優秀作品，也會按照自己的「套子」去吹捧和頌讚某些符合他們調門兒的作品。當時，鐵池翰的《齒輪》、林青的《義勇軍》、李輝英的《萬寶山》發表以後，即受到了「捧場」。茅盾當即著文《「九一八」以後的反日文學》，明確地反對替這些作品「捧場」，而且指出：「《齒輪》不能指出『九一八』以後轟動全國的學生運動在整個革命進程中的正確意義」，「太注意了形式的奇巧」，「忽略了內容的錘煉，終究不是作者發展他的創作能力的正當軌道。」《義勇軍》「意識和技巧兩方面，還是他以前的那一套。他並沒有從過去的『泥坑』裡跳出來。」《萬寶山》「除了描寫『地方色彩』以外，作者並沒有把久在日本帝國主義武力控制和經濟侵略下的『東北』的特殊社會狀況很明顯地表現出來」，「並且也忘記了東北軍閥官僚對於農民的剝削」。即使今天來看，茅盾的這些批評既不算過分，也不是苛求。而且，問題還不在於作品本身，更主要的，茅盾的鋒芒所指，是爲這些作品「捧場」的「符咒」式的文學批評。

在同一時期，茅盾還寫了《丁玲的〈母親〉》等，正如他自己所說：「我寫這些評論的目的，是想扭轉當時甚爲流行的運用左的詞句的教條的概念化的文藝批評風氣。」〔註9〕丁玲的《母親》一發表，即受到了「符咒」式的文學批評的攻擊和指責，什麼「不能創造出辛亥革命的『史詩』」啦，什麼「刻意模仿著《紅樓夢》」啦，什麼「對於這一動蕩的時代」是「何等模糊的描寫」啦，什麼僅僅是著者「這破落大戶的情況的敘述」啦，等等。茅盾立即著文批駁，實事求是指出《母親》的缺點，指出了至今看來也是中肯而公允的評價：「我們不能不把這部《母親》作爲『前一代的女性』怎樣從封建勢力的重

〔註 8〕 茅盾：《多事而活躍的歲月——回憶錄（十六）》，《茅盾專集》第 2 卷下冊，第 1742 頁。

〔註 9〕 茅盾：《多事而活躍的歲月——回憶錄（十六）》，《茅盾專集》第 2 卷下冊，第 1732 頁。

壓下掙扎出來，怎樣憧憬著光明的未來，——這一串酸辛的然而壯烈的故事『紀念碑』看了。」這類文學批評，實際上，正是堅持文學批評的科學性，反對「符咒」式的文學批評，糾轉這種錯誤的傾向。

建國後，這種「符咒」式的文學批評不僅依然存在，而且在某些方面，還有新的發展，往往披著馬列主義、毛澤東思想的外衣，頗能迷惑人心，也容易通暢無阻，有時甚至壟斷了評壇。茅盾仍然堅持了文學批評的科學性，不遺餘力地對「符咒」式的文學批評進行剖析和分析。

1956 年，茅盾在紀念魯迅逝世二十周年的報告中，明確地指出：「最應當引起我們警惕的，是研究工作中的教條主義傾向。」並具體分析了幾種表現形式：一、貼標簽。「這種研究方法往往不從魯迅著作本身去具體地分析，不注意這些著作產生的背景材料（社會的和個人的），而是主觀地這樣設想：某年某月發生某事，對於魯迅思想不能沒有某些影響吧？然後在魯迅著作中去找証據。」二、對號入座。「馬克思主義的大師們對於某一問題抱著怎樣的見解，因而，馬克思主義者的魯迅也不可能抱著另外的見解；於是在魯迅著作中找証據。」三、「在魯迅的片言只語中找尋『微言大義』。」因而出現了「《藥》的結尾處的『烏鴉』必有所象徵」的奇談怪論。茅盾所批評的雖然只是魯迅研究中的種種偏向，但是這些偏向不僅僅存在於魯迅研究中，而且仍然是那種「符咒」式的文學批評的「復活」和發展。直到今天，在文藝研究和文學批評中，這種教條主義的方法，並未完全絕跡。

1958 年，茅盾在《夜讀偶記》一文中，又尖銳地指出：「就因爲恩格斯說過那麼一句有名的話，『典型環境中的典型性格』，有些刻舟求劍的人們就把這句話作爲標尺，去量度一切作品，企圖判明它是屬於那一種創作方法。」茅盾把它稱之爲「植物分類學的辦法」，表明其鮮明的否定態度。如果把茅盾所批評的這種現象，僅僅止於恩格斯的一句名言，那就未免太學究氣了，太簡單化了。在當時，對馬克思、列寧、毛澤東的某些經典性的言論，採取這種庸俗的方法的不也是大有人在嗎？這種「符咒」式的文學批評的方法，正是拋棄了馬克思主義的活的靈魂——對具體問題做具體分析，離開了文學作品豐富多采、複雜多樣的具體特點，不去探索、總結錯綜變化的文學現象，僅僅只是把馬克思等經典大師的言論，當作「符咒」來念，當做萬古不化的教條，只靠幾條現成的套語做標尺，用這個「萬靈藥丹」去圖解文學作品。這種方法產生的文學批評，當然只能有害於文學創作的繁榮和發展，是公式化、概念化的文學作品的催生婆。也就在《夜讀偶記》中，茅盾給我們生動地描繪了被他稱之爲「高級的公式化概念化」的文學作品的特徵：「結構也不是一根腸子到底，頗有些曲折，人物生旦淨丑齊全，而且還描寫了他們的精神世界，文字呢，也還花俏，總之，該說的都說了，該做的都做了，該歌頌的都已歌頌，該抨擊的都已抨擊，該抒情一番，該寫點風景的地方，也都抒了，寫了，從各方面看，都合規格」；但「讀者沒有在作品中看見自己的影子或者他的周圍人們的影子，讀者不能在開卷時就覺得有一股熟悉的氣味撲面而來，最後，讀者也不能在這部作品裡發現大家意識中模模糊糊存在著而卻被作者一口喝破的事理和思想。」，茅盾認爲：這樣的作品，「借用評論家的口頭禪，並未能『激動心弦』，或者『靈魂深處受到震憾』，用俗語說，就是『看時也還看得下，看過也就忘了。』」茅盾進一步分析產生這類作品的主要原因，是作者的思想方法存在著主觀主義的成分。直到現在，這類「高級的公式化概念化」的文學作品，不也是仍然見之於文學報刊嗎？究其原因，恐怕與長期流傳的那種「符咒」式的文學批評，起著無形的「指導」作用，大有關係吧！

這種「符咒」式的文學批評，不僅表現在思想內容、創作方法的剖析上，而且還表現在當時已經十分忽視的藝術剖析上。藝術剖析的範圍本來應是十分寬廣的，茅盾在《夜讀偶記》中指出了一種十分簡單化的傾向：「我們有些批評文章就是只用『樸素』、『明朗』作爲標尺來評價一篇作品。」把藝術性僅僅歸結爲「樸素、明朗，交代清楚，文學語言完全是老百姓口頭上的活的語言」，「反之，就是形式主義」。在當時，「形式主義」的帽子，正是資產階級的「桂冠」，是誰都怕沾邊的，因爲如果一旦沾上往往永世不得翻身。茅盾不畏人言，不懼批判，尖銳地指出：「就因爲過去有些評論文章談到作品的藝術性時老用『樸素』，作讚美詞」，其「副作用已經發生了：很大一部分青年作者的作品樸素到了簡陋、或者寒傖的地步了。」「其後果是縮小了技巧的範圍，也束縛了作家和藝術家的手腕，並且把學習技巧的路子弄得極其狹小。」在對於「技巧」已經到了談虎色變的年代，對於「技巧」的探討往往與工農兵方向問題聯結在一起的年代，茅盾敢於公然亮明自己的旗幟，批判那種「符咒」式的文學批評，眞是十分難能可貴啊！

在評價具體作品時，茅盾與「符咒」式的文學批評是針鋒相對的。1959年，他寫的《怎樣評價〈青春之歌〉？》，即是人所共知的例証。當時這場論爭，實質上是科學的文學批評與「符咒」式的文學批評的一次白刃戰。郭開的《略談對林道靜的描寫中的缺點》一文，大有「符咒」式的文學批評的氣味，郭開的「站在小資產階級立場上，把自己的作品當作小資產階級的自我表現來進行創作」的觀點，是當時十分流行的批評公式。茅盾堅持其馬列主義的眞理性和反映生活的眞實性相統一的原則，指出：「評論一部反映特定歷史事件的文學作品的時候，也不能光靠工人階級的立場和馬列主義的觀點，還必須熟悉作爲作品基礎的歷史情況；如果不這樣做，那麼，立場即使站穩，而觀點卻不會是馬列主義的，因爲在思想方法上犯了主觀性和片面性，在評價作品時就不可避免地會犯反歷史主義的錯誤。」茅盾進而根據作者的創作意圖和作品所展示的廣闊畫面，通過對林道靜這個藝術形象具體深入的分析，充分肯定《青春之歌》是一部眞實地再現了特定歷史時期的生活的有教育意義的優秀作品，高度讚揚了林道靜是一個具有典型意義的豐滿的藝術形象。茅盾堅持把社會批評和美學批評結合起來，既探討了「《青春之歌》的整個思想內容」「是符合於毛主席對那個時期的學生運動的論斷」的，也探討了作者塑造林道靜這個典型形象的美學價值。茅盾堅持科學的「兩分法」，實事求是，褒貶適度。在茅盾的筆下，既不是像某些評論家把《青春之歌》譽之爲「一幅波瀾壯闊的歷史畫卷」，「偉大的史詩」，而是正確地指出《青春之歌》「沒有反歷史主義的毛病」，林道靜這個形象是「有典型性的」，因此，「是一部有一定教育意義的優秀作品。」同時，又以相當的篇幅指出其「思想性」，「人物描寫」、「結構」、「文學語言」等方面存在的缺陷。其態度是誠懇的，觀點是鮮明而中肯的。因此，堅持文學批評的科學性，反對「符咒」式的文學批評，就構成了茅盾文學批評論的重要內容。

1962 年，茅盾在《讀書雜記》中，再一次指出那種「符咒」式的文學批評對文學創作的惡劣影響：「有些評論家太熱心於在作品中找尋（甚至是搜剔）所謂『時代的本質』，熱心之餘，不免張冠而李戴。而作家們在此種風尚之下，受影響是可以理解的。」當時圍繞萬國儒的《龍飛鳳舞》所展開的爭論，正是這種「時代本質」論的餘波。因爲作品只反映了那個時代的中間狀態的人們的轉變，而沒有寫出站在時代前列的先鋒和英雄，因而被人認爲沒有反映出所謂「時代的本質」，「教育意義是有侷限性的」。茅盾精闢而深刻地指出：「教育意義之大或多，不能僅憑有這樣的先鋒和英雄而可肯定；如果這些先鋒或英雄寫得概念化，那麼，遺憾之至，我不能不說作品的教育意義是不會太大太多的。」實際上，能否反映時代的本質，並不在於描寫了什麼樣的人物，而在於是否塑造了典型形象，是否塑造了能反映社會的某些本質方面並具有美學價值的藝術形象。實踐已經証明，當年茅盾所倡導並堅持的革命現實主義的創作原則，是完全正確的。而「時代本質」論，正是「符咒」式的文學批評的一種具體的表現。

茅盾不僅在文學批評的理論和實踐上，反對「符咒」式的文學批評，而且，在如何克服文學批評中的教條主義的問題上，也多次反覆地闡明自己的主張。

首先，強調批評家向生活學習。1936 年，他就說：「批評家對於現實生活的了解如果不廣博，不深入，則他可走的路似乎只有兩條：一是以他狹固的生活認識去作尺度，陷入於武斷和偏執；二是迴避開實際問題而成爲公式主義化。」因此，「批評家也應當『向生活學習』。」〔註 10〕1937 年，他又舉了生動的例子，來說明批評家熟悉生活、深入生活的必要性，以及脫離生活的危害性。他說：「一個對於農民生活（舉例而已）不熟悉的竟至無知的批評家，當然也可以從書本子上從『理想』，自己構成了他腦中的農民，但是當他在別人的作品中讀到了和他腦中的不一樣的農民的時候，他可就困惑了，他側著頭，不知道是腦中的那個對呢，還是他要所批評的那個對；但批評家大抵需要一點自信，所以側著頭之後，往往是被批評的那個不對。」如此的批評家，僅憑那點可憐的書本知識，去讚揚、去指責文學作品中的人物形象，只能是一個「符咒」式的文學批評家。因此，他給批評家提出一個條陳：「批評家勸作家不要寫自己不熟悉的事，也該自勸不要批評自己所不熟悉的事。」〔註 11〕因此，引導和組織文學批評家深入生活、熟悉生活，這是克服文學批評中的教條主義的根本途徑。

第二，要以正確的態度來學習馬克思列寧主義，毛澤東思想。1931 年，當馬克思主義開始在中國廣泛傳播的時候，茅盾就提出了從實踐中學習馬克思主義的正確途徑：「社會科學給你的只是一個基礎」，「只有從生活中把握到的正確觀念方是眞正的『正確』」。〔註 12〕1941 年，茅盾又指出：「我們讀一個思想家的著作，主要爲攝取精華，化爲自己的血肉，以增長我們對事物的理

〔註 10〕茅盾：《需要腳踏實地的批評家》，《茅盾文藝雜論集》上集，第 597、598 頁。
〔註 11〕茅盾：《論加強批評工作》，《茅盾文藝雜論集》下集，第 737、738 頁。
〔註 12〕茅盾：《關於「創作」》，《茅盾文藝雜論集》上集，第 310 頁。

解力、觀察力，以及分析批評的能力，倘若這一點辦不到，則記誦雖多，亦只能流於捋摘章句，爲行文之裝飾而已。」〔註 13〕雖然，他著文時是針對對魯迅著作的態度，但對於學習馬克思列寧主義、毛澤東思想也同樣適用。僅僅「記誦」，而不「化爲自己的血肉」，不從中去找立場、觀點、方法，只能是「裝飾自己」。1942 年，茅盾指出：有人讀魯迅的作品，「不求了解其全盤的思想」，「未嘗讀過魯迅作品」，僅僅憑一本《魯迅語錄》，即「行文之時，常以引用」，這是一種十分「幼稚的現象」。〔註 14〕這種「幼稚的現象」，當然不僅表現於對待魯迅的文章，對待馬列主義的經典大師，何嘗不是如此呢？茅盾著文後的二十多年的「文革」中，這種「幼稚的現象」發展到了登峰造極的程度，眞是不幸而言中了。那種「符咒」式的文學批評，正是如此「幼稚」地學習馬克思列寧主義、毛澤東思想的必然結果。

正如茅盾所分析的那樣，產生公式化、概念化的文學作品的根本原因，在於作家們思想方法的主觀主義；同樣，評論作品時，也存在一個思想方法問題。〔註 15〕而正確的思想方法——辯証唯物主義和歷史唯物主義的獲得，主要依靠理論聯繫實際地學習馬克思列寧主義、毛澤東思想。茅盾早在 1946 年就提倡把學習書本知識和研究社會結合起來：一個文學批評家，「書本的知識當然是很必要的」，並且「還要研究社會經濟的情況和社會經濟的發展，因爲文學就是社會經濟生活的上層建築。」〔註 16〕無疑的，這是學習馬克思列寧主義的正確的態度和途徑。

第三、開展「百家爭鳴」。1961 年，茅盾指出：「百家爭鳴是評論界提高質量的途徑」。〔註 17〕只有在爭鳴中，才能不斷地清除「符咒」式的文學批評的流毒，才能發展馬克思主義的戰鬥的文學批評。正確的東西，錯誤的東西，只有在爭鳴中，才能良莠分明，而最終以正確戰勝錯誤。

對教條主義的文學批評，茅盾不僅在理論上進行闡述，在文學批評實踐中進行糾偏，而且還提出過具體的措施予以徹底地解決這個問題。1958 年，

〔註 13〕茅盾：《「最理想的人性」——爲紀念魯迅先生逝世五周年》，《茅盾論魯迅》，第 78 頁，山東人民出版社 1982 年版。

〔註 14〕茅盾：《關於研究魯迅的一點感想》，《茅盾論魯迅》，第 89 頁，山東人民出版社 1982 年版。

〔註 15〕參閱茅盾的《夜讀偶記》和《怎樣評價〈青春之歌〉？》。

〔註 16〕茅盾：《文藝修養——四月十九日在香港華僑工商學院講話》，《茅盾文藝雜論集》下集，第 1159 頁。

〔註 17〕茅盾：《一九六〇年短篇小說漫評》，《茅盾評論文集》（上），第 376 頁。

他曾指出：應該使文學評論工作者「有比較長的時間能深入生活、勞動鍛煉（生活面愈廣愈好，因爲是做評論工作，必須有廣博的生活知識），使他們有一定的學習時間獲得自然科學的知識，獲得本國歷史和世界歷史的知識（應當學習哲學，那是不待言的），使他們掌握系統的文藝史知識；最後，爲了成爲多面手，鼓勵他們寫作品。」〔註 18〕雖然這還不夠全面（比如學習美學、悉心總結和研究古今中外文藝評論家的經驗和教訓，就未能提及），但是，至今還是切實可行的。

茅盾與「符咒」式的文學批評鬥爭的經驗，是值得總結的，是我國現代文學批評史上的一個重要的精神財富。特別是，當我們與錯誤的文藝思潮進行嚴肅鬥爭的時候，必須防止「符咒」式的文學批評的「歷史的重複」。我們應該以茅盾爲榜樣，隨時注意動向，一旦發現，即應出戰進擊，爲眞正的馬克思主義的文學批評鳴鑼開道。

〔註 18〕茅盾：《文藝大普及中的提高問題》，同上，第 206、207 頁。

第三章　「文藝批評都是從『此時此地的需要』出發的」——文學批評的針對性

關於茅盾所持的文學批評的尺度，似乎有一個不成文的或成文的觀點，認為他重政治而輕藝術，甚至認為他以政治的尺度來干預藝術。其實，這是一種誤解，或者說，由於缺乏認真、細緻地研究他的文學批評論著而只是粗略地閱讀他的某些論著而得到的粗淺的印象。這種「誤解」和「印象」，當然不是科學的結論。

如果認眞，細緻地研究茅盾文學批評論著，就會發現：堅持社會批評和美學批評相結合，是他一貫的持之以恒的文學批評尺度。但是由於當時環境的變異、對象的不同，在表述時，常常出現一些矛盾，有時強調藝術，有時強調政治，有時強調政治與藝術相結合的標準，有時又強調政治標準第一、藝術標準第二的公式，有時又突出藝術手段的重要，但縝密研究他的文學批評論著後，就會發現，萬變不離其宗，即既重視政治標準又不忽視藝術標準，而且還會發現，茅盾在強調某一方面的時候，正是當文壇存在著相反的傾向。即是說，他的文學批評帶有十分鮮明的針對性的特點。正如他說過：「自來偉大的文藝批評都是從『此時此地的需要』出發的。」〔註 1〕這是符合列寧關於理論批評要堅持歷史唯物主義的觀點：「在分析任何一個社會問題時，馬克思主義的理論的絕對要求，就是要把問題提到一定的歷史範圍之內。……」〔註 2〕

〔註 1〕茅盾：《需要腳踏實地的批評家》，《茅盾文藝雜論集》上集，第 596 頁。

〔註 2〕《列寧全集》第 2 卷，第 512 頁，《論民族自決權》（1914 年）。

讓我們具體地來回答這個問題吧。

眾所周知，茅盾步入文壇不久，即參加了中國共產黨的建黨工作，翻譯了一些馬克思主義的建黨文獻，因此，從政治鬥爭的角度來研究文藝問題，事固必然。1920年1月，他即提倡「平民文學」，「是『血』和『淚』寫成的，不是『濃情』和『艷意』做成的，是人類中少不得的文章，不是茶餘酒後消遣的東西！」〔註3〕同年2月，即「主張用文藝來鼓吹新思想的。」〔註4〕但是，他當時所見到的文學作品眞正具備藝術品特質的少得十分可憐，深知當時文學創作僅僅處於草創階段，強調「藝術」，促使文學創作眞正成爲藝術品，就是他早期文學批評的一個重要基石。

因此，茅盾說：「文藝是思想一面的東西，這話是不錯的。然而文學的構成，卻全靠藝術。」「創造新文學，思想固然要緊，藝術更不容易忽視。」〔註5〕一個「全」字，一個「更」字，把藝術強調到無以復加的程度，但又絕不是唯美主義的觀點——旨在形式的創造，而忽視內容的正確，而是要引導作者們爲創造眞正的藝術品而努力。幾乎同時，他又說：「創作文藝」有「必不可少」的「三種功夫」：一、「觀察」；二、「藝術」；三、「哲理」。而「我們根據這三者去批評現在的文藝創作，便見得創作之中，盡有（一）（三）兩項很好，而（二）未盡好，因此，這篇創作便減了色。」〔註6〕由此可見，茅盾當時認爲藝術手段的缺陷是文學創作中極待解決的根本問題。

約一年以後，茅盾從宏觀的角度概括當時文壇的現狀：「很顯見的毛病：第一，是題材大都側在單方面，命意大都千篇一律；第二，描寫處缺乏個性，甲篇內的描寫可以移用到乙篇；第三，書中人物的舉動和情緒都不是表現的而是抄襲的；第四，也就是最大的特點，便是描寫的明明是中國事，都反有濃厚的西洋氣撲面而來。」〔註7〕這種一針見血的批評，在當時缺乏文學批評，或者說文學批評囿於門戶之見而無科學的態度的狀況下，茅盾獨特的見地，眞是擲地有聲。因爲，雖然他提出的問題儘管十分簡略，但卻十分重要，涉及到題材擴大、主題深化、描寫眞實、創作個性、民族特色等文學創作中的重大問題。這些問題的提出，並不是從政治的角度，而仍然是從藝術的角度。

〔註3〕茅盾：《現在文學家的責任是什麼？》，《茅盾全集》第18卷，第11頁。
〔註4〕茅盾：《對於系統的經濟的介紹西洋文學底意見》，同上，第20頁。
〔註5〕茅盾：《「小說新潮」欄宣言》，同上，第12頁。
〔註6〕茅盾：《對於系統的經濟的介紹西洋文學底意見》，同上，第20頁。
〔註7〕茅盾：《「文藝叢談」二則》，同上，第65頁。

1921 年先後發表的《春季創作壇漫評》和《評四、五、六月創作》正是這種宏觀批評的具體化。如果說，《春季創作壇漫評》含有宣傳「爲人生而藝術」的主張，而《評四、五、六月創作》完全是這種宏觀批評的實証。

《春季創作壇漫評》中提出當時文學創作的四類情況。一、「把小說當作」「一己的留聲機的」。二、「專門模仿西洋小說的皮毛。」這兩類，茅盾是不屑一顧的，表明其鮮明的立場和態度。三、「表現的手段太低，或是思想不深入」，但「很有看一過的價值」。後來，他所例舉的 24 位作家，正屬於此類。由於「他們的著作中的呼聲都是表示對於罪惡的反抗和對被損害者的同情」，顯然符合他「爲人生」的藝術主張，因此「表示非常的敬意」。第四類，「比較」「好」，但也有「意見」的。這正是該文論述的重點。他對田漢早期創作《環珴璘與薔薇》、《靈光》的批評：「田君於想像方面儘管力豐思足，而於觀察現實方面欠些功夫啊！」茅盾從藝術角度抓住了田漢早期劇作的特點及缺陷，即使今天看來，也是擊中要害的。他認爲陳大悲的《幽蘭女士》是「成功的」「自然主義」的劇本，而充分肯定的是「不說一句『宣傳』的話」。儘管當時的茅盾是極力主張文藝是鼓吹新思想的，但他深諳藝術特質，並不認爲在文學作品中「宣傳」的傾向是正確的。他後來點名品評了十八篇作品，其著眼點往往在「動人」、「結構」、「心理」、「筆力」、「含蓄不盡的趣味」等等方面予以取捨，可見其批評的基點，不在政治方面，或者說不完全從政治角度去觀察文學現象。

《評四、五、六月創作》一文強烈抨擊的是題材狹窄、描寫雷同、缺乏眞實性的傾向：「描寫男女戀愛的小說占了百分之八九十」，「對於描寫的對象大概是抱了同一的見解和態度的，他們的寫法也是大概相同的，他們的作品都像是一個模型裡鑄出來的」，「弄成所有一切人物都只有一個個性」，「描寫勞動者生活的作品顯然和勞動者的實際生活不符。」顯然，茅盾仍然不僅僅是從政治的角度，而主要的是從藝術的角度去剖析、評價文學現象。

直到兩年以後的 1923 年，茅盾提出「鑒賞文藝作品」的「標準」時，仍然堅持：「（一）文字的組織愈精密愈好。（二）描寫的方法愈『獨到』愈好。（三）人物的個性和背景的空氣愈顯明愈好。」〔註 8〕與此同時，茅盾又十分贊同惲代英的觀點：「現在的新文學若是能激發國民的精神，使他們從事於民族獨立與民主革命的運動，自然應當受一般人的尊敬；倘若這種文學終不過

〔註 8〕茅盾：《雜談》，同上，第 348 頁。

如八股一樣無用，或者還要生些更壞的影響，我們正不必問它有什麼文學上的價值，我們應當像反對八股一樣的反對它。」〔註 9〕並且，同年他在《「大轉變時期」何時來呢？》這篇著名的文學論文中鮮明地提出：「我們希望文學能夠擔當喚醒民眾而給他們力量的重大責任。」這兩者之間是否存在著矛盾呢？是否是政治、藝術分離的二元論呢？

其實並不矛盾。眾所周知，這個時期的茅盾以倡導「爲人生而藝術」而著稱。他提倡過「自然主義」（即寫實主義），但又認爲不完善，又曾提倡過「新浪漫主義」，以「表現理想」而補充「寫實主義」之不足。顯然與惲代英的觀點相一致的，毫不含糊地肯定文藝的功能與時代的需要、政治運動的目的密切相關。但是，當他具體評價某個文學作品時，卻又注重文藝的特質及其規律，反對文學作品成爲一般的「宣傳」品，考察其首先是不是藝術品，不是藝術品的作品，儘管政治上正確，也予以貶責。兩者之間是在「藝術品」這一根本問題上統一起來了。因此，這也不是「二元論」。政治不等於藝術，只有成爲藝術品的作品，才屬文學批評考察的範圍；如果還不是藝術品，首先必須從藝術手法上予以提高和豐富，這正是這個時期茅盾所強調的核心。而當作品成爲藝術品之後，又不能脫離時代與政治，必須「喚醒民眾」爲「民族獨立與民主革命的運動」而奮鬥，這也正是茅盾早期「爲人生」的藝術主張的發展。兩者並不是分裂的，而是相互諧合的。所以，認爲茅盾的文學批評是重政治、輕藝術的觀點，顯然是不符合客觀實際的主觀臆斷。茅盾強調政治也好，強調藝術也好，都是「從此時此地的需要」出發的。

隨著中國共產黨政治活動的蓬勃開展，階級責任重擔的負荷，必然明確提出無產階級文學的主張。作爲中國共產黨的一員，茅盾在 1924 年八月發表的《歐戰十年紀念》一文最後，大聲疾呼：「鼓吹革命文學的文學者呀，宣傳『愛』的文學者呀，擁護『美』的文學者呀，『怕見血』的文學者呀，請一致鼓吹無產階級爲自己而戰！」1925 年五月發表的《論無產階級藝術》儘管尚存在某些形而上學的觀點，比如對未來派、意象派、表現派等等，採取完全否定的態度：「這些變態的已經腐爛的『藝術之花』不配作新興階級的精神上的滋補品的」，「不是爲無產階級所應承受的文藝的遺產」，而缺乏馬克思主義的分析，但卻是同時代的無產階級文學主張的集中代表，特別是在政治與藝術、內容與形式等關係上，做了馬克思主義的分析，並第一次提出了文藝批

〔註 9〕茅盾：《雜感——讀代英的〈八股〉》，同上，第 410 頁。

評的黨性原則。1928 年開始的文學革命論爭中，茅盾發表了《從牯嶺到東京》、《讀〈倪煥之〉》，被不少評論者認爲是《論無產階級藝術》的「倒退」。這一樁歷史「公案」的是是非非留待下篇第三章去詳細展開論述。其實，這兩者是一脈相承的。我們在這裡主要是要論証茅盾的文學批評的針對性。當時的革命文學論者存在著「題材決定論」的偏見，茅盾據理澄清。在《論無產階級藝術》中，茅盾就批評「以爲無產階級藝術的題材只限於勞動者生活，甚至有『無產階級文藝即勞動文藝』」的觀念，「是極錯誤的觀念」，而提出「無產階級藝術之必將如過去的藝術以全社會及全自然界的現象爲汲取題材之泉源，實在是理之固然，不容懷疑的。」1928 年 1 月在《歡迎〈太陽〉！》中，茅盾就批評蔣光慈的「題材決定論」，認爲「蔣君之說」，「則我們的革命文學將進了一條極單調的仄狹的路，其非革命文學前途的福利」。《從牯嶺到東京》、《讀〈倪煥之〉》，只不過是這種觀點的具體深入、具體發揮罷。茅盾的文學批評正是從「此時此地的需要」出發的。

三十年代，茅盾撰寫了大量的評論文章。當他運用文學批評的武器，評價和剖析文學作品時，主要從對象出發，不是從本本出發，用一個教條、一個模式去「套」他所批評的對象，有別於當時創造社、太陽社的某些文學批評家，而從不同對象的特點入手進行評析，具有強烈的針對性。這種文學批評，與那種僵化的、凝固不變的批評模式，是絕緣的。

1933、34 年陸續發表的《〈雪地〉的尾巴》、《創作與題材》、《一張不正確的照片》、《杜衡的〈懷鄉集〉》，即十分鮮明地體現了這個特點。

《創作與題材》是在《中學生》雜誌上發表的，茅盾針對當時初學寫作者的狀況，主要從藝術技巧的角度去進行剖析和指導。此文就《阿 D 的自述》這篇習作進行了細緻的剖析，指出其「作者缺乏描寫的藝術」。他認爲「作者雖則從社會生活拈取了這麼一種有意義的題材」，但「沒有正確地選擇題材的標準」，既不會「對於原料（社會生活）的選剔整理剪裁配制」這個工作，又「沒有認清那題材中的各項節目的連續性」。而描寫的手法「抽象的記述太多而『動作』太少」，因此，「失敗」了。這篇文章，我們只能從題材的社會意義角度，看到了茅盾文學批評的政治傾向性，而根本沒有看到茅盾如何運用他所熟知的唯物辯証法的政治術語去「套」他所批評的對象，而更多的，是從藝術技巧（即此文中的選材、剪裁、組織安排、表達方式等）去進行具體、切實的指導。

《〈雪地〉的尾巴》是針對初涉文壇的青年作家的弊病而寫的。這是爲《雪地》的發表而配寫的文學評論。耐人尋味的，茅盾並沒有從政治的角度去肯定他們的作品。相反，首先從「藝術品」的角度去肯定何俗天的《雪地》:「沒有古怪的歐化句子，也很少流行的文學描寫的術語，也沒有裝腔作勢故意『賣關子』的所謂技巧；他只是很樸質地細緻地寫下來」。其次，茅盾認爲要砍掉的「尾巴」，正是作者企圖加上的「政治尾巴」。在茅盾看來，雖然政治意識是正確的，但這個「十足概念化的，並且『公式化』」的尾巴是違背現實主義創作原則的，毫不吝惜、毫不客氣地「割掉」它！同時，「附帶」地說明湯艾蕪的《咆哮的滿州》，也曾「割掉」了那個「概念化和公式化」以及「『絕處逢生』的舊小說格調」「非常『羅曼諦克』的色彩」的尾巴，而改名爲《咆哮的許家屯》予以發表。

由此看來，茅盾的文學批評並沒有重政治、輕藝術，更沒有用「政治尺度」去「干預文學」；但是，當有人用另一種「政治尺度」去「干預文學」時，作爲馬克思主義的文學批評家豈能坐視不理？他必然堅持正確的政治標準予以回擊，這是一個革命者的神聖職責。如果說，這也是一種「干預」的話，正是茅盾文學批評針對性的鮮明體現，正是從「此時此地的需要」出發的。「只許州官放火，不許百姓點燈」，那是霸道者的哲學。

《一張不正確的照片》正是如此地「干預文學」的。此文所抨擊的《一九三二年中國文壇鳥瞰》，正是大家所熟知的對「自由人」和「第三種人」論爭的繼續。《一九三二年中國文壇鳥瞰》的筆者，無視「《北斗》是出了兩期的，《文藝新聞》也是出了一期的，還有許多文藝性的小刊物也是陸續在新刊」的事實，而以《現代雜誌》的五月一日創刊爲「文壇恢復」的「紀元」，顯然只是爲了《鳥瞰》筆者同人張目，歪曲了事實的本來面目，否定「左聯」的業績。茅盾運用唯物辯証法，闡述了「某一時期的文藝現象不但須從該時期的社會動態中找『說明』，並且須從前一時期的社會的和文藝的現象中找求它的根源，究明它的發展」的這一正確的法則，並運用階級分析的方法，抨擊了《鳥瞰》筆者的所謂「文壇衰落」論，指出「衰落」只是「統治階級文化的衰落」，而「新興階級的文化恰好是在舊文化衰落的廢墟上萌芽發展的」。事隔五十多年了，茅盾當年所闡述的規律，已經被歷史的發展所証實，這樣的「干預文學」，難道有什麼錯誤嗎？

《鳥瞰》筆者「批評」了巴金、丁玲等等，而把杜衡舉爲「人生的現實主義」的代表，是承繼魯迅、葉聖陶而做出了「最大貢獻的」代表者。《鳥瞰》

筆者的文學批評，爲當年魯迅所斥責的「捧」與「罵」的文學批評，又充當了一個有力的例証。茅盾據理以駁，這種「干預」，難道不應該嗎？《鳥瞰》筆者的文學批評觀，仍然堅持了「自由人」和「第三種人」政治與藝術相分離的二元論的文藝批評觀，認爲杜衡的創作「形式是優美的，內容是貧乏的」，這「是當然的事情」。茅盾則堅持政治與藝術相統一的一元論的馬克思主義的觀點，認爲「把意識只當意識看，美學價值只當美學價值看，把兩者當作個別的不相聯繫的東西——這樣的批評是錯誤的批評。」並進而剖析杜衡的作品的錯誤傾向。顯然，這又鮮明地反映了茅盾文學批評的強烈的針對性。

茅盾在《杜衡的〈還鄉集〉》一文中，更進一步剖析了杜衡創作的錯誤傾向。但茅盾畢竟還是茅盾，他對錯誤傾向的批評，絕不扳著面孔說教，絕不聲色俱厲使人望而生畏，既鞭撻入裡而又雍容委婉，並且對存在錯誤傾向的作家的態度也仍然堅持實事求是的批評原則，對其創作絕不採取「一棍子打死」的態度，該肯定的也不違言。因此，他肯定杜衡的某些作品，如《懷鄉病》和《藍衫》的「題材」「是有意義的」。他肯定《墻》「算是最好的一篇」，走向了「藝術的完成」的「門檻邊」。但是，針對杜衡的認爲「理智」（即世界觀）破壞了「感情」的觀點，他著重指出世界觀對創作具有重要的指導作用：「『理智先生』對於一個作家的幫助，倒是整理分析作家的豐富的生活經驗，指示出一條創作的大路！」這種十分大度的雍容委婉的批評，至今難道還有人認爲這是錯誤的嗎？針對杜衡這樣的作家，茅盾著重強調的是政治標準：「一篇文藝作品必須思想也好，技術也好，然後能夠說它一句『藝術的完成』。」從行文看，儘管茅盾仍然從政治和藝術兩個方面著眼，但強調的突出的卻是「思想」，這是從他所批評的對象的具體實際出發的，仍然鮮明地反映了茅盾文學批評強烈的針對性。茅盾即使對杜衡這樣的作家，也沒有僅僅以「政治尺度」去衡量，仍然深入地剖析杜衡作品的藝術性上的弊端：「恰像小學教師上課似的掛起一幅女人的畫像，然後在一旁用教鞭指指點點說明了這個女子的思想性格」，好像「電影」似的「單靠『字幕』來說明戲裡人物的情感思想，而不從『畫面』去表現。」即使題材有意義的，如《懷鄉病》和《藍衫》也有弊病：前者中的船戶長發「僅僅是『我』的嘴巴上的人物」，後者「摹仿著《孔乙己》」，而主人公祥茂叔「的風姿不及孔乙己那樣感人深切。」這些具體深入的剖析，就剝落了杜衡自我標榜的追求「藝術的完成」的外衣，好像文壇上的左翼作家們都把文藝當做宣傳的工具，而只有他們這些「自由人」和「第三種人」才舉起了「藝術」的旗幟，其實，墮入公式化、概念化這個藝術泥潭裡的，不僅有「左聯」的人，也有他們這些追求所謂「藝術」的人！在那場批判「自由人」和「第三種人」的論戰中，茅盾顯然是獨樹一幟的，他不像有些左翼的文學批評家注重於文藝觀點的論爭，而是深入到具體作品中去剖析，我認爲，這也許比理論上的論戰讓論敵更爲口服心服。因此，近幾年在這個問題進行「翻案」的人，也難以從茅盾的論著中找到紕漏。

當然，不可否認，茅盾確實也在文學批評中，存在著重政治、輕藝術的傾向，這在抗戰初期表現得十分明顯。「九一八」、「一二、八」以後，抗日救亡運動開始風起雲湧，茅盾提出：「一個民族的前進活躍的藝術必然是此一民族全心靈所要求所爭取的偉大目標以及在此爭取期間種種英勇鬥爭的反映。」並「要大膽的粗線條的筆觸，要衝鋒號似的激越的音調，要暴風雨般的氣勢！」〔註10〕1938 年 5 月，茅盾更明確地指出：「『五四』以來寫實文學的眞精神就在它有一定的政治思想的基礎，有一定的政治目標的指針。」〔註 11〕因此，只要對抗戰勝利有利，儘管藝術上比較粗糙，甚至標準以下的，茅盾也不遺餘力地予以鼓吹，顯然，進行文學批評的著眼點是政治角度、政治標準。

1938 年 4 月至 11 月的八個多月時間內，茅盾對《給予者》、《八百壯士》、《突擊》、《游擊中間》、《兩個俘虜》、《臺兒莊》、《七將領》、《河內一郎》、《大上海的一日》、《北運河上》、《戰地兒女》、《黃河北岸》、《大時代的插曲》、《在湯陰火線》、《戰地書簡》、《軍民之間》、《到明天》等文藝作品，以及對當時大量湧現的報刊，如《時調》、《大眾抗敵劇叢》、《戰地》、《自由中國》、《戰地藝術》、《西北文藝》、《文藝後防》、《小戰報》、《民族革命》、《文藝》、《詩時代》等進行了評介和宣傳。在批評標準上，茅盾明顯地採取了藝術上放寬的原則，如在《中華兒女》一文中說：「雖則文字技巧上差了些，然而『眞實』挽救了技巧的不足，而作者的熱情噴湧又加強了『故事』的活潑和生動。」而這些作品大多數是「趕任務」的「急就章」，體裁又大都是報告文學、劇本，有的還是集體「趕」出來的，因此，往往經不起時間的考驗，隨著「歷史老人」歲月的增長，大浪淘沙，漸漸被人們所遺忘。固然，當時政治成了時代興奮的中心點，由於形勢的需要，茅盾文學批評針對性特點所使然，他的評介也曾起過某些積極的宣傳鼓動作用。後來，茅盾在 1946 年寫的《爲詩人們

〔註10〕茅盾：《向新階段邁進》，《茅盾文藝雜論集》上集，第 579 頁。
〔註11〕茅盾：《浪漫的與寫實的》，同上，下集，第 714 頁。

打氣》和《抗戰文藝運動概略》進行自我反思，曾借用別人的話，概括抗戰初期文藝運動爲「轟轟烈烈、空空洞洞」，還指出：「頌揚多於批判，熱情多於理智。」其實，茅盾也有「熱情多於理智」的失誤，由於抗日救亡的最大政治需要，他鼓吹，他吶喊，也忽略了他本來十分熟知的藝術規律。

1942 年，《在延安文藝座談會上的講話》傳播開來後，茅盾理所當然地接受了毛澤東關於文藝批評的理論。1944 年，他說：「至於文學技巧倒是第二義的。」〔註 12〕同年，他又說：「當然這不是說不要技巧，不過必須記取的乃是技巧的把握實在不是怎樣了不起的大事罷了。」他所強調的只是「正確的思想和廣博的知識」。當然，這也是茅盾文學批評針對性的反映，因爲當時，「在今日特見得嚴重的是強調藝術性。」〔註 13〕但也反映了毛澤東的「政治標準第一、藝術標準第二」觀點的深刻影響。

一個值得注意的問題，批評理論和批評實踐在茅盾身上似乎存在著矛盾。當他從宏觀上去思考文學批評的重心時，往往從時代的要求和任務以及文壇上總的傾向而提出某種觀點，而當他從微觀上去閱讀、欣賞、評價某些文學作品時，由於深諳藝術規律又情不自禁地從藝術技巧的角度去評價其成就與不足。1945 年 5 月發表的《讀書雜記》就屬此種情況。此文評介了碧野的《肥沃的土地》和《風砂之戀》、姚雪垠的《戎馬戀》和《春暖花開的時候》、馬寧的《動亂》，除了敘述情節、分析人物時涉及到某些思想內容外，其評論的基點仍然是藝術分析的角度。指出其成功，往往是「對話都是活的語言」，「風景描寫」「不是詩意的，而是充滿著泥土香的」；指出其失敗，也往往是「人物太謔畫化，個性不深刻」，「結構潦草」，「浮誇有餘而醇樸不足」。更爲明顯的，是對《春暖花開的時候》的評析，在內容上僅僅點到爲止，而大量的筆墨，卻在釋析藝術上的成功與失敗，從「結構」、「人物」、「技巧」等方面深入細緻地進行開掘，指出其作者在構思上的紕漏。由此可見，茅盾在評析具體作品時，並沒有重政治、輕藝術，並沒有把藝術技巧放在第二位。

這個矛盾，一直延續到建國後。當他作爲文化部長、文聯領導人的身份講話時，往往強調政治標準，而作爲文學批評家的茅盾對藝術分析絕不吝惜自己的筆墨。這不僅在《讀〈新事新辦〉等三篇小說》中表現得十分明顯，而且在 1957 年後寫的《關於〈黨的女兒〉》、《短篇小說的豐收和創作上的幾

〔註 12〕茅盾：《雜談文藝現象》，同上，第 1038 頁。
〔註 13〕茅盾：《什麼是基本的》，同上，第 1043 頁。

個問題》、《一九六〇年短篇小說漫評》、《〈力原〉讀後感》等中也同樣表現得十分突出。

1950 年他寫的《讀〈新事新辦〉等三篇小說》雖然開頭是從內容和形式兩個方面入手的，但落腳點卻是在藝術形式方面。此文一共談了四個問題：一、從選材的角度肯定《新事新辦》「輕靈而自然」；二、以《三十張工票》與《新事新辦》比較，而肯定「後者之所以能引人入勝就在於避免了平舖直敘，在於有剪裁」；三、仍以這兩篇比較，肯定《新事新辦》的人物形象「寫得非常清晰而且是立體的」；四、指出《新事新辦》中結婚會場的氣氛「寫得差一點」。這同樣反映了茅盾文學批評針對性的特點：這三篇小說的內容是易於理解的，而且當時不少文章已做了很多的分析，茅盾歷來是不顧「炒冷飯」的，因此只能點到爲止；這三篇小說是新人新作，如何提高他們的藝術水平，就成了當務之急，作爲文藝前輩當然應有指導的責任。比如，茅盾說「大凡寫這種熱鬧場面，既要寫得錯綜，又要條理分明，既要有全場的鳥瞰圖，又要有個別角落及人物『特寫』」，這純乎是《子夜》創作經驗談，對文學新人的寫作實踐具有切實的指導作用。

《關於〈黨的女兒〉》寫於 1958 年，而正是他 1957 年主張：「不單分析作品的思想性，也要分析它的藝術性」的具體藝術批評實踐。除了從思想內容方面去肯定這部影片的優點外，著重指出它「故事的發展很有旋律感，然又很自然；有些場面近於驚險，然而合於生活邏輯，不給觀眾以矯揉造作之感；善於使用富有典型性的小事件來勾勒人物的性格；正因爲能夠簡潔地勾勒人物面貌，所以影片中幾個次要人物的戲雖不多，給觀眾的印象卻是深刻的；這些次要人物在故事的發展都起了一定的作用，是整個故事的有機部分而不是隨便作爲陪襯的。」還指出這部影片「引子」的藝術技巧上的紕漏。這在當時已經形成的「大批判」的浪潮中，恐怕也可算之爲「空谷足音」吧。1961 年他寫的《〈力原〉讀後感》就純然是一篇藝術剖析的文評。開頭即肯定「這是一篇風格清新、體裁別緻的短篇小說」，然後指出開頭結尾「前後相映，風趣盎然」，「結構如行雲流水，層次分明，先後呼應；具有匠心，而又不露斧鑿的痕跡」，特別在人物刻畫的成就上，茅盾含蓄地批評了一種「理論」。這種「理論」認爲：「無衝突論」不能反映生活的眞實，要眞實地反映生活必須把人物置之於風口浪尖中，也才能表現出人物的典型性，因此，不少評論文章都以這個觀點來肯定或者否定某些作品。這種「理論」，只有部分的眞理，而且在以階級鬥爭爲綱的框架裡，而演化爲一種「公式」，把文學創作引向了一條窄胡同。所以茅盾指出：「以劇烈的鬥爭作爲背景，比較容易刻畫一個人物。」「以日常生活作爲背景來刻劃一個人物是比較難以著手的，然而作者做得很出色。」他正是想把作家們從那條窄胡同引導出來，這種良苦用心又正說明茅盾的文學批評具有的針對性。

總之，茅盾的文學批評這個特色，正是他的文學批評強大的生命力的所在！

第四章　追求「美文」式的文學評論
——文學批評的藝術性

我們不妨全文引述一篇文章開始落筆吧。

為《親人們》

住在鄉下，睡得早，午夜夢迴，有時聽得貓頭鷹的呼哨，但不久，一切又都沉寂了，靜的就像會聽到大地自轉的聲音；似乎這樣的寂靜永無止境了，可是遠遠地打破沉寂者來了，不知名的鳥啼，一聲兩聲，像游絲一般，在濃霧中搖曳著。這一根絲，愈細愈有勁，細到像要中斷的當兒，突出一片啁啾的聲浪從四面八方一齊來了。無數的鳥兒在謳歌黎明。於是在床上等待天亮的人也鬆一口氣，確信那陰森寒冷的夜終於過去了。

這樣平凡的經驗，可說是每個人都有過的罷？

但這樣平凡的感想也許不是每個讀了這個小小的詩集的人們會感得到的罷？

把技術放在第一位的人們是不會感到的；神往於山崩海嘯，絢爛輝煌，而對於樸素平易不感興趣的人們，是不會感到的；不從始發的幾微中間看出沛然莫之能御的氣運的人們，大概也不會感到；而偏愛著貓頭鷹的呼哨的人們，自然更是不會感到的了。

今日的詩壇，的確不算寂寞，但這是怎樣的不寂寞呢？這好比一個晴朗的秋色，璧月高懸，繁星點點，銀漢橫斜。

讀了這本小小詩集，或者會喚起了望銀河那時的驚喜的感覺罷？

這裡的許多位作者，有的是已經在刊物上發表過他們的作品的了，有的恐怕還是第一回將他們的心聲印在紙上。風格也各人不同，有人傾訴他對於最親最親者的懷念，有人在對於遠遙的未來寄與熱烈的希望，有人舐著自己的創傷在低呻，有人則高舉旗幟唱著雄壯的進行曲。他們都有一點相同抒寫眞情，面對光明。他們更給我們同一的確信：「參橫鬥轉欲三更，苦雨終風也解晴。」詩人是對於時代的風雨有著預感的鳥，特別是不爲幻影迷糊了心靈而正視現實的詩人，他們的歌聲常是時代的號角。在陰沉的日子裡讀完這些詩，幾年前一個深刻的印象又喚回來了。

那是在北國，天剛破曉，我被那嘹亮的軍號聲驚醒了。我起來一看，山崗上乳白色的霧氣中一個小號兵面對東方，元氣充沛地吹著進行曲，他一遍一遍吹，大地也慢慢轉身，終於一片霞光罩滿了高山的和深谷。

粗心的讀者乍一看，這似乎是一篇散文；仔細一看，才知是一篇詩評。正如周作人在 1921 年就說過：「讀好的論文，如讀散文詩，因爲他實在是詩與散文中間的橋。中國古文裡的序，記與說等，也可以說是美文的一類。」〔註1〕這篇不足一千字的短文，完全可以算作「美文」這「一類」，它像一篇散文詩，字裡行間裡時時躍動著感情的激流，理性的評判飽蘸著感情的筆墨。

儘管像如此的文評，在茅盾的評著中確係極少數，但是，理性的評判飽蘸感情的筆墨的特徵卻常見於他的評著中，文情並茂就構成了他的文評特有的風格。

《〈呼蘭河傳〉序》曾被有人稱之爲「文情並茂的『美文』」〔註2〕，完全符合實際。它開頭就說：「今年四月，第三次來到香港，我是帶著幾分感傷的心情的。」然後以重溫過去的種種十分留戀的生活爲襯托，而說：「特別想看一看的，是蕭紅的墳墓」，足見其對蕭紅愛憐之深，甚至勝過自己的兒女。想起了蕭紅，又聯想起自己愛女沈霜的早死，對他們都寄託的無限的哀思。這哪是一篇所謂的「文評」啊，而是一篇感情熾熱的悼文！第二段開頭，他又寫道：「蕭紅的墳墓寂寞地孤立在香港的淺水灣。在游泳的季節，年年的淺水灣該不少的紅男綠女罷，然後躲在那裡的蕭紅是寂寞的。」一股憐惜、悲痛、憤懣的感情躍入紙上。茅盾從《呼蘭河傳》「看到了蕭紅的幼年也是何等的寂寞」，而蕭紅要執意離開香港，其內心又是何等的「寂寞」，而蕭紅「咽最後

〔註 1〕周作人：《美文》，《談虎集》第 41 頁，北新書局 1936 年 6 月五版。
〔註 2〕唐金海：《論茅盾文學批評的美學價值》，《茅盾專集》第 2 卷上冊，第 421 頁。

一口氣時」，更是何等的「寂寞」！這哪是在剖析《呼蘭河傳》啊，這是一個未亡人眞正理解了已亡人以後的難以名狀的悲痛！第三段，當茅盾概括敘述《呼蘭河傳》情節的時候，我們仍然看他跳動在字裡行間那一顆深沉而悲哀的心。第四段、第五段，理性的評判和感情的激流交融在一起，又是何等的自然而深切啊！他讚美《呼蘭河傳》是「一篇敘事詩，一幅多彩的風土畫，一串淒婉的歌謠」，儘管「讀下去」感到「沉重」，「可是，仍然有美，即使這美有點病態，也仍然不能不使你炫惑」；他也指出《呼蘭河傳》的不足，並分析蕭紅「被自己狹小的私生活的圈子所束縛」，「而這一心情投射在《呼蘭河傳》上的暗影，不但見之於全書的情調，也見之於思想部分，這是可以惋惜的，正像我們對於蕭紅的早死深致其惋惜一樣。」不僅感人的敘述，讓人心潮激蕩，而且動情的評判也讓人迴腸蕩氣，這實實在在是一篇「美文」！

如果說，《〈呼蘭河傳〉序》是因爲與蕭紅曾有過密切的交往而感情深沉，那麼，《徐志摩論》是在批判「新月」派以後寫的，仍然表露了深沉的感情而文情並茂。

《徐志摩論》既正確地指出徐志摩「是布爾喬亞的代表詩人」，又充分肯定徐志摩「是中國文壇上傑出的代表者」歷史地位，還精闢地剖析了徐志摩的發展道路，指出詩人的階級立場，所處的生活環境及其思想感情，是「詩情」「枯窘」的根本原因。對這樣一位在當時的無產階級作家們的心目中早已「聲名狼藉」的傑出詩人，茅盾並沒有氣勢洶洶地給予無情的痛擊，而是如朋友之間的娓娓談心，既鞭撻入微，又滿懷感情，不僅具有說服的力量，而且還具有感人的魅力。文章一開始就全文引述了徐志摩的名作《我不知道風是在那一個方向吹》，眾所周知，後來「七月派」詩人羅洛卻反其道而行之：「我知道風底方向，我們和風正走著同一的道路啊……」，用詩來否定徐志摩詩，不少評論者對這首詩也作過有力的批判。而茅盾卻首先肯定這首詩形式上的美麗：「章法很整飭，音調是鏗鏘的」，但是，「我們所能感染的，也只有那麼一點微波似的輕煙似的情緒」。儘管如此，茅盾還肯定這「是我們這錯綜動亂的社會內某一部分人的生活和意識在文藝上的反映」，正以此爲據判定徐志摩「是代表的布爾喬亞詩人」。這種推理是實事求是的、褒貶適度的，行文確似朋友之間的娓娓談心。文章最後，引用徐志摩在《猛虎集》序中的話：「要他認清方向，再別錯走了路」，寄予了期望，認爲他的死是「不幸」的，惋惜之情油然而在。但茅盾畢竟是茅盾，這篇「專論」是怎樣結尾的：「百年來的布爾喬亞文學已經發展到最後一個階段，除了光滑的外形和神秘縹緲的內容而外，不能再開出新的花朵來了！這悲哀不是志摩一個人的！」對這樣一個富有才氣的傑出詩人的末落，茅盾是惋惜的，而從時代和階級去考慮一個詩人的命運，他的末落卻又是必然的！

當然不僅這兩篇，《魯迅論》及其它 6 篇作家論以及《一個青年詩人的「烙印」》、《讀〈倪煥之〉》、《彭家煌的〈喜訊〉》、《讀〈鄉下故娘〉》、《關於〈遙遠的愛〉》、《序〈一個人的煩惱〉》、《序〈沒有結局的故事〉》等等都可以算作是文情並茂的「美文」。

茅盾文學評論的語言，絕無「學究」味，絕無「八股」腔，而是生動、形象、活潑、風趣，富有吸引力，富有藝術魅力。

《落花生論》，是採取對話形式的文評，別具一格。開頭，描繪「亭子間」的環境，很富於時代的特徵，可以看作是一篇小說的「開端」。對落花生的描繪：「頭髮養得長長的，大拇指上是一個挺大的白玉斑戒，衣服的式樣是他發明的。同學們叫他『怪人！』」這是一幅絕妙的肖像畫，多麼生動形象！而談到「落花生」這個筆名：「多麼飄飄然，香噴噴！」眞是活潑、風趣！其結尾：「說不定他以後還要來篇『秋菊』呢！而『秋菊』也許比『春桃』更要堅強些！」這象徵性的一語雙關的結尾，不是一篇散文「畫龍點睛」的神來之筆嗎？許地山如果讀到這篇文學評論，肯定會莞而一笑，燃起了強烈的創作欲望吧。

再如《魯迅論》。「魯迅板著臉，專剝露別人的虛僞的外套，然而我們並不以爲可厭，就因爲他也嚴格地自己批評自己呵！紳士們討厭他多嘴；把他看作老鴉，一開口就是『不祥』。並且把他看作『火老鴉』，他所到的地方就要著火。然而魯迅不餒怯，不妥協。」「我就想到魯迅是怎樣辛辣倔強的老頭兒呀！」「看！這個老頭子的口吻何等嫵媚！」多麼活潑風趣的語言！「我們跟著單四嫂子悲哀，我們愛那個懶散苟活的孔乙己，我們忘記不了那負著生活的重擔麻木的閏土，我們的心爲祥林嫂而沉重，我們以緊張的心情追隨著愛姑的冒險，我們鄙夷然而又憐憫又愛阿 Q……」多麼生動、形象的語言！讀著這樣的文學評論，怎能會不耐卒讀呢？反覆咀嚼，有滋有味。

當然不止這兩篇，散文式的藝術語言，簡直俯拾皆是。

比如《〈中國新文學大系・小說一集〉導言》。「這幾年的雜亂而且也好像有點浪費的團體活動和小型刊物的出版，就好比是尼羅河的大泛濫，跟著來的是大群有希望的青年作家，他們在那狂猛的文學大活動的洪水中已經練得一付好身子，他們的出現使得新文學史上第一個『十年』的後半期頓然有聲有色！」由於文學史家們的反覆引用，這似乎已經成爲傳誦千古的「名言」了。要概括當時生氣蓬勃的文藝社團活動狀況，恐怕沒有比茅盾這個既形象又貼切的比喻更爲恰當的了！評析樸園的《兩孝子》時指出：「這一篇作品，很有巴爾幹那些小國的作品的風味，輕靈裊娜，有野花似的香氣。」這個比喻抓住了作品的個性特徵，既形象，又準確。對人物形象的剖析，也不是乾巴巴的幾條筋，而是以人物描寫的文學語言來概括人物的性格特徵和精神世界。對《鄉心》中的阿貴，茅盾是如此分析的：「在我們面前的阿貴的姿態，不是堅定的，挺起胸膛朝前面看的，而是盲目的，悲哀的，低頭著，忍住了眼淚苦笑的。」對《疲憊者》中的運秧駝背，他也是如此分析的：「他已經沒有悲哀，他有的是冷笑，有的是對於阿三那種趨炎附勢者的憎恨與蔑視。他雖然時時幾天沒有飯吃，然後他不肯偷，不肯拍馬屁，他是保持著高貴的勝利者的姿態的。」如此的分析，給以讀者的不是抽象的概念，而是具體生動、眞切深刻的印象。對一篇作品的評價，他也十分注重語言的技巧。對《慫恿》，茅盾是如此概括的：「濃厚的『地方色彩』，活潑的帶著土音的『對話』，緊張的『動作』，多樣的『人物』，錯綜的故事的發展，——都使得這一篇小說成爲那時期最好的農民小說之一。」文學批評術語，在茅盾的筆下，運用得如此的活潑，富於表現力。語言的魅力往往使文學評論和色彩頓時生輝，他認爲《賭徒吉順》中的吉順和《大白紙》中的大白紙，「都是畸形的人物，他們在轉形期的社會中是一些被生活的飛輪拋出來的渣滓，我們只有從反面去看時，這才能夠在他們身上認出社會的意義。」這使我們聯想起了魯迅對《二月》中的蕭澗秋的評析：「濁浪在拍岸，站在山岡上者和飛沫不相干，弄潮兒則於濤頭且不在意，惟有衣履尙整，徘徊海濱的人，一濺水花，便覺得有所沾濕，狼狽起來。……他其實並不能成爲一個小齒輪，跟著大齒輪轉動，他僅是外來的一粒石子，所以軋了幾個，發幾聲響，便被擠到女佛山——上海去了。」〔註3〕兩者共同特徵，都是以生動形象、活潑有力的語言，深刻地剖析了作品的社會意義，而使文學評論具有藝術的魅力。

茅盾的文學評論，不僅語言無「學究」味、「八股」腔，其落筆生花、豐富多彩，絕無雷同之感。

〔註3〕魯迅：《柔石作〈二月〉小引》，《魯迅全集》第4卷，第149頁。

《〈中國新文學大系・小說一集〉導言》與當時同時發表的魯迅的《〈中國新文學大系・小說二集〉導言》和鄭伯奇的《〈中國新文學大系・小說三集〉導言》的開頭迥然不同，採取編年體的寫法落筆，不僅符合當時編者的意圖，而且留下一筆可貴的「史筆」。

《魯迅論》從解釋題目開始落筆；《王魯彥論》從「很豐富的一堆」書裡，發現了「王魯彥」開始落筆；《廬隱論》從「廬隱女士病死在醫院裡」開始落筆；《徐志摩論》從引述徐志摩的一首詩開始落筆；《女作家丁玲》從上海平民女學的特點開始落筆；《冰心論》從引述法國大作阿那都爾・法朗士的小說開始落筆；《落花生論》從主客對話的環境描繪開始落筆。這些作家專論的開頭都並無定規，其意不凡，似乎茅盾有意向《吶喊》借鑒，「幾乎一篇有一篇新形式」〔註4〕，每篇都有一個新開頭。

《讀〈吶喊〉》從魯迅小說的首篇《狂人日記》開始落筆，順理成章；《讀〈倪煥之〉》從回憶「五四」運動開始落筆，出人意料；《〈地泉〉讀後感》從回答作者的詢問開始落筆，開門見山；《法律外的航線》從描繪讀者內心的讚嘆開始落筆，新鮮別緻；《一個青年詩人的『烙印』》從出書之難開始落筆，別具一格；《彭家煌的〈喜訊〉》從提出若干問題開始落筆，引人入勝；《詩人與「夜」》，從兩個青年詩人同名詩集的比較開始落筆，不落俗套；《〈窯場〉及其它》，從兩類書的不同感受開始落筆，引人思索；《〈呼蘭河傳〉序》，從對作者的深情的懷念開始落筆，親切感人。這些作品專論的開頭，各具特色而無人工斧鑿之感，千變萬化而又無矯揉造作之感，富於吸引力而又自然貼切。

人們常說，萬事開頭難，開頭想好了，文章就已經成功了一半。茅盾文學評論的開頭，是匠心獨運的，不僅表現出十分濃郁的創作個性，爲掃清當時十分流行的「公式主義」的文學批評樹立了楷模，而且反映了十分高超的藝術技巧，爲文學評論在文壇上爭得一席相當的地位。

茅盾的文學評論不僅幾乎每篇都有一個新開頭，而且善於創造文學評論的「新形式」。形式多樣，不拘一格，豐富多彩，靈活自由，就構成了茅盾文學評論藝術性的一個十分鮮明的重要特徵。

茅盾文學評論文章類別甚多，有評點、書信、雜論、短評、漫評、序跋、作家論、書評、講演、報告、創作談、讀書札記、文藝論文等多種形式，猶

〔註4〕茅盾：《讀〈吶喊〉》，《茅盾全集》第18卷，第398頁。

如魯迅創作的雜文似的，長篇大論也寫，三言兩語也可，隨內容對象而定，無定規、無公式、無框框，更無套子，自由靈活。

茅盾最早使用的文學批評形式，似古代文論中的評點，如《葉紹鈞小說〈母〉附注》、《冰心小說〈超人〉附注》、《落華生小說〈換巢鸞鳳〉附注》等，三言兩語，觀點鮮明、精闢。對《母》，他強調「動人」、「個性」；對《超人》，以感人爲標準進行取捨；對《換巢鸞鳳》，則借題發揮，只有幾句話，內容十分豐富。這種形式，能夠起到幫助讀者理解作品的特徵和價值的指導作用，但畢竟過於單薄，茅盾以後主編刊物時未再使用。1938 年，茅盾主編《文藝陣地》時又採用了「書評」的形式，正如葉子銘所肯定的：「在當時曾起了向大後方讀者介紹抗戰初期的文藝書刊、鼓舞人們鬥爭的作用」〔註5〕。

點評當然不能充分發揮茅盾的文藝觀，因此，他又首創了綜合批評式的宏觀研究的「漫評」形式，《春季創作壇漫評》、《評四、五、六月的創作》是對一個時期的創作特點的宏觀研究，《〈創造〉給我的印象》實際上是對已經形成的一個流派的宏觀研究。1927 年 9 月，茅盾應葉聖陶之約，寫「作家論」，由於當時對魯迅「有截然相反的意見」〔註6〕，應以《魯迅論》開頭炮，爲了掌握這種形式，以《王魯彥論》爲試筆，首創了宏觀研究一個作家的「作家論」形式。每一種形式的創造，爲後來的文學批評形式的豐富和發展，都起了積極的引導作用。

儘管茅盾創造和運用了多種形式進行文學批評，但各種形式之間又不是完全割裂、截然分開的，他並不拘泥於形式的束縛而應裕自如。比如《反映社會主義躍進的時代，推動社會主義時代的躍進》，這是在一次中國作家協會理事（擴大）會議上的報告，全文采取了報告的形式，但當我們讀到他論述「作家風格」那一部分時，又看到了他「漫評」形式的再現，雖似與報告的形式不十分協調，但更能引起讀者的興趣，突破了報告形式中常見的單調、呆板的框架。即使今天看來，這一部分可視作這篇報告的精髓，情隨事遷，也不乏新鮮感。他認爲趙樹理的風格「明朗雋永而時有幽默感」，老舍的「幽默」「似乎鋒利多於蘊藉，有時近於辛辣」，而沙汀「謹嚴而含蓄」「但有時含蓄過甚」。梁斌具有了「渾厚而豪放」的風格，而周立波則「樸素遒勁」。張

〔註 5〕葉子銘：《茅盾文藝雜論集‧編後記》。
〔註 6〕茅盾：《創作生涯的開始——回憶錄（十）》，《茅盾專集》第 1 卷上冊，第 161 頁。

天翼「於平淡中見曲折」，而歐陽山「文氣亦跌岩多姿」。孫犁「雖多風趣而不落輕佻」，杜鵬程則「粗獷而雄壯」、「豪邁而爽朗」，等。即使今天看來，其言也精當，準確、鮮明。

茅盾運用一種形式進行文學批評時，也不受固定的框架所束縛，而是不拘一格、靈活自由。如他寫的《作家論》，有的是對話體，有的則是散文體，有的似讀書札記，有的又如學術論文，形式多樣。其結構行文方式也不劃一，有的先介紹不同的觀點，從而層層分析、批駁、評介，闡述自己的觀點；有的則先闡述自己的觀點，然後結合作家的作品，邊敘邊議，充分發揮自己的見解。其論述的角度也各不相同，有的結合作家的創作道路、創作思想的發展進行作品分析，有的則緊緊扣住創作個性盡情發揮，有的引述原文較多，僅僅隨引述隨評點，敘議結合，有的則幾乎不引原文，直接進行評述。其感情的投射也不等量，有的濃烈，感情外溢，有的平淡，感情內蘊。總之，每一篇「作家論」，都各具特色。

形式的創造，實際上，也是追求「美文」式的文學批評的一個重要的途徑。條條道路通羅馬，多樣的形式，從而達到「美文」的彼岸。

茅盾的文學批評在現當代中國的文學批評的幅員中，是具有獨特新穎的藝術個性和美學價值的，是獨樹一幟、名留青史的。

中篇　文學批評方法論

關於茅盾文學批評的方法，也存在著一種成文的或不成文的見解，認爲他的批評方法是一種純客觀主義的方法，特別當「主體論」流行以後，更強化了這種觀點。其實，這至少是一種誤解，不符合茅盾文學批評的理論和實踐。關於文學創作，早在 1922 年，他就指出：「文學上的描寫，客觀與主觀——就是觀察與想像——常常相輔爲用，猶如車之兩輪。」「文學的作用，一方是社會人生的表現，一方也是個人生命力的表現」。〔註 1〕這哪有純客觀主義的觀點呢？十年以後，1932 年，他又說：「文藝作品不僅是一面鏡子——反映生活，而須是一把斧頭——創造生活。」〔註 2〕要求作家創造生活，正是所謂「主體論」突出表現。關於文學批評也是如此。早在 1922 年他就說過：「自來很少絕無主觀的批評家。」〔註 3〕同年，他又說：「我又十分讚同法朗士所謂『文藝批評是一個靈魂和一本傑作接觸而生的記錄』」〔註 4〕的觀點。當然，法朗士的觀點並非完全正確，這只是西方文藝批評的一種流派。我的引述，只想說明茅盾不是主張純客觀主義的批評的，儘管早年的茅盾受泰納的影響較深，他只採納和吸收了他認爲科學的部分，泰納是泰納，茅盾是茅盾，兩者有聯繫，但有鮮明的區別。從茅盾的文學批評實踐來看，雖然他常常用現實主義的「眞實性」標尺去衡量和取捨作品，但他也多次反覆強調作家的「社會知識」、「世界觀」對作品創造的重要作用，實際上也是強調作家主觀能動

〔註 1〕茅盾：《自然主義與中國現代小說》，《茅盾全集》第 18 卷，第 239 頁。
〔註 2〕茅盾：《我們所必須創造的文藝作品》，《茅盾文藝雜論集》上集，第 330 頁。
〔註 3〕茅盾：《〈創造〉給我的印象》，《茅盾全集》第 18 卷，第 200 頁。
〔註 4〕茅盾：《「半斤」VS「八兩」》，同上，第 275 頁。

性對創作的深刻影響，他在總結《蝕》三部曲創作的經驗教訓時，也深切地說過：「一個作家的思想情緒對於他從生活經驗中選取怎樣的題材和人物常有決定性的。」〔註5〕顯而易見，茅盾不是一個純客觀主義的文學批評家，而是將主觀和客觀有機諧合的文學批評家。

不少評論家認爲茅盾所運用的是社會歷史批評的文學批評方法，這是事實。但是，當1985年「方法論爆炸年」以後，似乎認爲社會歷史批評方法過時了，並以此苛責歷史人物，認爲茅盾當年所運用的方法太簡單了，也過時了。其實，這不是科學的態度。社會歷史批評的方法，著重於文藝與社會生活的聯繫、文藝的社會根源、文藝的社會心理的聯繫的角度評論和研究文藝現象和問題。如果我們承認文藝是社會生活的反映這個命題，如果我們不把這種方法引入歧途，社會歷史批評的方法仍然具有強大的生命力，甚至具有長久的生命力。這個方法被某些文學批評家庸俗化了，引向了庸俗社會學，把所謂的「眞實性」當做一條棍子，到處打人，引起了人們的普遍反感，但不是社會歷史批評方法本身的錯誤，我們絕不能採用潑髒水，把孩子也潑出去的愚蠢做法。至於茅盾運用社會歷史批評的方法，是具其歷史的緣由的，茅盾一直倡導現實主義的創作方法，與此相適應，必然採用社會歷史批評的方法，但是，他在運用這個方法時，並未流入庸俗社會學，一生還與庸俗社會學方法所派生的「符咒」式的文學批評作堅決的鬥爭。他對於在馬克思主義指導下的社會歷史批評方法在中國的誕生和發展，都起過重要的、積極的、健康的指導和推動的作用，其歷史功勛是不朽的！如果把茅盾的文學批評方法僅僅理解爲社會歷史批評的方法，又是不符合事實的。在馬克思主義指導下，文藝批評與研究常常運用的方法，如歸納和演繹的方法、分析和綜合的方法、歷史和邏輯的方法，茅盾也是經常運用的，而且是成功運用的。現在，人們大聲疾呼的宏觀研究的方法、「系列形象」的宏觀研究方法、比較文學的研究方法等，茅盾不僅經常運用，而且運用得十分嫻熟、十分成功！

在宏觀研究和微觀研究的結合上，茅盾可堪稱爲楷模和先驅。現今不少人侈談宏觀，開口宏觀、閉口宏觀，如果沒有微觀研究做基礎，那宏觀研究，只能是空中樓閣；當然，微觀研究只有在宏觀研究的指導下，才能不是井底之蛙。茅盾在處理這兩者的諧合上，是十分正確的。他既注重在微觀研究的

〔註5〕茅盾：《〈茅盾選集〉自序》，《茅盾論創作》第20頁，上海文藝出版社1981年版。

基礎上進行宏觀研究，又注重在宏觀研究的指導下進行微觀研究。《夜讀偶記》無疑應該視爲宏觀研究的重大成果，但這是在茅盾悉心研究古今中外文藝發展的歷史，並研究當時理論批評和文學創作以後而誕生的，具有十分豐厚和紮實的微觀研究的基礎。《讀〈倪煥之〉》是一部具體作品的評析，無疑該視爲微觀研究的文章，但這又是茅盾悉心研究「五四」以來十年發展的歷史，特別是文學創作發展的歷史、知識分子心靈游動的歷史以後而寫成的，是一篇典型的在宏觀研究的指導下的微觀研究文章，具有高屋建瓴的雄偉氣勢。

在「系列形象」的宏觀研究方面，茅盾也可堪稱爲先驅和楷模。從研究魯迅塑造的農民形象始，一直到六十年代研究《李雙雙小傳》等塑造的農民形象止，給我們勾勒了現、當代文學中的農民典型形象系列發展的歷史軌跡；從研究魯迅塑造的知識分子形象始，一直到六十年代研究《青春之歌》等塑造的知識分子形象止，也給我們勾勒了現、當代文學中的知識分子系列形象發展的心靈軌跡；從研究冰心、廬隱、丁玲等塑造的「新女性」形象始，一直到六十年代研究茹志鵑等塑造的「新女性」形象止，同樣表現出上述的特徵。這不僅強化了對作品研究的廣度和深度，拓寬了文學批評的視野，而且豐富了文學史、文藝理論和美學研究的內容。

在文學批評理論上，提倡比較批評方法也是他的建樹之一。1941 年，他說：「把新文學中幾部優秀作品的各色『人物』，各以類聚，先列一個表，然後再比較研究同屬一社會階層的那些『人物』在不同作家的筆下，有什麼不同的『面目』；於是指出何者爲適如其份，銖兩相稱，何者被強調了非特殊點而忽略了特殊點，何者甚至被拉扯成爲『四不像』。」〔註 6〕這既是他文學批評實踐的科學總結，又是拓寬文學批評視野的有力指導。

在文學批評實踐中，這種比較文學的論証方法，在茅盾的筆下，其形式也是多種多樣的。既可以用一個作家的不同作品進行比較，又可以用不同作家的同一類型的作品進行比較，還可以用同一時期的不同作家進行比較，甚至還可以用不同國度的作家的同一類型的作品進行比較。這種比較，既可區別其思想的深淺，也可界定其藝術的高下，還可從比較中突出某個作家和某部作品的特色，及其在文學史上的地位，提出若干經驗和教訓，不僅使作家本人明確自己作品的成功和失敗，而且使一般讀者也能正確理解作品的優點和缺點，從而提高創作水平和欣賞水平。

〔註 6〕茅盾：《大題小解》，《茅盾文藝雜論集》下集，第 908 頁。

茅盾不僅提倡文學創作的獨創性，而且也提倡文學批評的獨創性，要求批評家發表「新知灼見」。1942 年，他在《我對於〈文陣〉的意見》中對作家和批評家都提出過明確的要求：「討論問題與批評文風，不患其立論之必無瑕可擊，而患其庸俗與公式化，毫無新知灼見；作品呢，並不奢望每篇皆深刻而精醇，可是希望每篇皆有特點，或題材的把握有獨到之處，或形式上有新的嘗試，與其平順無疵，不如瑕瑜互見而富有創造性。」這確爲至理名言。茅盾不僅這樣說，也這樣做，他的文學批評文章，也有懈可擊，但確是「新知灼見」。這似乎與文學批評方法論無關，但卻是他的文學批評方法上特點，不妨稍加點敘。

總之，茅盾的文學批評方法論的內容也是十分豐富的，現就總結性地探討文藝發展的規律、多樣地研究不同體裁的奧秘、比較性地評析作家的不同特色和貢獻、全面性地揭示作家的創作軌跡和風格等四個方面進行論述。

第一章　總結性地探討文藝發展的規律
——評《夜讀偶記》及其它

《夜讀偶記》發表後一直被稱爲「博大精深」之作，當然，對這部著作也不是沒有非議、責難和爭論，即使現今也會有人不會同意他的某些觀點。這部著作誕生在反胡風、反右鬥爭後不久，歷史的大潮不能不使它留下某些印記。有些診斷，必然有隙可擊；有些觀點，也必然值得商榷。但不能不承認符合他的批評標準：「新知灼見」。特別是，經過這幾年文學創作、文學批評、文藝理論紛紜複雜、波譎雲詭的局面，雖然這部著作寫於30餘年前，但仍然具有新鮮感，對當前的文學創作、批評、理論仍然具有重要的指導作用和強烈的現實意義。如果套用習慣用語的話，這是一篇馬克思主義的戰鬥檄文。

這部著作是以列寧關於「兩種文化」的學說，作爲自己的理論構建的。列寧曾說：「每個民族的文化裡面，都有一些哪怕是還不大發達民主主義和社會主義的文化成份，因爲每個民族裡面都有勞動群眾和被剝削關係，他們的生活條件必然會產生民主主義和社會主義的思想體系。但是每個民族裡面也都有資產階級文化（大多數的民族裡還有黑幫和教權派的文化），而且這不僅是一些『成分』，而是占統治地位的文化。」「資產者的全部利益要求散布超階級的民族文化的信仰。」〔註1〕儘管列寧是指當時的資本主義國家，甚至是特指沙俄這個資本主義國家，但「兩種文化」卻是關於各個民族文化發展的「一般規律」的學說。茅盾正是運用這「一般規律」學說，對中國文學史上

〔註1〕列寧：《關於民族問題的批評意見》，《列寧全集》第20卷，第6頁。

各種流派的比較分析，以文藝發展的歷史事實爲依據，論証了現實主義的特質以及它產生和發展的過程，從而認爲文學史上「現實主義與反現實主義鬥爭」這一理論，是不容置疑的。他認爲：「在階級社會的初期，階級鬥爭就反映在社會中的被剝削階級所創造的文藝作品中，而由於被剝削階級的階級本能及其鬥爭的性質規定了它對於文藝的要求和任務，因而它的這種文藝就其內容來說是人民性的、眞實性的，就其形式來說是群眾性的（爲人民大眾所喜聞樂見的）。這就產生了現實主義的創作方法。」「和被剝削階級的現實主義文藝站在相反地位的，是剝削階級爲了鞏固自己的剝削地位、剝削制度而製作的文藝；這些文藝歌頌剝削階級的恩德，宣揚剝削階級的神武，把剝削制度描寫成宿命的不可變革的永恒的制度。這就形成了各種各樣的反現實主義的創作方法，其特徵，就內容而言，是虛僞、粉飾、歪曲現實，對被剝削者起麻醉和欺騙的作用，對剝削者自己則滿足了娛樂的要求，就形式而言，是強調形式的完整（而這種形式的完整是以迎合剝削階級的趣味爲基本特徵的），追求雕琢，崇拜綺麗，乃至刻意造作一種怪誕的使人看不懂的所謂內在美。」這個結論，是以歷史事實爲依據的，具有不可辯駁的邏輯力量。他在做出這個結論之前，對《詩經》的剖析，就已經充分說明了這個結論。他說：「從來的儒家亦不諱言的」《詩經》「有不同的兩類的詩篇」，一類「或爲『勞者歌其事』、『飢者歌其食』，或爲奴隸們的反抗的呼聲、小官吏苦於行役的悲嘆，或聲訴了久戍士兵思家之情，或抒寫了曠夫怨女的愛戀，或爲愛國者（有名的或無名的）對於荒淫失道的君主和貴族的諷諫或揭發」，「其『事』關聯到最大多數人的命運，其『人』是被壓迫、被損害者，而其『所爲』則是告訴（或暗示）讀者（在那時該是聽眾）：現狀如此，不能再拖下去了。」一類「或者是奴隸主頌揚自己祖宗的『聖德』和『武功』，或者是誇耀奴隸主的『政績』如何好，奴隸們如何感恩戴德」，還有「是領主和貴族們在祭祀和宴會的時候用以媚神或娛樂自己的。」從文學語言看，前者「多用清新活潑、音調和諧、色彩鮮明，近於口語的文學語言」；後者「詰屈聱牙，蒼白乾枯」。

列寧關於「兩種文化」的學說，茅盾運用這個學說得出的結論，都是堅持了馬克思主義的階級分析的方法。近幾年來，在馬克思主義的這個基本原理上，發生了動搖，在文學批評和文藝研究的領域裡，出現了錯誤的傾向。比如，有人對現代、當代文學發展的走向是如此概括的：「從 1923 年『革命文學』理論的倡導，到『左聯』，到延安文藝，到『十七年』，直到『文革』

文學」，「文學沒有獨立的意義，文學家只能被誘導（以至於被擠壓）到『群眾』中去。當他們在『群眾』中泯滅了自己的個性的時候，他們的文學就變成爲政治啓蒙讀物（而且通常是『通俗讀物』）。此種『階級鬥爭』類型的文學一直延伸到『文革』時期，以其乖戾荒誕的表演而終於走向自己的終點。」〔註 2〕如此否認階級鬥爭、階級觀點、階級分析方法的觀點，決不是絕無僅有的。面對如此思潮，如果重溫茅盾的《夜讀偶記》，豈不是很有現實意義嗎？

「兩種文化」絕不能「和平共處」，正如茅盾所指出的：「人民群眾創造了新的文學樣式，例如小說、戲曲；人民發展了以通用語爲基礎的文學語言。階級社會中的這個堅定地發展著的被壓迫階級所創造的文學，在中國歷史上是這樣地鮮明而光芒四射；在人民中間的影響是這樣大，以至歷代的統治者屢次用行政手段加以壓迫，禁書焚書，史不絕書，士大夫階級的『家教』中間有一條就是不許閱讀這些『閑書』。這些，都說明了我國歷史上現實主義和反現實主義鬥爭的實際，是一場你死我活的鬥爭。」難道這不是一條文藝發展的客觀規律嗎？這一條規律仍然是以馬克思主義的階級鬥爭學說爲理論基礎的。茅盾所指出的「階級的對立和矛盾是產生現實主義的土壤。階級鬥爭的發展，促進了現實主義的發展」的觀點，完全符合馬克思主義的關於階級鬥爭的學說。茅盾的貢獻正是在這裡，他是遵循馬克思主義的軌道，總結性地探討文藝發展的規律。

從文學史上「現實主義與反現實主義鬥爭」這一條規律出發，就否定了西歐學者所提出的「文藝思想發展程序」（即「古典主義——浪漫主義——現實主義——新浪漫主義或現代派」這個公式），從而對「『現代派』諸家（主義）」進行了猛烈的批判。這個批判不僅對當時，即使對現今，都是一劑清醒劑。近幾年來，「現代派」諸家被哄抬起來了，把它們視爲文藝發展新階段，而否定現實主義的優秀傳統。面對這一思潮，重溫《夜讀偶記》不也是有強烈的現實意義嗎？茅盾在剖析了「現代派」諸家的文學創作的實際以及他們所依存的哲學思想的謬誤後，指出：「現代派雖然變出了許多『家』，彼此之間，好像距離很大，但實是一脈相承，出於同一的思想基礎（主觀唯心主義），對現實抱同一態度（不可知論），用的是同一的創作方法。正因爲對現實的態

〔註 2〕鄧國偉：《關於『五四』個性主義文學及其走向問題的思考》，《在東西古今的碰撞中——對「五四」新文學的文化反思》，第 110 頁至 111 頁，中國城市經濟社會出版社 1989 年版。

度是不可知論，否認人類社會發展是有規律的，所以現代派的文藝家或者逃避現實，或者把現實描寫成爲瘋狂混亂的漆黑一團，把人寫成只有本能衝動的生物。正因爲他們是唯我主義者，所以他們強調什麼『精神自由』，否定歷史傳統，鄙視群眾，反對集體主義。正因爲他們是不可知論的悲觀主義者和唯我主義者，所以他的創作方法是『非理性的』形式主義。」這個關於「現代派文藝的傾向性」的本質結論，難道不值得我們深思嗎？當然，茅盾不僅承認現代派的藝術技巧對我們有借鑒作用，而且關於「文藝的傾向性」和「政治立場」嚴格區別的見解，在反右鬥爭以後不久明確提出自己的看法，對當時已經發生「左」的思潮膨脹的時候，又是一劑清醒劑。儘管茅盾的個別觀點也不是無懈可擊的，如認爲「弗洛伊德心理學說」是「荒謬」的，而否認了這個學說存在的某些合理性，帶有絕對化的色彩，但是，茅盾從宏觀的角度探討文藝的發展規律，無疑的，對文藝理論、批評和研究都具有十分重要的指導價值。

由於當時「頗有些人喜歡強調文藝的特殊性」，不承認「不同的創作方法本源於不同的思想方法」「歷史上的文藝流派興衰起伏，根源於社會經濟的變革和階級鬥爭的發展情況」，茅盾也是以大量的文藝發展歷史的史實，論証了「怎樣的世界觀、就產生了怎樣的思想方法，而怎樣的思想方法，又產生了怎樣的創作方法」這一規律，揭示了事物的本來面目和性質。同時，茅盾又以大量的文藝發展歷史的史實，又論証了現實主義「在它的發展過程中起作用的，首先是社會經濟的發展，其次是現實主義本身的藝術發展的規律」這一結論。由此可見，茅盾並不否認文藝的特殊性，也不否認文藝有它的特殊規律，在行文中也多次「強調」，但是按照馬克思主義的觀點，文藝屬於上層建築範疇，必然由經濟基礎所決定，「社會經濟的變革和階級鬥爭的發展情況」決定了「文藝流派興衰起伏」。因此，過分強調文藝的特殊性而否認經濟基礎和上層建築關係這一根本規律，那就把事物的本來面貌本末倒置了。這本來已是人所共知的馬克思主義的基本常識，但是，近幾年來，強調文藝特殊性的觀點比茅盾當時所批評的觀點大有過之而無不及的狀況，難道不應該再重溫一下茅盾的《夜讀偶記》嗎？

《夜讀偶記》的內容是十分豐富的，所闡述的規律絕不僅止上述這些，比如關於英雄人物的創造問題，這是理論上和實踐上長期沒有解決的問題，而茅盾在 1958 年就提出「要求塑造的英雄人物既是抱有偉大理想的捨己爲人的英雄，同時又是現實的人；他們不是個人主義的英雄而是集體主義的英雄；是從群眾中間產生、而仍然是群眾中一員的英雄，而不是從半空掉下來的超人式的英雄。」他對創造英雄人物這一規律性的認識，文學創作的實踐証明其正確性。但是全面探討《夜讀偶記》不是本文的任務，只是以《夜讀偶記》為例証來說明茅盾文學批評方法的特點。

像如此從宏觀的角度總結性地探討文藝發展的規律的論著，還有許多，比如《抗戰期間中國文藝運動的發展》、《八年來文藝工作的成果及傾向》、《和平、民主、建設階段的文藝工作》、《在反動派壓迫下鬥爭和發展的革命文藝》以及建國後的《文藝大普及的提高問題》、《短篇小說的豐收和創作上的幾個問題》、《反映社會主義躍進的時代，推動社會主義時代的躍進》等等。這些論著，大都範圍不同、程度不同、深淺不同地論述文藝發展的一般規律問題。

現僅以《八年來文藝工作的成果和傾向》和《反映社會主義躍進的時代，推動社會主義時代的躍進！》兩文，略加分析與說明。

《八年來文藝工作的成果和傾向》一文並不長，僅僅是一個提綱，但涉及到的問題，卻是抗戰文藝發展的根本問題。茅盾把「武漢撤退」視為「轉捩點」，政治風雲的變幻促使文藝創作的轉折這一政治與藝術關係的規律得到了充分的印証。「武漢撤退」前，「畢竟打了幾個硬仗」，「民眾運動」「總還可以做一點」，因此「文藝作品反映現實的自由多些」，「迅速而直接地反映現實，與抗戰的迫切要求相配合」，確實是由於「抗戰情緒」「高漲」所決定的；「武漢撤退」後，「大後方的政治」「開始逆轉」；「貪污滿街，謬論盈庭，民眾運動，備受摧殘，思想統治，言論檢查，無微不至，法令繁多，小民動輒得咎，而神奸巨滑則借以為符，一切罪惡都成合法」，因此「抗戰情緒，一般低落，自屬不免」，在「作家們的寫作自由完全被剝奪」的情勢下，「繼承了『五四』以來的優秀傳統，在十年內戰時代飽經鍛煉的中國作家們是懂得怎樣作鬥爭的。」因此，文藝向這三方面發展：「第一種，與其不痛不癢反映最小限度的現實，不如乾脆不寫，轉而寫些最有現實意味，足以借古諷今的歷史題材。第二種，既然對於大後方和正面戰場的現實沒有寫作的自由，那就寫敵後游擊區，寫淪陷區，乃至『陰陽界』；既然不許暴露最有典型的罪惡，那只好寫『小城風波』，寫鄉村劣紳，寫知識分子的苦悶脆弱。第三種，與第一種用心略同而意義則純為守勢的，則為介紹世界古典名著；這彷彿是：既然不是上陣廝殺的時候，姑且研習兵法，擦拭武器吧。」即使如此，「在嚴厲的檢查制度之下，也不能有正常的發展。」同時，「大批的色情作品泛濫於書市場」，「表面上與抗戰『有關』，而實際則是有害的作品」招搖過市，「種種反民主反人民的虛偽的歪曲言論，雖不盡以文藝的形式出現，但其欺騙麻醉作用亦相當強烈。」因此，「文藝界進步的民主的力量如何陷於雙層的夾攻而艱辛萬狀了。」這簡直是一部抗戰文藝運動簡史，概括又準確。當政治成爲人們興奮的中心點時，文藝運動的每一步的前進發展，每一步的迂迴曲折，每一步的停留和轉變，都與當時的民族鬥爭和階級鬥爭休戚相關。如果從文藝發展的總趨勢看，文藝是不可能與政治相脫離的，儘管文藝不等於政治，有它的特殊規律。當階級鬥爭、民族矛盾成爲主要矛盾的情勢下，兩者的關係更是密不可分的。

因此，從這一規律出發，茅盾提出：前期文藝運動是「熱烈有餘而深刻不夠」，「僅僅吶喊抗戰，未曾反映廣大人民的民主要求」；後期文藝運動，「則依然不能不被認爲迴避現實和立場動搖」，並歸結爲「右傾」。也許有人認爲這是套用政治術語來分析文學發展傾向。其實，這是茅盾在抗戰勝利以後文藝如何發展的一個清醒的估計，對於國統區文藝運動如何轉向對國民黨專制政府發起總攻擊的一種「暗示性」的指導，是完全符合當時的客觀情勢的。由於對客觀規律性的正確認識，茅盾才能對文藝的發展做出正確而有力的指導。這才是一個偉大的文學批評家的氣度和作用。

《反映社會主義躍進的時代，推動社會主義時代的躍進！》是 1960 年的一篇總結報告，當時情勢大致是這樣：「大躍進」後，人們仍沉溺在「澎湃熱情」之中，「三年困難時期」則剛萌芽，「大躍進」遺留的矛盾還未充分暴露出來；1957 年反右鬥爭、1958 年「拔白旗」運動、1958 年開始延續到 59、60 年文藝上的「再批判」等等，逐漸加溫，促使文藝上出現了一個「左」傾思潮「白熱化」的時期。在這種情勢下，茅盾的公開報告，不免帶有時代的印跡，也充滿著「熱情洋溢」之語，頌揚了一些不該頌揚的作品，有「推波助瀾」〔註 3〕之嫌，但「大躍進」、「大批判」熱潮並沒有使茅盾「理智」泯滅，仍然十分清醒，對文學創作上的一些規律性的問題，則仍然直抒己見，毫不隱晦，閃躍著眞理的光芒！

茅盾以「東風送暖百花開」爲題，概括了這一時期的創作成果後，第二個題則談「民族形式和個人風格」，一反「政治第一、藝術第二」的公式，率

〔註 3〕唐金海：《論茅盾文學批評的美學價值》，《茅盾專集》第二卷上冊，第 423 頁。

先暢談形式和風格問題。這不能不說是茅盾在熱情之餘冷靜思索後的「新知灼見」。

在當時，「形式」常常是人們避嫌的話題，正是用「六條標準」衡量作品好壞的鼎盛時期，「形式」理所當然應束之高閣，而「風格」問題更是無人敢於問津。茅盾從藝術規律出發，提出「在民族化、群眾化的基礎上創造個人風格」的正確途徑，並具體地分析了不少作家的個人風格，促使作家追求個人風格，爲社會主義文學的成熟而努力奮鬥，在當時確也震聾發聵，在現今則也十分正確。

對「個人風格」，前文已略有闡述。現以「詩歌」爲例，再補充分析。從1945年的延安始，詩人在民族化、群眾化的道路上邁進，而到了1960年，「詩人們的個人風格也在發展和成熟」：阮章竟的風格特點是「想像奔放，詩句明麗，格調豪邁」，而李季的獨特風格是「樸素而遒勁；不多用誇張的手法而形象鮮明、情緒強烈；不造生拗的句子以追求所謂節奏感而音調自然和諧」。田間「善於用迭句和重唱表現心潮的起伏和情緒的迴蕩激昂」，聞捷「詩的意境有時像金鼓齊鳴，有時像繁弦急管」，「格調是高亢的，色彩是鮮明的」。對抒情長詩當時盛行的「樓梯式」形式，又分析了賀敬之、聞捷、韓笑、郭小川在形式創造上的風格的不同特徵。對工農兵詩人，茅盾也認爲「風格亦自有別」；對張永枚、未央等新秀，也以「俊逸取勝」、「遒勁見長」予以簡評。這些分析是否十分準確、十分完整，是否有隙有擊，有可斟酌的地方，另當別論，這裡只想以此指出茅盾文學批評的特點：從宏觀上去探討文藝發展的某些規律，甚至是現今人們所侈談的文學創作的「內部」規律，從而從更高的角度去指導文學創作的實踐。

當然，此文所涉及的問題還有很多。比如「革命現實主義和革命浪漫主義的結合」問題，理論上現在仍爭論不休，在實踐上也並未解決這個問題，可以存疑，繼續探討，但是茅盾當時提出「結合」上的若干問題，也涉及到文藝發展的規律問題。「運用了科學幻想小說的方式描繪未來的共產主義的人間樂園，那就只能歸到科學幻想小說的範疇」；「浪漫蒂克的表現手法可以使作品具有浪漫蒂克的風格，但不因此就認爲能夠體現了這個創作方法」；「脫離故事和人物性格的發展，而只是生硬地粘貼上去的豪言壯語、對未來美好生活的夢想，或者人物在對話中空泛地表白自己對於共產主義的信念和對於共產主義的渴望等等作法」，都把「兩結合」「庸俗化了」。這種看法，當時是切中時弊的，是針對「大躍進」中湧現出的某些「文藝作品」的一種否定，而這種否定也是從藝術規律出發的。至於「如何塑造英雄人物？」「如何反映人民內部矛盾？」「應當選擇怎樣的題材？」「要不要『人情味』？要怎樣的『人情味』？」等等問題，從行文看，確實存在某些時代的印跡，但是從文藝規律出發，充滿著革命的辯証法。僅以「題材」為例，茅盾認為「主要題材和次要題材的區別，在於題材的有沒有社會意義，能不能反映時代精神，而不在於題材的內容是社會的重大事件呢或者是日常生活。」無疑這是十分正確的。他認為「花叢粉蝶，可以悅目，可以解勞，這叫做於生活有益，於政治無害。我們也不反對它在文藝的百花園中占一席地」，但「蝶戲花叢，翩翩多姿，固然可以悅目忘勞，但何如鷹擊長空，不但悅目忘勞，還令人心胸開闊，精神振發？斜陽、古道、寒鴉，使人有窮途衰颯之感，而旭日、洪波、海燕，卻引起我們的昂揚慷慨的情緒。」提倡題材多樣化的同時，又注重提倡反映時代精神的題材的辯証法觀點，而化之於散文詩的語言形象，我們不能不擊節驚嘆了！茅盾的文學批評，不在枝節的問題上兜圈子，步入迷宮而繞不出來，而是立意高、眼界寬，即使文學創作中的具體問題，也從文藝發展規律的宏觀角度去進行探討。這種探討，既不乞靈於某種西方理論，也不求助於某種現成的公式，而是運用馬克思主義的唯物辯証法這個「望遠鏡」和「顯微鏡」，透過現象看到本質，高瞻遠矚地指出文藝發展的規律和方向。因此，即使在特定的環境和特種的氣氛下，仍然不迷失方向，提出了經得起歷史考驗的帶有某種規律性的觀點。這種文學批評方法，是科學方法，在任何風浪中，仍然掌握著航向的方法。

總觀茅盾的文學批評方法，總結性地探討文藝發展的規律，是他最基本的，也是最重要的方法。大凡偉大的文學批評家，都具有如此鮮明的特徵。連萊辛這樣的並不是馬克思主義者的文藝批評家，也提出：「真正的批評家並不是從自己的藝術見解來推演出法則，而是根據事物本身所要求的法則來構成自己的藝術見解。」〔註4〕那麼，掌握了馬克思主義的文學批評家，當然必須運用辯証唯物主義和歷史唯物主義，結合現實的文藝現象，來探討文藝發展中的規律性問題，從而科學地指導文藝創作沿著健康的方向、正確的道路勝利前進。

〔註 4〕萊辛：《漢堡劇評》第 19 篇，《文藝理論譯叢》1958 年第 4 期，第 5 頁。

第二章　多樣性地研究不同體裁的創作奧秘——評《關於歷史和歷史劇》及其它

人們由於茅盾擅長寫小說，而關於小說的文學批評數量最多，因此可能誤認爲他是一個善評小說的文學批評家。其實不然，他的視線是十分開闊的，幾乎所有的體裁都在他的視角之內，都屬於他的研究範圍，像《打彈弓》這樣的民謠，像《中國新文學運動史》這樣的文學史著，像《怎樣寫報告文學》《論約瑟夫的外套》這樣的文藝理論著作，像丁聰的漫畫《阿 Q 正傳》，汪刃鋒的木刻、繪畫等等。對中國古典文學、外國文學也有十分深入的研究，眾所周知，他是中國神話研究的開拓者，而像《中國文學內的性欲描寫》不僅是古典文學研究論著而且對當今的文學創作仍具有一定的指導意義。因此，多樣性地研究不同體裁的創作奧秘就構成他文學批評的一個重要的方法。

《關於歷史和歷史劇》是長達 9 萬字的文學批評論著，必然首先進入我們的視線。從行文看，此文的最後的落腳點是在評析曹禺執筆的《膽劍篇》的成敗得失。其實不然，《膽劍篇》也是茅盾的一只「麻雀」，不過這只「麻雀」比別的「麻雀」更爲俊俏、健壯罷了。解剖若干「麻雀」的目的，是要陳述他自己對歷史劇創作的觀點，企圖科學地回答當時曾熱鬧一時的關於歷史劇討論出現的種種問題。

茅盾並不是歷史學家，也沒有創作歷史劇的實踐經驗，而故意走了一步險棋，構建了一個高屋建瓴的理論框架。當然，他是有充分準備的。不僅因爲他長期以涉獵廣泛而構建了博大精深的知識結構，而且寫此文時，又「設法搜集」各劇種的「腳本」，並「檢核史料」。雖則是一步「險棋」，確屬總攬全局後而卻有了十分的把握，才開始落筆。還應指出，茅盾對戲劇的研究是深有根基的：眾所周知，他是現代早期戲劇改革家之一；茅盾雖無創作歷史劇的實踐經驗，他在三十年代卻有創作歷史小說的實踐經驗，對他所要企圖回答的問題，必然具有溝通的關係。

茅盾從「怎樣甄別史料」落筆，爲他高屋建瓴的理論框架，奠定了厚實的基石。從歷史唯物主義出發，肯定「任何史料」「不可避免地」「一定會打上階級的烙印」，因此，「出土的古器物上的圖畫或文字的史料性」和「民間傳說」「不能認爲」「是絕對可靠的」結論，就有了科學的依據。經過甄別和分析，認爲《國語》和《左傳》「是今天研究吳、越關係，評價吳越人物的比較可信的根據」，認爲「《史記》裡頭有吳、越兩國的專篇」，「也是我們研究吳越關係以及對兩國君臣評價不可或缺而且比較可信的材料」，就有了理論和事實的根據，具有充分的說服力。判定《吳越春秋》「大部分沒有史料價值」，《越絕書》「對於我們了解當時的吳、越歷史，毫無裨益」的結論，也是經過充分甄別、認眞分析的結論，也具有充分的說服力。這就爲我們如何利用史料進行歷史劇的創作提供了科學的方法：在浩翰的故紙堆中，必須下一番去僞存眞、去蕪存精的紮實研究的功力，眞正把握「史料」的精髓，才有可能進入創作過程。如果僅憑一些未經甄別的「史料」、「傳說」，甚至借助於「野史」，來創作歷史劇，絕不是科學的態度，絕不是一個正確的途徑。在這裡，茅盾探到了創作歷史劇的一個眞正奧秘。

以下三章：「先秦諸子、兩漢學者」「對於吳越關係的記載和看法」，「對於吳夫差越勾踐的評價」，「對吳、越兩方的文臣武將的評價」，同樣以「史料」爲根據，運用歷史唯物主義的科學方法，經過深入細緻的分析，達到了還歷史於本來面目的根本目的。值得注意的是，茅盾並不是單純從歷史的角度去研究問題，而是結石著歷史劇創作以歷史的研究爲基礎去探討它的弊端和缺陷，從而爲歷史劇的創作指明了一個科學的方向。

比如，關於吳越戰爭的性質。茅盾認爲「吳越戰爭不是民族戰爭」，而是「由於封建領主的擴張主義引起的戰爭」。當「越爲吳的屬國」時，「志在擺脫臣屬的戰爭」，「符合越人的利益」，因此，勾踐報會稽之恥的「前半」戰爭爲擺脫對吳臣屬地位的「復仇戰爭」，是正確的；而「後半」戰爭則是「擴張主義戰爭」，既不符合越人利益，又對吳人是一種「掠奪性的侵略性戰爭」。

這個結論，是還歷史於本來面目的科學結論。由於如此科學的分析而構建的堅實的理論基礎，而提出的「極大多數的以吳越戰爭爲題材的劇本（所有劇本的故事都從棲於會稽始，以滅吳擒夫差終），沒有把吳、越戰爭的前期與後期的性質區別開來，而一概稱之爲符合越人的利益，是不妥當的」觀點，就完全是有理論和事實根據的，大有廓清迷霧之感，而絕無牽強附會之嫌。

又比如，褒勾踐而貶夫差，這也是以吳、越戰爭爲題材的劇本的通病。茅盾以豐富的「史料」論証：勾踐不過「能任用賢臣」，「在權謀上比夫差高明而已」；而夫差也非「昏庸殘暴」之君，也非「愚而自用」之人。忠於歷史，才是創作歷史劇的正確途徑，才能探到創作歷史劇的奧秘。

茅盾對「史料」的甄別，貫串了一條重要的原則：「就史料論史」，「凡是找不出証據的東西」，「不作大膽的猜想」。以這種科學態度而分析「史料」得出的結論，必然令人信服，無法懷疑和推翻他的論斷。

因此，第五章：「從歷史到歷史劇：我國悠久傳統和豐富經驗」，必然是水到渠成之論了。如果說，前幾章，是從「歷史」的角度，這一章，是從「歷史劇」的角度。既然研究「歷史劇」，也就不拘泥於「以吳、越戰爭爲題材的歷史劇」，茅盾從元、明、清的雜劇中，選擇了十三個具有代表性的雜劇，即解剖了十三隻「麻雀」，意在總結「我國歷史劇傳統」的「精華」和「糟粕」，研究它們如何從歷史而到歷史劇的創作過程和規律，從而引申出兩個創作歷史劇中的帶有根本性的問題，升華到理論上予以回答。這種從感性到理性的認識過程，不僅符合人的認識規律，而且其理論是建築在大量的感性材料的基礎上，就具有無可辯駁的論辯力量。因此，茅盾在「古爲今用」和「歷史眞實和藝術眞實統一」的問題所提出的見解，就不是無源之水、無本之木，而理固必然了。

茅盾認爲，「如果能夠反映歷史矛盾的本質，那末，眞實地還歷史以本來面目，也就最好地達成了古爲今用」。這個觀點，也許還會有人提出異意，認爲必須「影射」現在的生活，必須給歷史劇塗抹上符合現代社會的某些色彩，才算「古爲今用」，恐怕已經沒有多大的市場了。茅盾的觀點，才是探到了歷史劇創作眞正的奧秘。茅盾認爲，藝術虛構可以有「眞人假事」、「假人眞事」、「假人假事」三種方法，但是「有一個條件，即不損害作品的歷史眞實性」：「假人假事固然應當是那個特定時代的歷史條件下所可能產生的人和事，而眞人假事也應當是符合於這個歷史人物的性格發展的邏輯而不是強加於他的思想和行動。如果一部歷史題材的作品能夠做到這樣的虛構，可以說它完成了歷史眞實與藝術眞實的統一。」這個觀點，完全符合歷史劇的創作規律，歷史劇不是歷史書而是藝術品，當然允許而且必然會有「藝術虛構」(即「藝術眞實」)，方法可以多種多樣，但既是歷史劇，就不能捏造歷史、顚倒歷史、改寫歷史，那樣何必稱爲歷史劇呢？這恐怕是歷史劇創作最根本的癥結所在。

筆鋒一轉，他又回到了「以吳越戰爭爲題材的歷史劇」了，而寫了最後一章：「對傳統的繼承和發展」。這才是本文的落腳點。

開始承接上章對歷史上的臥薪嘗膽的劇本進行剖析，然後指出「我們的百來個臥薪嘗膽的劇本，就高出了不知多少倍」，和開頭相呼應。「主題思想十分明確」，「虛構了人物和故事作爲勾踐、文種、范蠡等等的對立面」，「突出地描寫了人民的力量」，「在藝術構思上的確呈現了百花齊放的盛況」是這些劇本共同的優點，但是又存在著若干問題。

關於「古爲今用」問題，「出現了若干硬套今天現實問題的『古爲今用』的偏差」，「劇作家」「不自覺地做了一些以今變古的笨事」，而「能夠盡量發揮想像、進行藝術虛構，而又能避免影射毛病」的，是曹禺執筆的「膽劍篇」。

關於「歷史上人民群眾的作用的問題」，茅盾提出了幾類情況，不少劇作，不是把人民群眾現代化，就是把勾踐等人現代化，而《膽劍篇》「顯得更爲可信」「更多些藝術感染力」，但「這些代表人物的思想意識中也還摻雜一些現代人民才能夠有的觀念」。

對歷史劇的創作奧秘，茅盾發表了若干精闢的意見，對於「詩」也同樣頗有研究。

茅盾不是詩人，但從他寫的舊體詩可以看出他有很高的造詣，他的「詩評」比起「劇評」似乎要多得多，諸如《論初期白話詩》、《徐志摩論》、《冰心論》(雖兼及小說，但以詩爲主)、《一個青年詩人的「烙印」》、《詩人與「夜」》、《敘事詩的前途》、《爲〈親人們〉》等等，對詩刊，如《時調》、《詩時代》也涉及到對詩的評介，還有詩論，如《說部、劇本、詩三者的雜談》、《〈詩論〉管窺》等等，有些文章也涉及到詩，特別關於譯詩問題涉及得更多一些，建國後做的一些「報告」也兼及論詩，還寫過《工人詩歌百首讀後感》、《關於田間的詩》等。

茅盾爲什麼很少寫新詩？也許他對詩歌創作奧秘的探討有關。他認爲「詩人的天才決不是神秘不可測的東西，是精神上一種尖銳無比的透視力，能夠滲過肉界而窺測靈界；又是一種靈妙無比的捕捉力，能夠把捉起於腦海中微波也似小電光也似的憧憬」〔註1〕。一個「透視力」，一個「捕捉力」，把詩歌寫作的奧秘揭示無餘。詩貴抒情，比起其它的文學體裁，詩歌總是更多地更爲明顯地袒露作者自己的個性。在他看來「詩人自有詩人的天才」〔註2〕，因此與其它文學體裁不同。他的個性也許於寫詩不宜，但作爲文學批評家，他也去探討詩歌創作的奧秘。

對詩，茅盾善於從具體作品入手，探索詩人的心靈矛盾運動。《徐志摩論》就是明顯的例証，它緊扣住徐志摩詩歌整飭的章法和圓熟的外形掩蓋空虛的內容這個特徵，探索他內心世界變化的一個規律：「詩人和社會生活不調和的時候，往往遁入藝術至上主義的『寶島』。」〔註3〕對冰心也是如此，他認爲「『美』和『愛』就成爲一個人『靈魂的逋逃藪』」，「冰心女士之『捨現實的』，而取『理想的』，最初乃是一種躲避，後乃變成了她的『家』，變成了一天到晚穿著的防風雨的『橡皮衣』。」〔註4〕茅盾也在揭示她心靈的矛盾歷程。這是他深得詩歌創作奧秘的眞知灼見。

對詩歌的優長和短處，茅盾是深諳其奧秘的：「繁複的現代生活中，有許多場面不是『韻文』所能寫得恰到好處的。以節奏爲生命的『韻文』，主要是宜於抒情，而且以抒情爲其基本任務。」〔註5〕而敘事詩又介於小說與特之間的一支獨特的體裁，因此，茅盾曾分析中國敘事詩發展停滯的原因：「敘事詩之說故事寫人物的任務終於不得不移讓給小說，正是文學各部形式隨社會演變而產生而發展的自然結果」〔註6〕。但敘事詩在新的條件下也會存在和發展，可敘事詩畢竟是詩：「『長詩』主在敘事寫人，倘無音樂之美，便會變成分行寫的小說了」，而音樂美又來自於「文字節奏之美」〔註7〕。看來，茅盾也深知敘事詩的奧秘。

讓我們看看《敘事詩的前途》這篇詩評吧。他認爲「『從抒情到敘事』，『從

〔註1〕茅盾：《說部、劇本、詩三者的雜談》，《茅盾全集》第18卷，第53頁。
〔註2〕茅盾：《說部、劇本、詩三者的雜談》，《茅盾全集》第18卷，第54頁。
〔註3〕茅盾：《徐志摩論》，《茅盾論中國現代作家作品》第98頁，北京大學出版社1980年版。
〔註4〕茅盾：《冰心論》，同上，第114、120頁。
〔註5〕茅盾：《〈詩論〉管窺》，《茅盾文藝雜論集》下集，第953頁。
〔註6〕茅盾：《〈詩論〉管窺》，《茅盾文藝雜論集》下集，第954頁。
〔註7〕茅盾：《〈詩論〉管窺》，《茅盾文藝雜論集》下集，第955頁。

短到長』」「表面上」「只是新詩的領域的開拓」，其實「是新詩的再解放和再革命。」對敘事詩發展的意義和價值說得再明顯不過了。

茅盾認爲田間的《中國·農村底故事》「不能稱爲敘事詩，因爲它沒有一般敘事詩的特性。——一件故事」，但「這詩所要達到的目的卻正是敘事詩所應有」。這首詩不是以抒情爲基本任務，而是「跳動著的生活的圖畫」，又有敘事詩的特徵。當然如茅盾所說：「敘事詩並非一定要有形式上的故事，——有了太嚴整的故事形式將使那作品成爲『韵文寫的小說』」，其實，即如我們現今所看到的「詩體小說」。但是又如茅盾所說：「生活的圖畫也應該確是圖畫，不能只有勾勒。」敘事詩首先必須有敘事這個特徵，描事、狀物、摹人必須是具體、生動、逼眞的，而《中國·農村底故事》就像「一部剪去了全部的『動作』而只留下幾個『特寫』幾個『畫面』接連著演映起來的電影。」

而臧克家的《自己的寫照》，茅盾認爲是符合敘事詩的特徵的：「作者用他的謹嚴而苦心的手法從容展開他的『長江萬里圖』似的大時代的手卷。」而且生活的圖畫「避免概念化與說教，而努力求形象化的苦功」，也就是說，這首詩突出了描事、狀物、摹人的敘事特徵。但是，既然是詩，又貴在抒情。如果感情冷卻而無澎湃熱情，那就會詩情不濃、詩味不烈。《自己的寫照》正如茅盾所指出的：「寫軍校入伍與征西缺乏了激昂，寫東下被繳械缺乏了悲壯，寫回到北方以後的險阻缺乏了沉痛。」

對兩者比較以後，茅盾指出：「田間太不注意的地方就是臧克家太注意的地方」，「田間太把眼光望遠了而臧克家又太管到近處。」也就是說，田間具有浩浩蕩蕩的氣魄，熱情有餘而描繪過於空泛，讀到這樣的詩，能掀起讀者感情的波瀾，而在心底又留不下形象的圖畫；而臧克家卻缺乏浩浩蕩蕩的氣魄，描繪具體、形象而感情過於冷靜，讀到這樣的詩，在心底留下了十分逼眞的圖畫，卻掀不起讀者感情的波瀾。

因此，茅盾說：「敘事詩的前途就在兩者的調和。」這精闢之至。「敘事詩」包容兩個概念：「敘事」與「詩」，缺一不可。缺一，就不是敘事詩，或者說，不是合格的優秀的敘事詩。眞正的敘事詩，既能寫人們的悲歡離合，形象地再現生活，展示時代的風雲，又能感情濃烈，感人至深，具有動人的魅力。

看來，茅盾確實探到了敘事詩創作的眞諦。

關於小說評論，茅盾寫得的確最多，特別是建國後，他似乎對短篇小說發生了濃厚的興趣，既有理論探討，如《雜談短篇小說》、《試談短篇小說》等，又有不少具體作家作品評論。其形式還多樣，有的是對單篇作品的具體分析，如《〈力原〉讀後感》；有的是對幾篇作品的比較分析，如《讀〈新事新辦〉等三篇小說》；有的是對同一題材的綜合分析，如《關於反映工人生活的作品》；有的是對同一時期作品的綜合評論，如《一九六〇年短篇小說漫評》；有的是重點對新人新作的評析，如《談最近的短篇小說》、《讀書雜記》，等等。茅盾通過理論探討和具體評析，也企圖探求短篇小說創作的奧秘。

他認爲短篇小說不能「從篇幅的長短，即字數的多少」予以界定，他不避人言可畏，仍然堅持過去的說法：「短篇小說取材於生活的片斷」，「提出一個普遍性的問題」，引起「聯想」和「反覆的深思」。〔註8〕後來，茅盾再一次論証了長篇小說和短篇小說的本質區別：短篇小說「篇幅不可能長」，「故事不可能發生於長年累月」，「人物不可能太多」，「不可能一定要有性格的發展」。而這只是一般的規律，茅盾又反對「作繭自縛」，提倡「大膽的創造」。茅盾分析短篇小說不短的原因，並提出了「既不贊成無原則的拉長，也不贊成無原則地唯短是貴」的辯証觀點，並深刻地指出這個問題「主要還是思想方法問題」。〔註9〕無疑，這些見解都是符合創作規律的。

我們以《談最近的短篇小說》一文來具體地分析。

首先，茅盾重點分析的短篇小說都不太長，《七根火柴》約二千字，《進山》不過三千字，《暴風雨之夜》也就三千五百餘字，《憶》有五千多字，《百合花》六千餘字。後來提到的《唐蘭的婚姻》約一萬五千字，茅盾認爲有些「不必要的『噱頭』和穿插」，《一個平常的女人》約萬字，「沒有把燈火射在人物的最有特點的部分而燈火打在人物的全身」，而《老長工》約九千字，並不短，而兩個主人公「都缺少個性」。可見，短篇小說問題雖不在長短，但短的似乎更精粹，長的卻又顯得冗長和臃腫，茅盾力圖在解決短篇小說爲什麼不短的問題。

其次，他重點分析《百合花》，又是那樣精闢和深刻。從「獨特的風格」入手，指出其「清新、俊逸」，並指出「莊嚴的主題，除了常見的慷慨激昂的筆調，還可以有其它的風格」，眞是不同凡響、擲地有聲；結合故事情節的巧妙安排，人物塑造的細節點染，揭示出人物的精神世界和性格特徵，「社會批

〔註8〕茅盾：《雜談短篇小說》。《茅盾評論文集》（上），第106頁。
〔註9〕茅盾：《試談短篇小說》，同上，第181、182頁。

評」與「美學批評」諧合得如此水乳交融；以較長的篇幅研討「兩個人物先後出場」的「不同的筆法」,「善於用前後呼應的手法布置作品的細節描寫」,其藝術分析似乎達到了出神入化的地步；以「它的結構謹嚴，沒有閑筆的短篇小說，但同時它又富於抒情詩的風味」作結，其對短篇小說的特徵及其應有不同的風格，舉起了鮮明而艷麗的旗幟，正義仗言，毫不含糊。如果我聯想起《百合花》誕生的遭遇，茅盾的膽識令人可敬、可佩！這樣精緻的分析比作者本人的構思和對這題材的寫作意圖的理解要深刻得多，原因就是茅盾的文學批評，不僅指導讀者如何眞正理解作品、幫助作者認識自己創作的成敗得失，而且探討一種體裁創作的奧秘，從而進行有規律性的方向指引。

第三章　比較性地評析作家的不同特色和貢獻——評《讀〈倪煥之〉》及其它

孫昌熙、孫愼之在《茅盾早期的比較文學研究》一文中指出：從 1921 年起，「在研究工作中創造性地運用比較文學的研究和方法。」〔註 1〕據茅盾的回憶，1923 年爲了寫《司各特評傳》，曾閱讀過法國洛利安的《比較文學史》和丹麥布蘭克斯的《十九世紀文學主潮》等這些大家公認的比較文學名著〔註 2〕，因此，他在介紹外國文學和評介中國現代文學時，比較文學批評方法就成爲了他的重要方法。

茅盾早期發表的幾篇著名的文學評論《春季創作壇漫評》、《評四、五、六月創作》、《〈創造〉給我的印象》已經有了比較文學批評方法的痕跡，1929 年發表的《讀〈倪煥之〉》，就是一篇鮮明地運用比較文學批評方法的文學批評文章。

《讀〈倪煥之〉》長達一萬三千餘字，雖然題目爲《讀〈倪煥之〉》，而對《倪煥之》的評析僅僅約占四分之一的篇幅。前文已經提到過，這是一篇在宏觀的指導下研究微觀的代表性文章。

它的第一段，概括了「十年」（「五四」運動至今）的歷史，第二、三、四段概括了「十年」文學創作的發展。茅盾充分肯定魯迅的《吶喊》和《彷

〔註 1〕《茅盾專集》第 2 卷上冊，第 563 頁。

〔註 2〕茅盾：《文學與政治的交錯——回憶錄（六）》，同上，第 505 頁。

徨》的偉大成就，但又指出《吶喊》對社會生活反映的侷限：「沒曾反映出彈奏著『五四』的基調的都市人生。」《彷徨》中的《幸福的家庭》和《傷逝》「也只能表現『五四』時代青年生活的一角」。對郁達夫、許欽文、王統照、周全平、張資平等人的作品，茅盾認爲雖然「大都用現代青年生活作爲描寫的主題」，但「所反映的人生還是極狹小的，局部的；我們不能從這些作品裡看出『五四』的青年心靈的震幅。」特別指出王統照「比較的有意識地想描寫『五四』對於青年的影響，可是他並沒抓到了『五四』的基調來描寫。」茅盾從縱的比較角度，從文學發展的比較角度，提出在「很少人是有意地要表現一種時代現象，社會生活」的「風氣」中，葉紹鈞「把一篇小說的時代安放在近十年的歷史過程中的，不能不說這是第一部：而有意地要表現一個人——一個富有革命性的小資產階級知識分子，怎樣地受十年來時代的壯潮所激蕩，怎樣地從鄉村到都市，從埋頭教育到群眾運動，從自由主義到集團主義，這《倪煥之》也不能不說是第一部。」茅盾如此剖析，這部作品在文學史的地位，就確定不移了。茅盾正是從整體的比較當中來判定了《倪煥之》在文學史上做出的貢獻。文學史家們在自己的文學史著作中不厭其煩地引用這段話來肯定《倪煥之》的地位，也証明儘管茅盾是對當時剛剛出世的作品給予評價，但卻表現出深邃的「史筆」眼光，其原因就在於他成功地運用了比較文學的批評方法。

對《倪煥之》的特色，茅盾的剖析重點放在「時代性」上，既肯定它的優點，又指出它的缺點，甚至比較嚴重的缺點。他又從橫向的比較角度，指出當時「許多作者還是僅僅根據一點耳食的社會科學常識或是辯証法，便自負不凡地寫他們所謂富有革命情緒的『即興小說』的時候」，這種作品即是後來瞿秋白所批評的「革命的浪漫蒂克」傾向的萌芽，茅盾十分敏銳地捕捉到這種創作的特徵，在橫向的比較當中，從而肯定《倪煥之》做了「扛鼎」的工作，抓住了其特色和貢獻。

這種縱橫的比較方法、貫穿茅盾文學批評的始終，而且形式多樣、不拘一格。

茅盾常常運用一個作家的不同作品進行比較。如《彭家煌的〈喜訊〉》，他對其中的 7 篇作品，從內容到形式都進行了比較。而比較的重點是「作品產生的過程」，指出「《請客》以至《喜訊》等，作者的題材或者來自本身的經驗，或者來自觀察」，「有了感觸，然後形之於筆墨」；而《兩個靈魂》卻是

「只是想當然地虛構出一個故事。」因此，前者都是比較成功的作品，而後者卻是「失敗的作品」。文章結束時諄諄告誡：「他的這個教訓我們不應該忘記。」這個教訓，對於所有作家，包括茅盾自己，都是不應該忘記的，那就是：社會生活是文學藝術的唯一源泉，誰要遵循這個規律，他就可能獲得成功，誰要違反這個規律，其創作必然是要失敗的。茅盾正是從比較當中，提取了一個十分重要的規律現象，具有普遍的指導意義。同樣的觀點，也表現在《王統照的〈山雨〉》中。這不是兩篇作品的比較，而是一部作品的前半部分和後半部分的比較，也許這已經不屬比較文學批評方法的範疇了，但仍然是一種比較的方法。茅盾認爲：「全書大半部的北方農村描寫是應得讚美的。到現在爲止，我們還沒有看見過第二部這樣堅實的農村小說。這不是想像的概念的作品，這是血淋淋的生活的記錄。在鄉村描寫的大半部中，到處可見北方鄉村的凸體的圖畫。」而主人公奚大有到了北方都市以後的描寫，「不但『匆匆結束』，故事發展不充分，並且是空泛的、概念的。全書最惹眼的『地方色彩』在那後半部中也沒有了。」原因仍然是作者的生活基礎決定了作品的成敗：「作者對於都市的工人生活不及他對於農村生活那樣熟悉。」「有比較，才能有鑒別」，〔註3〕這樣的「名言」再次得到了証實。

對同一作家的不同作品進行比較，還有不少篇章，如《徐志摩論》、《落花生論》、《廬隱論》、《女作家丁玲》等等，我們可以從比較當中窺到一個作家發展的軌跡。茅盾建國後寫的文學批評，仍然具有這樣的特點。茅盾對峻青的《交通站的故事》和《山鷹》，對管樺的《曠野上》和《葛梅》，對馬烽的《我的第一個上級》、《太陽剛剛出山》和《老社員》，對王汶石的《嚴重的時刻》和《沙灘上》，對杜鵬程的《嚴峻而光輝的里程》和《難忘的摩天嶺》，對劉樹德的《老牛筋》、《拔旗》和《甸海春秋》，對茹志鵑的《春暖時節》、《澄河邊上》、《如願》、《三走嚴莊》、《阿舒》和《同志之間》，對李淮的《李雙雙小傳》、「兩代人」、《耘耘記》、《春笋》和《兩匹瘦馬》，對林斤瀾的《假小子》、《雲花鋤板》和《新生》，對萬國儒的《風雪之夜》和《龍飛風舞》，對瑪拉沁夫的《詩的波浪》、《楊芝堂》、《路》和《花的草原》，對敖德斯爾的《撒滿珍珠的草原》、《「老班長」的故事》和《歡樂的除夕》等，都運用過比較的批評方法。在比較中，有讚揚，也有批評。比如，對馬烽，《我的第一個上級》和《太陽剛剛出山》是當時轟動一時的名篇，而茅盾卻認爲不被評論界所注

〔註3〕《馬克思恩格斯選集》第4卷，第347頁。

重的《老社員》都比前兩篇都強些，認為主人公「賀老栓這個人物在一般的典型性格之外別樹一型，馬烽的既輕鬆而實在又深刻的筆墨恰好把這個人物刻畫得入木三分」〔註4〕，這個見解，是在比較當中而自然而然地突出的，新穎而中肯。對管樺，茅盾認為「曠野上」中的呂二娘形象與三年後《葛梅》中葛梅形象比較，「這個十八、九歲的大閨女極像是那三十多歲的呂二嫂的女兒」，說明「作者夾袋中的人物模型還不夠多。」〔註5〕這種人物塑造定型化的傾向，正如茅盾指出的「這個現實生活中的規律在不少作家的筆下被簡單化了、定型化了」〔註6〕，帶有十分普遍的傾向，而這個結論，也是在不同作品的比較中，自然恰當地得出來的。對茹志鵑，從前文對《百合花》的精緻剖析來看，茅盾對她的作品是十分喜愛的，甚至有些偏愛，但茅盾從比較批評中，再次揭示了她創作的特點：「茹志鵑筆下的人物，女性勝於男性，而女性之中，尤以收黎子那樣的人物（外貌靦腆而內心剛毅，嫻靜和幹練結合於一身），最為出色。」對茹志鵑創作的特色，茅盾的剖析也算為入木三分了。而對茹志鵑創作中的特點中的弱點，茅盾通過比較，得出的結論，恐怕也是深入骨髓的：「從塑造人物典型這個角度看來，作者取材於解放戰爭的作品更勝於取材於大躍進時期的作品。」這對作者和讀者都提出一個值得深思的問題。如果我們聯繫茹志鵑的經歷，這個結論不僅令人深思而且十分準確，茹志鵑是在解決軍這個大熔爐中成長起來的，她的身心完全與革命戰爭擁抱在一起，當她描寫她這一段生活時不論是親聞目睹還是別人的口述和傳聞，因為與生活貼近，所以更為眞切動人；而對大躍進時期的生活，她並不理解而有隔膜，當然也就不可能寫得眞切動人。二十年後，當對這段生活進行反思時，其《剪輯錯了的故事》正是她心靈搏鬥的結晶。因此，我們回頭來看茅盾當時的「直覺」，實在是了不起的一種觀察。這種「觀察」後的結論，又有賴於比較的批評方法。

對外國文學作品，也同樣採取這樣的比較方法。茅盾曾以莫泊桑相同題材的《羊脂球》和《蜚蜚故娘》相比較，雖然都是寫的普法戰爭，都寫了妓女，但「所寫的重點不同」：《羊脂球》的重點是暴露法國的上層階級，因此把普魯士軍官放在幕後：而《蜚蜚姑娘》重點是暴露普魯士軍官的狂妄、野

〔註4〕茅盾：《讀書雜記》，《茅盾評論文集》（上），第426頁。
〔註5〕茅盾：《讀書雜記》，《茅盾評論文集》（上），第228頁。
〔註6〕茅盾：《讀書雜記》，《茅盾評論文集》（上），第462頁。

蠻和破壞成性的殘暴性格，因此對妓女的描寫就不太多。從比較當中，茅盾得出一個結論：「短篇小說不能面面俱到，須有重點，不然，結構就不會緊湊。」這是從題材的剪裁和安排的角度，他同時又從思想深度的角度進行比較，認爲「《羊脂球》暴露的是社會本質的東西」，因此「思想性比《蜚蜚姑娘》更加深刻」〔註7〕。

這種比較批評方法，易於認識作家創作的成敗得失以及發展軌跡；但是要眞正認識作家的不同特色、貢獻及地位，又必須採用不同作家的同一類型的作品進行比較，或者用同一時期的不同作家的作品進行比較。

比如，在《王魯彥論》中，茅盾就把王魯彥與葉紹鈞進行比較。他認爲：「王魯彥小說裡最可愛的人物，在我看來，是一些鄉村的小資產階級，例如《黃金》裡的主人公，和《也許不至於罷》裡的王阿虞財主。」「在葉紹鈞的作品中，我最喜歡的也就是描寫城市小資產階級的幾篇；現在還深深刻在記憶上的，是那可愛的《潘先生在難中》。」前者是描寫「鄉村的小資產階級」，後者是描寫「城市的小資產階級」，各有特色；正因爲其特色，他們在當時文壇上的地位，都起著某種「代表」的作用。仍然在《王魯彥論》中，茅盾又將王魯彥與魯迅進行比較。他認爲：魯迅筆下的人物，「是本色的老中國的兒女」，而王魯彥筆下的人物，「是多少已經感受著外來工業文明的波動」。而「曾是強烈的表現在魯迅的鄉村生活描寫裡的，我們在王魯彥的作品裡就看見已經褪落了。」而在王魯彥的作品中所看到的人物，「是成了危疑擾亂的被物質欲支配著的人物（雖然也只是淺淡的痕跡），似乎正是工業文明打碎了鄉村經濟應有的人們的心理狀況。」，這樣的比較批評的方法，讓我們準確地把握了王魯彥的創作特色，不僅反映了茅盾具有準確地把握研究對象內部主要特徵的高度水平，而且也說明茅盾具有穿透時間屏障的能力，善於從時代的某些變化來理解作家創作的某些變化，而得出的結論，是符合歷史發展的客觀實際的。

在《女作家丁玲》中，茅盾又將冰心與丁玲相比較。他認爲：「冰心女士作品的中心是對於母愛和自然的頌讚」，而「初期的丁玲的作品全然與這『幽雅』的情緒沒有關涉，她的莎菲女士是心靈上負著時代苦悶的創傷的青年女性的叛逆的絕叫者」；對於莎菲女士的性愛描寫，「至少在中國那時的女性作家是大膽的」，比較後的結論是：「莎菲女士是『五四』以後解放的青年女子

〔註7〕茅盾：《在部隊短篇小說創作座談會上的講話》，同上，第317、318頁。

在性愛上的矛盾心理的代表！」這說明，茅盾的比較視角是很廣闊的，他並沒單個地去追蹤，也沒有孤立地去探討，而是將丁玲和冰心放在一個整體中去研究，在相互比較中去鑒別他們不同的美學價值，從中發現丁玲的新貢獻、新特色。茅盾關於丁玲及其作品的評價，也往往是文學史家們常常不厭其煩地引用過，也說明他的精闢見解不因歷史的衍變而褪色。這種閃耀著眞理光芒的觀點，也得力於他的比較批評的方法。

在《詩人與「夜」》中，茅盾將同一類型（同以「夜」題名的青年詩人的詩集）作品的不同作家進行比較，讓我們看到了林庚與蒲風的不同特色、不同貢獻。同樣寫「夜」，林庚筆下的「夜」，「充滿著懷古、感舊、遲暮的情調」，而蒲風筆下的「夜」「就不是那樣寂寞、那樣淒冷」，而是「充滿了風雨、雷鳴、閃電」，因此，前者的風格是「纏綿慢悒」，後者的風格則是「剛健而樸質」，用形象化的說法，「前者如蒼黃暮色中『一縷青煙飛盈』，後者如閃電雷鳴。」在比較當中，茅盾的褒貶是十分鮮明的。但是對林庚，茅盾也肯定他的「代表」作用，並寄予了熱切的希望：「許多人走著和他同樣的一條路」，但「他們走到後來不是看見『玻璃杯旁放著一瓶酒』（林庚詩《夜行》的詩句——引者注）」。剖析兩位詩人的不同特色時，茅盾並沒有聲色俱厲地「批判」林庚，而是從「氣質」、「人生經驗」，去進行分解：「一人是多用幻想的，又一個卻多寫現實生活」；「《茫茫夜》的作者在帝國主義殖民的爪哇，以及其它各地，領受過『移民廳』的滋味」，因此，「他沒有『斜陽古道』以及『古的花園』中一座頹破了的『維那絲的石像』，或是『秀美的牧童爲我吹笛』那樣的人生經歷」，即使有，「新的生活的經驗和信念使得他唾棄了那些舊經歷」，而林庚「當然還有許多複雜的人生經驗」，但「由他自己的觀點對生活現象選擇的結果」，就寫出了《夜》這樣的詩篇。在比較當中，茅盾含蓄地批評了林庚，期望他向蒲風靠近，寫出更有積極的社會意義的詩篇。這樣的比較分析，不僅讓我們看到了兩位不同的詩人的特色，而且也讓我們看到了茅盾倡導革命現實主義的歷史業績。

茅盾的比較分析，不僅注重其不同的特色，更注重於作品的成敗得失，以提高讀者的欣賞水平和作者的創作水平。他將吳組緗的《樊家舖》與王統照的《父子》相比較，認爲兩者基本內容是相似的，都是「『子』爲了經濟原因殺了『父』」，「但是兩者有根本的不同」，「《父子》中間所注力的中心點不外是經濟關係造成的『慘變』，而《樊家舖》的中心點則不在那『慘變』而在樊家舖的衰落及其不可避免的『人心大變』」。顯然，《樊家舖》比《父子》深刻得多：「不但描寫了崩潰中的農村，且寫出了必然的動向」〔註 8〕。他還將張天翼的《奇遇》和何谷天的《分》相比較，認為《奇遇》的「技巧」「通篇『無懈可擊』」可沒有「什麼深湛的命意」，而「成為徒以輕鬆新奇的外衣來遮掩空疏的內容的一件『奇品』」；他認為《分》「讀起來自然不及張天翼的《奇遇》來得輕鬆有趣，然而作者是用了嚴肅的心情寫這篇小說的」，「《分》裡所表示的對於『弱者』的態度是最正當的。」〔註 9〕在比較中，《奇遇》和《分》的成敗得失就十分鮮明、突出了。

總之，比較研究貫穿於茅盾文學批評論的始終，構成了他的文學批評的一個重要的特點。近年來，比較文學研究作為一種新興的科學的研究方法，被引進於中華大地，茅盾對比較文學方法的貢獻，無疑成為了一個重要的參照系統。

〔註 8〕茅盾：《〈文學季刊〉第二期內的創作》，《茅盾論創作》，第 292 頁。
〔註 9〕茅盾：《〈文學季刊〉第二期內的創作》，《茅盾論創作》，第 291、294、295 頁。

第四章　全面性地揭示作家的創作軌跡和風格——評《魯迅論》及其它

《魯迅論》雖不是茅盾寫的第一篇作家論，而發表時，卻爲第一篇〔註1〕，而且在那一組作家論中是份量最重、影響最大的甚至可以看做是中國現代文學批評史上的作家論的開山之作。

《魯迅論》發表於《小說月報》1927年11月份，當時的魯迅研究是一個什麼狀況呢？李何林在《魯迅論》的《一九八三年重印說明》中，曾勾畫了一個十分精確的輪廓：「在 1927 年以前」，「除了遭到以成老爲代表的創造社的幾乎全盤否定之外，《現代評論》的陳源（西瀅）對魯迅的歪曲和誣蔑，則是比較突出的代表性的另一方面。」「其餘十一篇基本上都是肯定魯迅的」，「但很少看見馬克思主義的思想的影響。」「1927年～1930年間」，劉一聲的文章「有一些新的觀點和馬克思列寧主義的因素」，而「達到了當時現代文學評論的最高水平」，則是茅盾的《魯迅論》。

茅盾的《魯迅論》的功績，正在於排除眾議，第一次全面地揭示了魯迅的創作軌跡和風格。

首先，茅盾從現實主義文學要求的角度，極力讚賞魯迅小說反映時代忠於生活的現實主義成就與廣泛的社會意義。其實，茅盾早在《春季創作壇漫

〔註1〕參看茅盾的《創作生涯的開始——回憶錄〔十〕》，《茅盾專集》第1卷上冊，第617頁。

評》、《評四、五、六月的創作》、《讀〈吶喊〉》等文中，在鳥瞰新文學開創階段文壇的基礎上，在同整體的比較當中首肯並推崇了魯迅小說反映社會的廣度與歷史的深度。在《魯迅論》中，茅盾從典型形象的意義與價値的角度，深刻地指出：魯迅作品所反映的「正是中國現在百分之九十九的人們的思想和生活」，作品中的人物是「老中國的兒女」，「到處有的是」，「隨時隨處可以遇見，並且以後還會常常遇見」，而「這些『老中國的兒女』的靈魂上，負著幾千年的傳統的重擔子」，使人們「不能不懍懍然反省自己的靈魂究竟已否脫卸了幾千年傳統的重擔。」並對魯迅小說的社會價値做出了膽識兼備的評價：「他能夠抓住一時代的全部，所以他的著作在將來便成了預言。」茅盾以他藝術的觸角，抓住了魯迅小說最基本的特徵。

從這個最基本的特徵出發，對成仿吾、張定橫等人的或陳源攻擊魯迅的觀點進行了抨擊。成仿吾所謂的魯迅作品絕大部分是「半個世紀前或一個世紀以前一個作者的作品」，《孔乙己》、《藥》、《明天》「都是勞而無功作品，與一般庸俗之徒無異」，《阿 Q 正傳》「是淺薄的紀實的傳記」，《一件小事》「即稱爲隨筆都很拙劣」等觀點；陳源所謂的「《孔乙己》、《故鄉》、《風波》裡面的鄉下人，雖然口吻舉止維妙維肖，還是一種外表的觀察、皮毛的描寫」等觀點；張定橫認爲魯迅是沉默地站在路邊旁觀，無情地暴露人的「冥頑，卑劣，醜惡和飢餓」，「他已經不是那可歌可泣的青年時代的感傷的奔放，乃是舟子在人生的航海裡飽嘗了優患之後的嘆息」等觀點，在茅盾的深入剖析中，顯出了眞僞，現出了謬誤，驅散了迷霧。歷史已經証明，他爲魯迅研究提供了新的東西而建樹了歷史的功績。

當時人們的注意力大都集中在《吶喊》上，茅盾以他的藝術敏感發現「《幸福的家庭》等四篇」，「是《彷徨》中間風格獨異的四篇」。

茅盾善於對「同中有異、異中有同」的特徵進行「藝術的發現」，這在三十年後卻仍然缺乏這種「藝術的發現」，茅盾曾批評說：「文章一般化（對於同中有異、異中有同的兩篇以上的作品不能作精闢細緻的分析）」〔註 2〕。他對《幸福的家庭》和《傷逝》的比較分析，其「精闢細緻」，至今也爲評論家們讚賞。

茅盾認爲，《傷逝》「明寫」了「悲劇的結果」，《幸福的家庭》「雖未明寫」，

〔註 2〕茅盾：《文藝大普及中的提高問題——一九五八年九月十一日在文化部部務會議的報告》，《茅盾評論文集》（上），第 206 頁。

但「悲劇的結果是終於難免的」，而卻「異中有同」：「主人公的幻想終於破滅，幸運的惡化，主要原因都是經濟壓迫，但是我們聽到的，不是被壓迫者引吭的絕叫，而是疲苶的宛轉的呻吟，這聲音直刺你的骨髓，像冬夜窗縫裡的冷風，不由你不毛骨悚然。」茅盾多麼形象生動地傳出了他深切的藝術感受！但是「同中有異」：《幸福的家庭》的悲劇內容，「只是麻木地負擔那『戀愛的重擔』」，而《傷逝》「是在說明一個脆弱的靈魂（子君）於苦悶和絕望的掙扎之後死於無愛的人們的面前」。特別對子君的分析，至今也是新意別出。人們往往責怪她把「婚姻自主」當做人生的終極目標，婚後必然顯出平庸、瑣碎、麻木、無聊，而茅盾卻認爲：「她的溫婉，她的女性的忍耐、勇敢，和堅決，使你覺得她更可愛。她的沉默多愁善感的性格，使她沒有女友，當涓生到局辦事去後，她該是如何的寂寞啊。所以，她愛動物，油雞和叭兒狗便成了她白天寂寞時的良伴。然而這種委婉的悲哀的女性的心理，似乎涓生並不能了解。」這種深入「骨髓」的剖析，也許眞正觸摸到了子君的內心世界，即使爲「一家之言」，也是獨特的發現。

對《酒樓上》和《孤獨者》，茅盾旨在發現他們的「同中有異」：「這兩篇的主人公都是先曾抱著滿腔的『大志』，想有一番作爲的，然而環境——數千年傳統的灰色人生——壓迫他們，使他們成了失敗者。」而失敗的「結局」卻不一樣：「呂緯甫於失敗之後變成一個『敷敷衍衍，隨隨便便』的悲觀者，不抉起舊日的夢，以重溫自己的悲哀，寧願在寂寞中寂寞地走到他的終點——墳。」而魏連殳在失去了「願意他活幾天」的唯一親人後，他變了，「以毀滅自己來『復仇』了。」這種變化，也帶來了人們的責難，認爲他墮落，向黑暗勢力投降，並與之同流合污了。但茅盾卻認爲「他勝利了！然而他也照他預定地毀滅了自己。」這種「予及汝皆亡」的復仇意志與悲憤心情，仍然是茅盾對魏連殳的「藝術的發現。」

茅盾對魯迅的雜文也是如此。對魯迅雜文的科學評價，人們都視瞿秋白的《〈魯迅雜感選集〉序言》爲最早的著作。誠然，瞿秋白將魯迅及其雜文放在近、現代中國社會鬥爭中間，依據魯迅的革命實踐，來考察和分析魯迅雜文產生的社會原因和戰鬥價値，並論述了魯迅思想發展的道路，在中國現代文學批評史上做出了不可磨滅的歷史貢獻。而茅盾的《魯迅論》對魯迅雜文的分析，也應視爲不可磨滅的貢獻。在茅盾之前，涉及對魯迅的雜文的分析，是屈指可數的，僅有臺靜農的《〈關於魯迅及其著作〉序》、陳源的《致志摩》、劉一聲的《第三樣世界的創造——我們所應當歡迎的魯迅》等篇，且不說其中有攻擊魯迅的，即使正面肯定魯迅雜文的，也顯得十分零碎和膚淺。我們也許可以說，只有茅盾的《魯迅論》才開始對魯迅雜文予以比較科學的評價。

茅盾認爲，魯迅雜文「充滿了反抗的呼聲和無情的剝露。反抗一切的壓迫，剝露一切的虛僞！」給青年們「指引」「一個大方針，怎樣生活著，怎樣動作著的大方針。」他指出：魯迅鼓勵青年們敢於鬥爭，「在這可詛咒的地方擊退可詛咒的時代」;「需要『韌勁』」的戰鬥精神；需要「去活動去除舊革新」；在鬥爭中，要注意策略，不要作「無謂的犧牲」。對文學青年，鼓勵他們「努力大膽去創作，不要怕幼稚」。在當時的歷史條件下，茅盾的分析和評價，是前所未有的，現在看來也許顯得有些膚淺，但具有開創的價值，其歷史貢獻，是不可磨滅的。

關於魯迅小說與雜文的關係與不同特點，劉一聲曾以一個比喻來說明：前者是「解剖刀」，後者是「短棒」〔註 3〕。據現有資料來看，由於當時環境所致，茅盾寫《魯迅論》時並沒有看到這篇文章。茅盾則提出：「在他的創作小說裡有反面的解釋，在他的雜感和雜文裡就有正面的說明。單讀了魯迅的創作小說，未必能夠完全明白他的用意，必須也讀了他的雜感集。」這個見解，無疑地爲魯迅小說的研究方法開了一個先河。綜觀後來魯迅研究的成果，不能不看到它的深刻影響，至今也不失爲一種科學的研究方法，也具有開創的價值。

如果說，茅盾的《魯迅論》立意在潑開迷霧，澄清是非，力圖正面地全面地肯定魯迅的貢獻，因而對魯迅的創作軌跡和風格揭示不多；那麼，在其它作家論裡，則著重於全面地揭示作家的創作軌跡和風格。

對冰心與丁玲的評析，就顯示了這個特徵。

茅盾在《冰心論》裡展示的冰心早期創作的「三部曲」，不僅完全符合冰心創作軌跡實際，而且也十分精闢深刻揭示了每一階段不同的風格。

茅盾指出：「『問題小說』是作者的『第一部曲！』」，「『五四』期的熱蓬蓬的社會運動激發了冰心女士第一次創作活動！」她的《兩個家庭》、《斯人獨憔悴》、《去國》等，顯然與當時反封建的浪潮同步，產生了強烈的社會影響。但是「她那不偏不激的中庸思想」，卻使「她的問題小說裡的人物就是那

〔註 3〕一聲（劉一聲）：《第三樣時代的創造——我們所應當歡迎的魯迅》，1927 年 2 月廣州《少年先鋒》第 2 卷第 15 期。

軟脊脊的好人」，這在當時來說，是「典型」的，「是『五四』期許多具有正義感然而孱弱的好好人兒他們共通的經驗」。

當學生運動高潮已過，「眼前的問題做完了，搜索枯腸的時候」，便回到了美麗的飄緲的童年時代，借以「躲避風雨」的「母親的懷抱」，就是茅盾所指出的「第二部曲」——「愛的哲學。」由於她對「未來」——「第三個圓片」，「不是大海，不是綠蔭，是什麼？我不知道」，因而創作中「混著」一層「神秘主義的色彩」；而且，她「溫醇的感情裡還跳躍著另外一種東西」——「以『自我』爲起點去解釋社會人生，她從自己小我生活的美滿，推想到人生之所以有醜惡全是爲的不知互相愛；她從自己小我生活的和諧，推論到凡世間人都能夠互相愛」，「美」和「愛」就成了冰心的「靈魂的逋逃藪！」

「五卅」運動後，「世界的風雲，國內的動亂」也必然引起冰心思想的變化，這就是茅盾所指出的「第三部曲」。冰心在 1931 年寫的《分》「不是『童話』，也不是『神話』，這是嚴肅的人生的觀察」，結合《冬兒姑娘》來進行考察，說明冰心的內心世界裡驅散了「神秘主義」的迷霧，走出了「愛的哲學」這狹窄的胡同，面向人生了。當然「第三部曲」僅僅是「開始唱了！」

如此精闢深切的剖析，不僅在當時十分新鮮獨到，即使已經半個世紀之多，時光的流駛並沒有洗去它的光澤，仍然不能不驚嘆茅盾敏銳而獨特的藝術感受和發現！

比《冰心論》發表早於一年的《女作家丁玲》，似乎可以視爲「姊妹篇」。由於丁玲「被綁」，並傳出已被秘密殺害的消息茅盾著文具有現實的戰鬥作用，也許並沒有列入他的寫作計劃，「趕寫」「以爲悼念」〔註 4〕，帶有急就章的痕跡，不如撰寫《冰心論》時那樣從容自如，但我們也明顯看到丁玲創作的「三部曲」，給我們勾勒了丁玲從二十年代末到三十年代初的創作軌跡。

當丁玲出現於文壇，茅盾即敏銳地發現她「新的姿態」，是「滿帶著『五四』以來時代的烙印的」。這可以稱爲丁玲創作的第一部曲。

由於「中國的普羅革命文學運動」的「勃發」，丁玲進入了創作的第二部曲，寫了《韋護》以及《一九三〇年春在上海》，茅盾認爲這兩部以「革命與戀愛」爲題材的小說「是丁玲思想前進的第一步」，說明「她更有意識想把握著時代」。

〔註 4〕 茅盾：《多事和活躍的歲月——回憶錄〔十六〕》，《茅盾專集》第 2 集下冊，第 1730 頁。

後來，她「踏上」胡也頻等「那五個作家的血路向前」，成了左翼文藝陣營內「戰鬥的一員」之後，她的《水》，寫了「遭了水災的農民群眾」的「革命」，茅盾認為，這篇作品「在各方面都表示了丁玲的表現才能的更進一步的開展」，「表示了過去的『革命與戀愛』的公式已經被清算」，「沿著這條線，丁玲又寫了許多短篇小說」。這可以視為丁玲創作的第三部曲。

儘管由於寫作匆忙，分析不夠細緻深入，但《女作家丁玲》畢竟從思想內容、題材更新的發展，看到丁玲的變化，時至今日，也是符合丁玲創作實際的客觀而中肯的論斷。這種從時代意識的把握、歷史發展的縱向角度切入剖析作家創作道路的研究方法，是經得起歷史考驗的，具有歷史的穿透力。

《徐志摩論》也採取這種方法，而具有歷史的穿透力，茅盾對其創作的三個時期深入細緻地剖析而對徐志摩的一生予以科學的評價，至今為評論家們稱讚不已。周揚 1983 年《在全國茅盾研究學術討論會的講話》中說：「最近我重新翻了茅盾寫的幾篇作家論，確實寫得很好，論魯迅，論徐志摩、王魯彥，論好多人啦，我覺得至今也可以作為我們文藝批評的典範之一。」

眾所周知，茅盾一生都在呼喚，一生都在實踐：文學必須反映現實！文學必須表現時代！他在中國共產黨剛剛誕生的日子裡就在呼喊：「表現社會生活的文學是真文學」，「而真的文學也只是反映時代的文學」！〔註 5〕這種強烈的時代意識貫穿他一生，成了他分析和評價文學現象的價值取向。在《廬隱論》裡，他依照這種價值取向，提出了著名的「廬隱的停滯」論，準確地抓住了廬隱創作軌跡中最主要的特徵。

茅盾從時代浪潮的起伏，去探尋廬隱創作的軌跡。「廬隱，她是被『五四』的怒潮從封建的氣圍中掀起來的，覺醒了的一個女性；廬隱，她是『五四』的產兒。」後來，「時代是向前了」，「雖然廬隱主觀上是掙扎著要向前『追求』的」，然而「伏著廬隱作品中『苦悶人生』的根」，「也伏著廬隱『發展停滯』的根」。儘管「廬隱第二次『轉向』」，也「是時代的暴風雨的震蕩」而掀起了「一個值得注意的波瀾」，但「廬隱她只是在她那『海濱故人』的小屋子門口探頭一望，就又縮回去了。」這是茅盾對廬隱一生的創作軌跡作的總的概括。結合廬隱的作品，他又予以具體深入的闡發：「初期」的《一封信》、《兩個小學生》、《靈魂可以賣麼？》、《餘舊等》「七篇」作品，是「向『文藝的園地』跨進的第一步的廬隱滿身帶著『社會運動』的熱氣」，「是朝著客觀的寫實主

〔註 5〕《茅盾全集》第 18 卷，第 116、117 頁。

義走」的，並用橫向比較的方法，肯定「『五四』時期的女作家能夠注目在革命性的社會題材的，不能不推廬隱是第一個人。」但，「跟著『五四』運動的落潮，廬隱也改變了方向」。從《或人的悲哀》起，儘管「在數量上十倍二十倍於她最初期著作」，但意義「只是一句話：感情與理智衝突下的苦悶」。麗石、秋心、露沙、亞俠等這一系列人物形象，也都是「廬隱她自己的『現身說法』」，雖「也有社會的意義」，但「就在這一點上停滯」。以後也曾閃爍過「劫後的餘焰」，「可是內容還只有那麼一點。」茅盾站在「時代」的高度，燭幽洞微，透過表層，向作品的縱深開掘，逼向了廬隱這個客觀實體。

但是，茅盾的「時代意識」，並不完全僅僅從宏觀的角度去把握，他也從作家的具體「個性」，或者說，從「個性」擴展開來了某些的「群體意識」去把握他所研究的客觀實體。因此，反映在廬隱身上，不僅具有時代大潮起伏的印跡，也有自己發展的因素。茅盾認為，「五四」時期被卷入時代壯潮中的廬隱所代表「群體意識」是：「呼吸著『五四』時期的空氣」，具有「追求人生意義」的熱情，然而又具有「空想」的特徵，只能處於「苦悶地徘徊」，雖然呼喊著「自我發展」卻又「負荷著幾千年傳統思想束縛」。這個矛盾體「反映著『五四』時代覺悟的女子——從狹的籠裡初出來的一部分女子的宇宙觀和人生觀。」她們可以前進，也可以停滯。因此，廬隱的悲劇，就在於她始終沒有跨出「海濱故人」小屋的門檻，如茅盾《虹》中的梅行素那樣投入群眾火熱的鬥爭而找到眞正的出路。廬隱的悲劇，儘管投射著時代的影子，但與她的主觀世界密切相關。茅盾尖銳地提出這個問題，對當時時代的作家也有著深刻的啓示吧！

對廬隱的創作，茅盾明確提出「風格」這個詞，指出：「廬隱作品的風格是流利自然。她只是老老實實寫下來，從不在形式上炫奇鬥巧。」這仍然不失為恰如其分的概括。這種注意對作家風格的探尋，在三十年代左翼評壇上，也是獨樹一幟的。

在《落花生論》中，茅盾十分敏銳地發現許地山早期創作的風格：「異城情調」與「宗教色彩」。這正是許地山為當時文壇所提供的新鮮的獨特的貢獻。這個「藝術的發現」，完全符合許地山的創作實際。

許地山早年漫游緬甸、馬來亞各地，十分熟悉異城的自然風光和風土人情，當他進入小說創作世界，這些留下深刻記憶的印象，必然流進了他的筆端；他早期曾信仰基督教，後又到國外攻讀宗教，留在他腦痕上的思想意識觀念，也必然反映在他的創作中。因此，茅盾說，《命命鳥》的「背景在緬甸的仰光」，《商人婦》在「新加坡和印度」，《綴網勞蛛》「在馬來半島」，即使以「中國」爲背景的小說，如《換巢鸞鳳》、《女兒心》、《春桃》，「也帶點『異域情調』」，難以尋找他作品中的「現代社會的縮影」。至於「宗教色彩」，茅盾認爲許地山「作品中的主人公的思想多少和宗教有點關係。」「《命命鳥》裡的敏明」「厭世的目的是『得除一切障礙，轉生極樂國土』」；「《商人婦》的主角惜官在基督教思想裡得到了生活下去的勇氣」；「《綴網勞蛛》裡的尙潔也是靠她自己認識的一部分的基督教教義這才有膽量在『雲村霧鎭的生命路程裡走動』」；其它，如《換巢鸞鳳》、《黃昏後》、《女兒心》等等，都與「宗教」有關聯。可是，茅盾以深邃的藝術洞察力細察作者患有當時的流行病：看不到出路的「懷疑論和悲觀思想」，而「懷疑論者的落花生不會相信宗教」，因此，「《命命鳥》裡的加陵雖然受了佛教的教育卻反對宗教，敏明實在因爲了戀愛的不自由，不過借了佛教的口頭禪使她這自殺的悲劇變做了幻想的快樂」，而《商人婦》裡的惜官和《綴網勞蛛》裡尙潔「都不過在教義裡拈取一片來幫助他們造成自己的人生哲學罷了。」茅盾就是如此地善於透過人物形象的表層，剖析他們的思想內核，從而抹去作家在作品中塗上的「色彩」而看到他們的本來面目，幫助讀者認識作品的眞實思想，也幫助作者認識自己，從而踏上一個更新的階梯。

這種分析具有思辯和理性的色彩，稍後幾年寫的《〈中國新文學大系・小說一集〉導言》中更十分明顯，茅盾深層地揭示了許地山人生觀的「二重性」：「一面是積極的昂揚意識的表徵（這是『五四』初期的），另一方面卻又是消極的退嬰的意識（這是他創作當時普遍於知識界的）」，並提出他的作品既有「浪漫主義」成分又具有「寫實主義」成分，而作家創作方法的運用又與時代大潮漲落密切相關：「浪漫主義成分是昂揚的積極的『五四』初期的市民意識的產物，而寫實主義成分則是『五四』的風暴過後覺得依然滿眼是平凡灰色的迷惘心理的產物。」今天，我們如果不去推敲茅盾用語的準確與嚴密，而他運用邏輯、判斷、推理等思辯手段，閃耀著理性的光彩。

如果說，《魯迅論》帶有明顯的「感知」、「印象」的批評色彩，而《王魯彥論》則帶有明顯的理性色彩了。

《王魯彥論》在形象化的開篇以後，茅盾即從解剖「中國社會的人層」起筆，推斷「現代中國社會內」，存在著「十層八層的『文化代』」，囊括了「過去五十年，一百年，二百年，三百五百年，甚至一千年」的文化心理特徵，猶如一個「歷史博物館」。結合當時的創作，又進行推斷：「我們社會內的各『文化代』的人們都有一兩個代表站在這一大堆小說裡面。」繼而又採取比較的方法，推斷出：「魯迅作品裡的人物」，是「本色的老中國的兒女」，代表著一種「文化代」；而王魯彥的作品中，「魯迅的鄉村生活描寫」「已經褪落了」，「多少已經感受到外來工業文明的波動」，「似乎正是工業文明打碎了鄉村經濟時應有的人們的心理狀況」，他的人物又代表著另一種，或者說近時期的「文化代」。這種無可辯駁的推理，王魯彥對新文學的獨特貢獻及歷史地位，在理性光彩的照耀下，就更顯得十分鮮明了。

茅盾文學批評的理性色彩，還具有簡約而深邃的特徵。他在具體分析作家作品時，往往引申出一個理論問題，雖僅有三言兩語，卻表現出相當的理論鋒芒和理論深度。他在《王魯彥論》中，分析其《小雀兒》和《毒藥》都是「教訓主義色彩極濃厚的諷刺文」，並由此引申出一個理論上的問題：「我以為小說就是小說，不是一篇『宣傳大綱』，所以太濃重的教訓主義的色彩，常常會無例外（重點號——筆者注）的成了一篇小說的 menacc（威脅——筆者注）或累墮。」這個理論，當然現在已經為人們承認和熟知了；但是，它的存在對那些認為茅盾的文學以「政治尺度干預文學」〔註 6〕、「重政治而忽視審美」的觀點，無疑是一個有力的「棒喝」！這種批評，既突破就作品論作品的感知藩籬，又擺脫了某些「公式主義」的理論羈絆，具有一種思想力度和理論深度。

茅盾寫於二十年末與三十年代初的 7 篇作家論，不僅開闢了宏觀的文學批評方式的先河，對於作家的創作軌跡和風格予以全面的審視提供了一個科學的批評方式，而且也明顯地表現出茅盾的批評個性：強烈的「歷史意識」和「時代意識」而樹立了社會歷史批評的傑出榜樣；感知與理性相結合創造了思辯與文采相揉雜的「批評文體」而獨樹一幟，至今被奉為楷模。

〔註 6〕司馬長風：《中國新文學史》中卷，第 250 頁。

下篇　文學批評者論

魯迅曾說過：「批評家兼能創作的人，向來是很少的。」〔註 1〕茅盾就是「很少」中的一個。茅盾早年是作爲一個文學批評家開始自己的文學生涯的，後來又以一個偉大的革命現實主義作家登上現代文學的殿堂。他在進行創作的同時，也不遺餘力地進行文學批評。停止創作後，則致力於文學批評，成爲當代一個偉大的文學批評家。他常常批評別人的作品，又常常接受別人對他作品的批評；他既虛心接受別人正確的批評，又用反批評對別人錯誤的批評進行抗爭。理所當然，他對作家及批評家的甘苦，都是體貼入微的、深刻了解的。同時，作爲一位作家與批評家，他有高尚的「人品」。正如陽翰笙所回憶的「左聯」時期的茅盾：「爲人正直、胸懷坦蕩、對人誠懇、嚴於律己」，「在政治上對黨忠誠和尊重，他把黨的事業當做自己的事業，不僅滿腔熱忱，而且認眞負責。」當得知陽翰笙是「左聯」黨團書記時，和他談論工作或問題的時候，「他都是鄭重其事地聽，嚴肅認眞地想。對，他就接受；不過，他出於對左翼文藝事業的責任感，就提出意見，決不苟同。」〔註 2〕由於這兩個原因，關於文學批評者論，就更値得我們重視與探討。他不僅發表了許多獨特而深刻的見解，而且以自己多方面的實踐，身體力行，解決了許多難以解決的問題。現就批評家與作家的關係、批評家與讀者的關係、批評家與自我的關係，怎樣培養文學新人等問題，展開論述。

〔註 1〕魯迅：《花邊文學．〈看書瑣記〉（三）》。
〔註 2〕陽翰笙：《時過子夜燈猶明》，《憶茅公》第 24 頁，文化藝術出版社 1982 年版。

第一章　集批評家與作家於一身
——論批評家與作家的關係

茅盾在三十年代，關於作家與批評家的關係，提出了一個根本性的原則：「互相抱怨是無聊的，要互相幫助。」〔註 1〕這個原則，雖然如此通俗明了，但眞正做到卻又未必容易。

三十年代的文壇，既有「白璧德信徒」的「新月社」人性論批評家，也有超黨派性的「自由人」、「第三種人」批評家；既有大刀闊斧砍殺一切的「李逵」式的批評家，也有搽鍋煙煤的「李鬼」式的批評家；還有只會搬弄術語，什麼「從大處著墨」啦，什麼「把握時代的精神」啦，什麼「無視了許多偉大的鬥爭」啦，什麼「沒有寫出新時代的英雄」啦，專說大話空話的批評家。由於評壇上如此複雜和混亂，必然引起了作家們的不滿、怨責和反對。相信自己的，只好是不屑一顧，不論是善言還是惡語，一律拒之千里之外；有的則暴跳如雷、反譏相諷：「你們只會說漂亮話，你們試試，相信不會比我好多少！」其中，由於當時的社會背景所致，存在著複雜而激烈的階級鬥爭，但是，在革命的、進步的作家與批評家之間也存在無窮無盡的埋怨。因而，茅盾連續發表了《作家和批評家》、《批評家的神通》、《批評家種種》、《批評家辯》等四篇文章，「謀求文藝批評工作的改進和作家與批評家的團結」。〔註 2〕當時，由於科學的文學批評沒有眞正地建立起來，茅盾提出的問題當然不能

〔註 1〕茅盾：《作家和批評家》，《茅盾文藝雜論集》上集，第 370 頁。

〔註 2〕茅盾：《〈春蠶〉、〈林家鋪子〉及農村題材的作品——回憶錄（十四）》，《茅盾專集》第 1 卷上冊，第 743 頁。

得到徹底的解決。在 1956 年，茅盾總結這段歷史時，曾說過：「每每喜歡用教條的框子來硬套。這樣的辦法，顯然是不能說服人的，而且有些批評的態度十分粗暴，又使人望而生畏。」〔註 3〕

建國後，馬克思主義文藝理論在我國得到了廣泛深入的傳播和學習，但是由於「左」的思潮的干擾和影響，那種「李逵」式、「李鬼」式、說空話、說套話的文學批評依然存在。雖然以茅盾爲代表的一些文學批評家曾爲扭轉這種現象做過極大的努力，眾所周知，《怎樣評價〈青春之歌〉？》就是一個突出的例証，甚至在反右鬥爭的高潮中，他仍然旗幟鮮明地指出：「教條主義文學批評的最壞的一類是主觀、片面到粗暴，所謂『一棍子打死』的態度。」〔註 4〕但是，從簡單粗暴到斷章取義，從無限上綱到歪曲誣陷的「一棍子打死」的文學批評，仍然橫行無忌。到「文革」期間，由於姚文元、張春橋、江青的蠱惑，而發展到了登峰造極的地步，既激起了廣大作家的強烈不滿和反抗，也使文學批評的「威嚴」喪失殆盡。如此這般，作家與批評家之間必然常常處於無窮無盡的埋怨和指責之中，有時甚至緊張到視如寇仇的地步。新時期以來，文學批評逐漸恢復了它的「威嚴」，但，簡單粗暴的文學批評、亂砍亂殺的「李逵」式的文學批評並未絕跡，還由於西方文學批評方法的引進而發生了評壇上的變化，既呈現出多樣化、多流派的繁榮景象，又出現搬弄名詞術語、故作深奧之態的令作家瞪目結舌的文學批評。具有高度的馬列主義水平的、獨具慧眼、充分說理的文學批評依然少見；而不少作家對於文學批評仍懷有戒心，對於頌揚近於奉承的文學批評引爲「知己」，而對於責難而卻有眞知灼見的文學批評則「拒之門外」，甚至反口相譏。

因此，對茅盾所提出的「要互相幫助」的原則，有重申之必要。他用了一個十分通俗而生動的比喻，來說明作家和批評家的關係：「廚子因爲在油鍋邊站得久了人薰得夠了，所以自來做出來的菜，究竟太甜呢或者太酸，未必能夠清清楚楚辨味道。在這裡，就不能不說那些在客廳拿著筷子等吃的人們的舌頭比較靈些了。所以眞正要菜好，還得廚子和吃客通力合作。」〔註 5〕這就說明：爲了繁榮和發展革命文學事業，作家應有寬闊的胸襟和自謙的精神，歡迎來自任何「吃客」的一切批評；而批評家不能像魯迅所嘲諷的「是否神

〔註 3〕茅盾：《魯迅——從革命民主主義到共產主義》，《茅盾論魯迅》，第 132 頁。
〔註 4〕茅盾：《公式化、概念化如何避免？》《茅盾評論文集》（上），第 132 頁。
〔註 5〕茅盾：《作家和批評家》，《茅盾文藝雜論集》上集，第 371 頁。

經病，是否厚舌苔，是否挾夙嫌，是否想賴賬」〔註 6〕那樣的「食客」，而應該比作家站得更高，不能百般挑剔，不能好爲人師，要平等待人，實事求是，憑眞理吃飯，憑說理吃飯。

爲了謀求作家和批評家的「通力合作」，茅盾反覆多次指出雙方都應注意的原則和方法，而他自己則身體力行，不論作爲一個作家，還是作爲一個批評家，都堪稱楷模。

作爲作家的茅盾是如何對待批評的？

作爲作家，茅盾提倡重視文學批評：「批評家的批評，是幫助作家知道自己毛病的要素。並不限於批評到自己的文章，凡是好的文藝批評，都對於一個作家有益，對自己的批評，固然要讀，固然可以由此認明了自己還不大了然的毛病，然而與自己無涉的一般的文藝批評也必須廣泛地閱讀，才能觸類旁通，悟到自己的缺點。」〔註 7〕

茅盾正是這樣做的。瞿秋白英勇犧牲十四周年的時候，茅盾在 1949 年 6 月 18 日的《人民日報》上，發表了《瞿秋白在文學上的貢獻》，滿懷深情地回憶：「我個人在寫作方面，得到瞿秋白的教益也不少。我的最早的三部小說（收在《蝕》中間的所謂三部曲），大約在出版後二年，他還和我就這三本書長談過一次，給了正確的分析和批評，我的一個寫得很壞的中篇《三人行》，他寫過一篇簡略的論文，這些對我的幫助都很大。《子夜》寫成大半後，他曾讀了原稿，特別到家裡談了半天，指出一些應當改正的缺點，又給以鼓勵。」茅盾這種虛懷若谷、勇納善言的精神，是何等的可貴啊！我們從他 1952 年寫的《〈茅盾選集〉自序》裡，他對《蝕》、《三人行》、《子夜》缺點的自我批評，可以十分明顯地看到瞿秋白及其它評論者對這三部作品評析的痕跡。特別是《三人行》，茅盾認爲：「徒有革命的立場而缺乏鬥爭的生活，不能有成功的作品。這一個道理，在《三人行》的失敗和教訓中，我算是初步的體會到了。」而這個觀點，正是瞿秋白的《談談〈三人行〉》這篇文章的基本觀點。瞿秋白指出：「僅僅有革命的政治立場是不夠的，我們要看這種立場在藝術上的表現怎樣。」看來，瞿秋白的觀點已經完全揉雜在茅盾的「自我剖析」之中了。茅盾對自己創作的經驗教訓的總結，其精闢的分析，其實也吸收了「一般的文藝批評」的精華。

〔註 6〕魯迅：《花邊文學・看書瑣記（三）》。
〔註 7〕茅盾：《創作的準備》，《茅盾論創作》，第 491 頁。

因此，任何作家要想「更上一層樓」，包括茅盾這樣偉大的作家要擺脫其「粘滯在自己所鑄成的既定的模型中」〔註8〕的狀態，除了繼續錘煉思想、豐富生活、提高技巧外，還必須求助於文學批評。具有眞知灼見的文學批評，往往使作家從「山窮水盡疑無路」的境地，而躍入「柳岸花明又一村」的境界。

作爲作家，「人家對作品的批評，如果有讚揚，就要看他所讚揚之點是否屬你自己認爲得意之章；如果不是，便要虛心反省。或者，人家有所指摘，你就得虛心研究，不可以師心自用，不受善言，但亦不可以毫無辨別一味『樂從』。」〔註9〕茅盾指明了既虛心求教，又要是非分明，眞是語重心長！

茅盾自己正是這樣的態度。他的回憶錄的幾章，如《創作生涯的開始》、《亡命生活》、《「左聯」時期》、《〈子夜〉創作的前前後後》、《〈春蠶〉、〈林家舖子〉及農村題材的作品》等，都鮮明地體現了這種觀點和態度。

關於《子夜》中的共產黨員的描寫，歷來受到批評和苛責，可瞿秋白當時曾以「施蒂而」的筆名寫過《讀子夜》，文章說：「而眞正的戀愛觀，在《子夜》裡所表示的，卻是瑪金所說的幾句話：『你敢！你和取消派一鼻孔出氣，你是我的敵人了！』這表現一個女子認爲戀愛要建築在同一政治立場上，不然就打散。」在評論到書中的地下黨員們時，瞿文又說：「從克佐甫和蔡眞的術語裡，和他們誇大估量無後方等布置，充分表現著立三路線的盲動，……這正是十九年（按：即1930年）的當時情形！也許有人說作譏諷共產黨罷，相反的，作者正借此來教育群眾呢！」茅盾在《〈子夜〉寫作的前前後後》中，曾全文予以引述，實際上借瞿秋白的話道出了他創作時的初衷，至少以爲瞿秋白所肯定的正是他的寫作意圖並企圖達到的藝術效果。但是，瞿在《子夜和國貨年》中又說：「這是中國第一部寫實主義的成功的長篇小說，帶著很明顯的影響（左拉的「L' ARGENT」——《金錢》）」。茅盾曾予以說明：「我雖然喜愛左拉，卻沒有讀完他的《盧貢・馬卡爾家族》全部十二卷，那時我只讀過五、六卷，其中沒有《金錢》。交易所投機的情況，……得之於同鄉故舊們。」〔註10〕他委婉地表明了他不同意瞿秋白的觀點，也是對長期以來流行

〔註8〕茅盾：《〈宿莽〉弁言》，《茅盾論創作》，第53頁。

〔註9〕茅盾：《和平・民主・建設階段的文藝工作》，《茅盾文藝雜論集》下集，第1145頁。

〔註10〕茅盾：《〈子夜〉寫作的前前後後》，《茅盾專集》第1卷上冊，第718頁。

的《子夜》受到《金錢》影響的觀點的一種委婉的反駁。當然，在《子夜》創作過程中，茅盾善納正確的意見，也是眾所周知的。原來《子夜》提要的結尾，安排吳蓀甫和趙伯韜「握手言和」，廬山相會，「互交易其情人而縱淫」。後來，經瞿秋白提出「改為一勝一敗」，強烈突出了「中國民族資產階級是沒有出路的」這一主旨。這個意見，十分高明，使《子夜》這部傑作更完美地體現了作者的創作意圖，得到了新的升華。對革命同志的意見，要善納良言，而對來自對立陣營的觀點，如果對自己的作品確有眞知灼見，也不必「拒之門外」或者「迎頭痛擊」。《子夜》發表後，引起了評論界的轟動，紛紛著文評論，其中學衡派的幹將吳宓，從藝術技巧的角度評論了《子夜》。眾所周知，茅盾的一篇著名的論文《「寫實主義的流弊」？》正是批駁吳宓的，但他對吳宓的評論也十分注意，並予以肯定。對於批評家的批評，作為作家的茅盾決不「一味『樂從』」，當時朱明的《讀子夜》引起了茅盾的注意，朱文說：「還有革命的命令主義，是那時確有的現象。但我們要知道，革命雖說是一種藝術，須要藝術的方法，而同時也是一件艱苦的工作，非有鐵的紀律不可。尤其在重感情怕艱苦的知識分子，有時也只有在嚴重的命令之下方能完成他的工作。茅盾在《子夜》中對於命令主義固然指摘出來，而取消主義的氣氛卻因而很強烈，沒有給他們一個適當的處置喲！」茅盾「從這幾句話」，曾「猜想作者大概是一個忠實的立三路線者。」〔註 11〕而表明自己鮮明的決不苟同的態度。

又比如，當時對《蝕》的批判，對《從牯嶺到東京》的批判，是文藝上「左」傾教條主義揮舞棍棒的典型表現。茅盾對此絕不「一味『樂從』」，以《從牯嶺到東京》，對《蝕》受到不公允的批判進行反批評，後來又寫了《讀〈倪煥之〉》對《從牯嶺到東京》受到不公允的批判進行反批評。儘管在今天看來，其中不無片面偏激之處，但這種反批評的精神值得提倡。長期以來，似乎有一種不正常的現象：批評家們似乎永遠是「公正」的「法官」，永遠處於審判者的地位，一錘可以定音；而作家們似乎是「待決」的「罪犯」，只有接受批判的義務，沒有反批評的權利，稍有不滿即可帶來禍端。這狀況，如不徹底扭轉，何談得上謀求作家與批評家的團結？批評與反批評是矛盾的統一體，缺一不可，只有兩者結合起來，展開同志式的平等的爭鳴，才能求得統一，「在眞理面前人人平等」。

〔註 11〕茅盾：《〈子夜〉寫作的前前後後》，《茅盾專集》第 1 卷上冊，第 720 頁。

如果作家和批評家都像茅盾和瞿秋白那樣，建立同志式的戰友關係，其關係自然而然也就和諧了，其團結自然而然也就牢不可破了，即使觀點不同而發生分歧，也易於解決、易於統一。如果作家都能像茅盾那樣，既能勇納善言，又能分清是非，即使與批評家發生分歧，也能通過爭鳴，求得共同語言，建立良好的關係。

作爲批評家的茅盾是如何對待作家的呢？

作爲批評家的茅盾，早在 1921 年就指出：「批評和藝術的進步，相激勵相攻錯而成。苟其完全脫離感情作用而用文學批評的眼光來批評的，雖其評爲失當，我們亦應認其有價值。」〔註 12〕這種擺脫感情因素、摒棄門戶之見、運用科學的方法進行文學批評的原則，是十分重要的。如此這樣，作家當然會口服心服，即使批評有失誤，作家也會諒解；否則，即使確有某些眞知灼見，作家也會存有戒心，不屑一顧。茅盾和郭沫若曾經有一場反譏相諷的論爭，這是人所共知的，但並不妨礙茅盾對郭沫若《女神之再生》的充分肯定和熱情讚美：「近來國內很有些人亂談什麼藝術，然而了解藝術的人，實在很少。對於郭君此篇我不能不佩服爲『空谷足音』。」〔註 13〕茅盾在 1928 年曾和太陽社、創造社有過一場激烈的論爭，但並不妨礙他歡呼《太陽月刊》的誕生：「我敬祝《太陽》時時上升，四射它的輝光，我更鄭重介紹它於一切祈求光明的人們」〔註 14〕，也並不妨礙他對蔣光慈、陽翰笙的創作充滿熱情嚴正的批評，更沒有因爲錢杏邨的理論在「左聯」時期遭到批評而趁火打劫，以此証明自己的正確。作爲一個批評家，就應該像茅盾那樣，有如此坦蕩正直的胸懷。僅據筆者所見資料粗略的統計，茅盾一生評論的作家多達 313 人，但這些作家幾乎都洋溢著對茅盾無限感激之情。茅盾作爲一個批評家，當然也有偏頗和失誤，但由於他不帶私心，不挾怨嫌，不好爲人師，而是眞誠待人，力求以科學的方法進行文學批評，因此，贏得了作家們的尊敬和愛戴。如果批評家都像茅盾這樣，何愁不能和作家謀求眞誠的團結？

如果作家受到不公正的批評，甚至受到攻擊、污蔑，作爲批評家就應挺身而出予以保護，給以科學的評價，指出其貢獻，表明其正確的立場。《魯迅論》、《怎樣評價〈青春之歌〉？》就是眾所周知的事例。對張天翼的《華威

〔註 12〕茅盾：《討論創作致鄭振鐸先生信》，《茅盾全集》第 18 卷，第 78 頁。
〔註 13〕《文學旬刊》第二期，茅盾的一則介紹，同上，第 102 頁。
〔註 14〕茅盾：《歡迎〈太陽〉！》，《茅盾文藝雜論集》上集，第 264 頁。

先生》，也是茅盾作爲一個批評家保護作家的有力的証據。當《華威先生》在《文藝陣地》創刊號發表時，引起了轟動，並展開了一場爭論，作爲批評家的茅盾熱情洋溢地讚揚了這篇小說的誕生，對那些什麼「諷刺政府」啦，「破壞抗戰」啦的污蔑進行了義正詞嚴的抨擊。他在《論加強批評工作》中，鮮明地指出：「批評家號召了作家們寫光明的未來，緊接著必須號召作家們同時也寫新的黑暗。這才能夠使得作家們深思，而且向現實中發掘。」後來，他又在《八月的感想》中指出：《華威先生》「這正表示了作家對於現實能夠更深入去觀察。」「所謂『深入生活的核心』，當然所包甚廣，然而抉摘那些隱伏在紅潤的皮膚下的毒癰，也是其中之一事。」「文藝的教育作用不僅在示人以何者有前途，也須指出何者沒有前途；而且在現實中，那些沒有前途的，倘非加以打擊，它不會自己消滅，既有醜惡存在，便不會沒有鬥爭，文藝應當反映這些鬥爭又從而推動實際的鬥爭。」茅盾正是從現實主義的理論高度去肯定《華威先生》出現的重大意義，具有無可辯駁的力量；時隔半個世紀的今天，茅盾所闡述的觀點仍然對文學創作具有指導意義。

作家是就其自己的生活經驗來寫作品的，最討嫌那些沒有同樣的生活經驗或相似的生活經驗、專憑本本、喜歡搬弄術語的批評家。無論在現代或當代，這樣的批評家還少嗎？如此的「批評家」，作家能夠心服嗎？必然會引起他們的不滿和怨責。只有馬克思主義的眞理性和反映生活的眞實性相統一的文學批評，才能促進作家和批評家的團結；任何教條主義的文學批評，只有惡化作家和批評家的關係，恐怕這已是經過若干沉痛的教訓而得出的結論吧！茅盾的一生，也正是和這種教條主義文學批評鬥爭的一生。他爲此，給批評家們開了一個藥方：「批評家勸作家不要寫不熟悉的事，也該自勸不要批評自己所不熟悉的事。」〔註 15〕

作爲批評家，茅盾還指出：批評家要使「作家他們不但明了什麼是不必要，並且知道什麼是必須寫以及怎樣寫。」〔註 16〕當然，這給批評家提出了更高的要求，一般是不易做到的；但，如果眞正達到了這樣的要求，作家還有什麼可埋怨和指責的呢？

茅盾自己正是這樣的批評家。我們不妨摘引他在 1962 年寫的《讀書雜記》中的兩段話。當他品評了瑪拉沁夫的《花的草原》後說：「雖然爲作品的輕靈

〔註 15〕茅盾：《論加強批評工作》，同上，下集，第 737～739 頁。
〔註 16〕茅盾：《論加強批評工作》，同上，下集，第 737～739 頁。

明麗所吸引，同時卻又感到某些不饜足。怎樣的不饜足呢？正好像吃慣了清淡肴饌的人希望吃一些濃烈的、辣的。當然，清淡並不是不美好，比起那些挖空心思矯揉造作的篇章來，我寧願清淡的；然而我自然也希望雖然清淡而又深扣你的心弦，迴響裊裊，繞梁三日。我想，也許正因爲有這麼一點美中不足，所以瑪拉沁夫的短篇不能一篇初出便掀起一個風暴。」「自在而清麗者不一定雋永。瑪拉沁夫所缺少的，似乎正是這一點。也就是說，『從生活出發』了，還須視野遠大廣博，分析深入細緻。」他既深切中肯地剖析了瑪拉沁夫創作的成功及不足，又爲其指明了方向和途徑，因而，瑪拉沁夫滿懷激情地發出「誓言」:「您對我的創作所提出的無比寶貴的警示，將成爲我終生奮勉進取的目標。」〔註 17〕當他品評了峻青的《交通站的故事》後，指出:「姜老三與『我』同榻，請『我』教書（姜是文盲，但在努力學習）一節，意在把姜的精神世界挖得更深，表現他那樣困難艱苦的環境中還時時不忘革命成功，『將來建設共產主義社會』；但我卻覺得不免落套。在全篇中，我以爲這一段最有公式味兒。其實只說姜老三在那樣的環境中還抓緊識字，提高自己，也就夠了。」這是多麼切中時弊的批評啊！他批評的，絕不僅是一篇《交通站的故事》，而是針砭了當時創作中普遍存在的一個弊病。這又正切合了他的理論：什麼是不必要寫的，什麼是應當怎樣寫的。如此的文學批評，作家怎能不心悅誠服呢？作家對茅盾這樣的批評家，除了尊敬和愛戴之外，還能說什麼呢？

作爲批評家，茅盾還主張:「應當是對於批評家本身的工作也多作批評，即所謂『自我批評』。」〔註 18〕「在如何提高創作質量的問題中，評論界自己也有提高質量的問題。」〔註 19〕如果批評家們都虛懷若谷，嚴以責己，不斷總結經驗和教訓，不斷改進評論作風評論方法，當然定能和作家謀求眞誠的團結。

在繁榮和發展社會主義文藝事業的今天，作家和批評家的關係，仍然是一個重要問題。總結前輩的經驗，當然是爲了現在！

〔註 17〕瑪拉沁夫：《巨匠與我們》，《憶茅公》，第 444 頁。

〔註 18〕茅盾：《論加強批評工作》，同上，下集，第 737～739 頁。

〔註 19〕茅盾：《一九六〇年短篇小說漫評》，《茅盾評論文集》（上），第 376 頁。

第二章　「文學批評家」不是「大主考」——論批評家與讀者的關係

茅盾早在 1922 年就說過：「請不要錯認『批評』二字是和司法官和判決書相等的呀！更請不要誤認文學批評家就是『大主考』！批評一篇作品，不過是一個心地率直的讀者喊出他從某作品所得的印象而已」〔註 1〕。其時，現代文學批評尚在襁褓之中，茅盾爲評壇的興盛而擂鼓吶喊，要破除廣大群眾對文學批評的神秘感，自然而然地將「文學批評家」與「讀者」等同看待，是無可厚非的。不過，「讀者」就是「批評家」的觀點，可以看做是十九世紀俄羅斯的作家與批評家的較爲共同的觀點。別林斯基說過：「只要是有讀者群，就有明確表示出來的社會輿論，就有直接了當的批評，把小麥從莠草區別開來，並對庸劣無才或者招搖撞騙予以斥責。讀者群是文學的最高法庭、最高裁判。」〔註 2〕果戈里也說過：「一個喜劇家應當受到所有人的評判；任何觀眾都有權品評它，三教九流的人都是他的審判官。」〔註 3〕由此看來，「讀者」與「文學批評家」的「等同」論，茅盾與別林斯基、果戈里是一脈相承的。

從「等同」論出發，茅盾作爲一個文學批評家，是十分重視讀者意見的。1921 年 12 月，茅盾在《小說月報》發表的《一年來的感想與明年的計劃》一文中，強調指出：「讀者對於創作的意見無論如何總是與創作的發展有益的」，

〔註 1〕茅盾：《「文學批評」管見一》，《茅盾全集》第 18 卷，第 254 頁。
〔註 2〕別林斯基：《1840 年俄國文學》，《別林斯基論文學》，第 249～250 頁。
〔註 3〕果戈里：《劇場門口》（1836 年），《春風》文藝叢刊 1979 年第 3 期，第 2 頁。

並開闢「讀者文壇」，「爲尊重讀者精神產物」。1922 年 11 月，茅盾又在《小說月報．「創作批評」欄前言》中寫道：「我們特闢這一欄，收容讀者對於創作的批評；……（2）我們也不敢說中國已有多少大批評家，但是看了一篇作品大爲感動，覺得非說不可的時候，竟也毋須自慚形穢，還是老實的說出來」。在茅盾看來，「讀者」就是「批評家」，或者說，「批評家」就是在「讀者」中產生的。儘管當時評壇十分幼稚，「讀者」的「批評」往往「離開文學批評之路甚遠」，往往「襲舊小說評注的故套，滿紙『這是爲後文某某事作張本』，『這是單刀直入法』，誤解附會得很是利害」〔註 4〕，但仍然煞費苦心地從中選擇發表，如「吳守中君一篇批評落華生的三篇創作的」，就登載於《小說月報》第 13 卷第 5 號的「讀者文壇」中。

當然，這種「等同論」的觀點，並不科學，至少應如車爾尼雪夫斯基所說：「批評的使命在於表達優秀讀者的意見，促使這種意見在人群中繼續傳布。」〔註 5〕但是，十分重視讀者的意見，又切合馬克思：「人民歷來就是作家『夠資格』和『不夠資格』的唯一判斷者」〔註 6〕的觀點。所謂「接受美學」的文學批評流派，正是從這個角度衍化而形成的。

茅盾也從這個角度出發，把文學批評家視爲讀者與科學結論之間的中介物，或者是一個基本的橋樑，實際上，也是一種信息反饋。

1956 年，茅盾在《文學藝術工作中的關鍵性問題——在第一屆全國人民代表大會第三次會議的發言》中說：「質量問題的關鍵何在呢？觀眾和讀者的普遍責備是兩句話：乾巴巴，千篇一律。乾巴巴的病源在於概念化；千篇一律的病源在於公式化，在於題材的狹窄。」「廣大觀眾所厭倦的，不是社會重大事件在文藝作品中反映得太多，而是題材的大同小異，表現方法的千篇一律。」現在看來，這個結論是多麼地切中時弊啊！如果按照茅盾所提出的觀點來指導創作，當代文學所經歷的曲折過程，有的傾向是完全可以避免的。而這個已經爲歷史所驗証的科學的結論，是以「觀眾」、「讀者」的「普遍」反映爲基礎的。茅盾作爲文學批評家，集中表達了「觀眾」和「讀者」的意見，在通向科學結論的通道上，充當了中介物，或者橋樑的作用。因此，一

〔註 4〕茅盾：《最後一頁》，《茅盾全集》第 18 卷，第 334 頁。

〔註 5〕車爾尼雪夫斯基：《論批評的坦率精神》，《車爾尼雪夫斯基論文學》中卷，第 164 頁。

〔註 6〕馬克思：《第六屆萊茵省議會的辯論》（第一篇論文）（1842 年），《馬克思恩格斯全集》第 1 卷，第 90 頁。

個文學批評家，儘管不能與普通讀者等量齊觀，但他必須與廣大讀者息息相通，要充分代表他們的共同的意願。

在批評家與讀者的關係上，茅盾歷來具有平等待人的態度，不自視爲批評家，對讀者採取貴族老爺似的態度，高踞一等而不屑一顧，即使有不同的看法與觀點，也採取商討的態度。

僅「茅盾書簡」所列的 1922 年的書信，即可窺其一般。所列書信計 73 封，絕大部分發表在當年的《小說月報》上，大都也是作爲編者與讀者的通信，有的是回答讀者的詢問；有的是解釋讀者提出的問題；更多的是與讀者平等地商討問題。姑且例舉幾封書信，說明茅盾的態度。

發表在《小說月報》第 13 卷第 7 號的《致齊魯侗》，即是商討之書信。茅盾說：「尊函內批評准『繁星』格的詩，我亦有同感；此格果然極便於詩人一瞥時所得的靈妙的感想，但也須得先有感想後做詩，方好。現在有些人模仿這格，竟失了原意，專爲省力起見，以至極可笑的無意識的句子也放進去，似乎不很好。」從讀者與批評家自己意見相同的地方落筆，顯得十分親切、自然；茅盾的主要題旨，卻是探討分歧之點：「先生謂新詩當有格律，要不過長，我都不敢贊同。因爲若如此便是白話寫的舊體詩，不是我們所希望的新詩，而且體裁上頗類『六言韵』的告示，也不好。我相信詩是情緒的自然流露，若眞能任其自然流露不加一些人工而寫在紙上，自然會合於自然的節拍，能讀而且不拘束。從前舊體詩叫人丟開自然的格調而就人工的格調，所以會有流弊了。」這是何等平等、謙恭、從容的態度！沒有絲毫教訓人的口吻，也沒有強加於對方觀點的鋒芒畢露之姿態，而仍如朋友間的娓娓談心。由於篇幅所限，雖不能達到暢快淋漓但觀點鮮明、論証清晰，易於爲對方所接受，會稱言之爲「所言極是」。

《致譚國棠》，是大家所熟悉的，因爲這封書信大概是現代文學史上第一次對《阿 Q 正傳》做出的十分明確、肯定的評價。而這封信，也屬商討信。譚國棠在來信中提出《阿 Q 正傳》「是一部諷刺小說」，茅盾認爲「實未爲至論」。他從典型性格的角度，肯定《阿 Q 正傳》所取得的偉大成功，又爲讀者所信服，至今常被人們所引用。

《致黃紹衡》和《致陳友荀》，同樣是商討信。黃紹衡和陳友荀在來信中批評《小說月報》發表的作品存在許多不是處。茅盾的回信，一方面肯定他們指出的缺點的某些正確的部分，一方面又爲正確地理解這些作品提出了一些看法，完全是一種平等研討的態度。茅盾認為，《被殘的萌芽》「確如來書所云」，存在著「描寫粗率處」，「但是若離開表面而尋求內心，應該覺得這篇東西是眞情緒的熱烈流露，比無病呻吟搖頭作態的東西，至少要好十倍。」他用現實主義所要求的「眞實性」的尺度，去引導讀者正確理解這篇作品。對葉聖陶的《旅路的伴侶》，茅盾肯定讀者來信：「對之不滿意的，大概不止你一人啊」，因為「似乎太平淡了些」；但是又不同意讀者的批評：「這篇東西並非僅有一點『家庭的黑暗』，未必都是『浮泛的描寫』，『不切實』。」指出這篇作品描寫的「是一段值得研究的灰色人生」，準確地抓住了葉聖陶早期創作的個性，引導讀者予以正確理解。作為批評家的茅盾，與讀者的關係是多麼地和諧、平等啊！不擺架子，不好為人師，沒有一絲一毫的貴族老爺式的態度，對讀者意見中的合理部分予以充分肯定，對不同看法採取討論的方法，循循善誘。

即使對於持十分錯誤見解的讀者，茅盾仍然採取循循善誘的方法，雍容委婉，具有大家風度，《致管毅甫》即是一例。管毅甫的信，是根據胡先驌的《評〈嘗試集〉》拼湊而成的，顯然是十分錯誤的，而且涉及到當時批判「學衡」派的一場論戰。但茅盾並不是氣勢洶洶地予以斥責，聲色俱厲地予以批判，僅僅指出「尊信雜採胡文各段，雜湊而成」，然後全文引錄發表在當時《晨報》上的式芬的《評〈嘗試集〉匡謬》一文，予以引導，最後指出管毅甫信中的引文，也是胡先驌的，是「見偏而不見全」的錯誤。僅此而已，並未上綱上線。作為批評家的茅盾，對讀者力盡其引導的責任。

即使《論戰》式的書信，茅盾仍然正確處理批評家與讀者的關係，被編入《茅盾全集》第 18 卷的《自然主義的論戰——覆周贊襄》即是一例。周贊襄的信以「不該描寫醜惡」，「僅僅抉露人生醜惡而不開個希望之門」為不對，自然主義文學不是藝術品等等為據，否定自然主義的倡導，這當然與茅盾當時文學主張相左的，茅盾在覆信中一一予以駁解，重申了倡導自然主義文學的主張。今天看來，這封覆信當然不是盡善盡美，有值得商榷處；但是，這種論戰的態度仍然是合諧的、平等的。

建國後，茅盾已是名聞中外的大作家、大批評家了，還任中央文化部部長，但在處理批評家與讀者的關係上，仍然一如既往，謙虛謹慎、虛懷若谷。

由於茅盾的「報告」和「講演」引起的爭論，在當時影響頗大的，就有兩次。一次，關於「歇後語」；一次，關於藝術的技巧。後者，持續了三個月之久，頗引人注目。

1956 年 4 月，《文藝學習》發表了茅盾《關於藝術的技巧——在全國青年文學創作者會議上的講演》一文後，金雁痕寫信致《文藝學習》編輯部對茅盾一文的「有些論點」提出質疑，茅盾曾予以答覆，一起發表在《文藝學習》1956 年第 7 期上，施宗燦、金雁痕各寫信致《文藝學習》編輯部，茅盾又予以答覆。這一場討論，可以視爲一段批評家和讀者和諧、平等關係的文壇佳話流傳下去。

茅盾在第一封覆信中說：「我歡迎不同的意見。特別歡迎就我的論點從作品（前人的和今人的）的分析研究提出不同的意見。」「如果出來了堅實的論據，証明我的論點站不住，我將毫不遲疑地取消我的論點。如果出來了精闢的分析，指出我所用的例証是不對，我將毫不遲疑地拋棄我原用的例証，我將另找更適當的例証。」〔註 7〕作爲名聞中外的偉大的文學批評家，是多麼地虛懷若谷啊！這種自謙的可貴品格，必然造成了批評家與讀者之間和諧、平等的關係。

茅盾在第二封覆信中說：「我應該承認，金君的這次來信有一句話，是補充了我那篇文章的一個缺點的。這句話就在他來信的末尾——『它除了很大程度上依賴於作家的世界觀外，同時又可在作家長期的藝術實踐所積累的深湛的經驗中求得。』金君這句話也修改了他第一封信中的意見，但我要特別感謝他的，是他給我那篇文章補充了一個重要的意見。我那篇文章沒有提到這一點，是一個缺陷，是考慮的不周到。我很高興，這一次小小的討論是有收獲的。」〔註 8〕茅盾的勇納善言的高貴品格躍如紙上！一個批評家就應茅盾那樣善於吸收讀者中的營養，來補充自己，來豐富自己，不要以爲自己的觀點和論証都是盡善盡美的，都是無懈可擊的，只要讀者的意見中有一點可取之處，就應該「毫不遲疑」地進行汲取，這只能說明批評家的博大，相反，卻顯得批評家的淺薄。

總之，茅盾從來不把「文學批評家」視爲「大主考」，視爲裁判一切的先知先覺者，而十分重視讀者群的作用，善於汲取正確的看法以滋補自己，善於集中表達優秀讀者的普遍反映，正確處理批評家與讀者的正常關係，爲所有的文學批評家樹立了一個光輝的楷模。

〔註 7〕茅盾：《關於藝術的技巧》，《茅盾評論文集》（上），第 74 頁。
〔註 8〕同上，第 77 頁。

第三章　文學批評家與自我
——爲《從牯嶺到東京》辯誣

文學批評家的「自我」修養問題，茅盾談過不少。早在 1936 年，他就說過：「作家固然應當『向生活學習』，批評家也應當『向生活學習』。一個批評家對於一篇作品裡所描寫的生活如果並不熟悉，那他就免不了誤解、主觀，以及隔靴搔癢。他的批評將不是『指導』而是『押寶』。」〔註 1〕因此，他說：「批評家勸作家不要寫自己不熟悉的事，也該自勸不要批評自己所不熟悉的事。」〔註 2〕建國以後的 1958 年，他批評了當時評論界存在的弊端：「（一）文章一般化（對於同中有異、異中有同的兩篇以上的作品還不能作精闢細緻的分析），（二）文章缺乏啓發性（使人看了首肯，但不覺得有一語點破、解決問題的好處），對於作品的藝術性的分析常常不深入，也常常落套。」〔註 3〕這種分析，當然不能說深刻，也許有茅盾在當時背景下不能暢所欲言的苦衷；但，在當時以「政治標準」代替一切的情勢下，指出「作品的藝術的分析」的弊端，既擊中要害，又表現出茅盾的膽識。因此，針對這種狀況，如前所述提出了一些建議，讓批評家進行多方面的自我修養。

而我認爲，批評家與「自我」的關係問題，最重要、最關鍵的，是魯迅說過的那幾句話：「文藝必須有批評；批評如果不對了，就得用批評來抗爭，這才能使文藝和批評一同前進，如果一律掩住嘴，算是已經乾淨，那所得的

〔註 1〕茅盾：《需要腳踏實地的批評家》，《茅盾文藝雜論集》上集，第 597 頁。
〔註 2〕茅盾：《論加強批評工作》，同上，下集，第 738 頁。
〔註 3〕茅盾：《文藝大普及的提高問題——一九五八年九月十一日在文化部部務會議上的報告》，《茅盾評論文集》（上），第 206 頁。

結果倒是要相反的。」〔註 4〕茅盾也說過類似的話：「人家有所指摘，你就得虛心研究，不可以師心自用，不受善言，但亦不可以毫無辨別地一味『樂從』」。〔註 5〕魯迅所說的「抗爭」，茅盾所說的絕不「一味『樂從』」，即是指的反批評；批評家的「自我」修養最主要的是，善不善於使用批評與反批評這個武器。批評與反批評正是文學批評中「百家爭鳴」的具體表現，正如茅盾所說：「百家爭鳴是評論界提高質量的途徑。」〔註 6〕

我擬以現代文學史上的一樁「公案」——關於《從牯嶺到東京》及其批評，進一步闡述批評家與「自我」的關係。

茅盾的《從牯嶺到東京》是中國現代文學史上一篇著名的文藝論文，它一發表，即引起了軒然大波。現在流行的中國現代文學史著以及有影響的茅盾研究專著，對此文均有評價，儘管觀點不完全相同，但基本精神並無明顯的分歧。而茅盾在《亡命生活——回憶錄（十一）》中，卻以較長的篇幅，闡述了此文的內容，闡明了與眾不同的看法。這一樁「公案」延續了五十年之久，很有必要進行再探討，以求得公允的「判決」，從而引申出批評家與「自我」的關係問題。

現在流行的中國現代文學史著以及有影響的茅盾研究專著，是怎樣評價《從牯嶺到東京》的呢？

（一）茅盾的《從牯嶺到東京》，是對他 1925 年前後提倡無產階級文學的「倒退」，或者說，是馬克思主義觀點的完全「喪失」？

葉子銘在《論茅盾四十年的文學道路》（65 頁）中，就是主張「倒退」說的。

邵伯周在《茅盾的文學道路》（1959 年版本，第 24～25 頁）中，則是主張「喪失」論的。

（二）茅盾的《從牯嶺到東京》，宣揚的是小資產階級的文學主張。

林志浩主編的《中國現代文學史》（219～220 頁）就是這樣論述的：「他肯定無產階級文學的提倡是無可非議的，但又強調文藝主要應爲小資產階級服務。因此，創造社的某些成員批評茅盾未能以無產階級觀點來描寫和批判

〔註 4〕魯迅：《看書瑣記（三）》，《魯迅全集》第 5 卷，第 444 頁，人民文學出版社 1982 年版。

〔註 5〕茅盾：《和平、民主、建設階段的文藝工作》，《茅盾文藝雜論集》下集，第 1145 頁。

〔註 6〕茅盾：《1960 年短篇小說漫評》，《茅盾評論文集》（上），第 376 頁。

小資產階級的弱點，批判他某些小資產階級的思想觀點，這無疑是正確的。」

唐弢主編的《中國現代文學史》（第二冊，9 頁），田仲濟、孫昌熙主編的《中國現代文學史》（191 頁），與上述觀點極爲類似。

（三）由於認爲茅盾在《從牯嶺到東京》中所表露出來的是小資產階級文學主張，從而斷定他是小資產階級知識分子的代表，其作品「只能引起悲觀和失望的情緒。」

莊鍾慶在《茅盾的創作歷程》（82 頁）中，指出：「他基本上是站在小資產階級立場上的。」

孫中田在《論茅盾的生活和創作》（73～74 頁）中，更進一步說明：「他所強調的暴露社會黑暗，實際上在創作體現是描寫那些『落伍』的小資產階級的病態。他們頹廢、苦悶、彷徨，陷於無告的境地。這種描寫，自然不可能動搖現存的世界的樂觀主義，不可能引起對現存事物的懷疑，只能引起悲觀和失望的情緒。」

此外，邵伯周在《茅盾的文學道路》（1979 年版本，53 頁）中還提出：「對於當時正在提倡的『新現實主義』，茅盾又做了錯誤的解釋。」田仲濟、孫昌熙主編的《中國現代文學史》（191 頁）認爲：「雙方的論爭，某種意義上說是創作原則和創作方法的不同理解（茅盾堅持現實主義，寫自己熟悉的；創造社主張浪漫主義，提倡寫未來）而引起的。」

茅盾對上述這些觀點是十分清楚的，因爲某些專著，應著作者的要求，他曾認眞審閱過，但他虛懷若谷，尊重別人的勞動成果，一貫的態度是「作爲一個被研究的作家，我向來只願意傾聽批評，而不願意自己說話的。」〔註7〕因此，從未表示什麼不同的看法。可是，作爲一個批評家，他正確對待「自我」，不納善言當然不對，「一味『樂從』」也不可取。因此，撰寫回憶錄時，他以回憶的形式，敘述當時的情態，明白率直地闡述了自己的看法。我認爲，在《亡命生活——回憶錄（十一）》中，圍繞《從牯嶺到東京》一文的回憶，完全可以看做是茅盾對不同觀點的最後的答辯。

（一）《從牯嶺到東京》是不是「倒退」，是不是完全「喪失」了馬克思主義觀點？

茅盾是這樣回答的：「我在 1925 年寫過一篇長論文《論無產階級藝術》。

〔註 7〕茅盾 1957 年 6 月 3 日給葉子銘的信，《中國現代文學研究叢刊》1981 年第 4 期。

這篇長文提到蘇聯早期的無產階級文藝的題材不免於淺狹，對過去的文學作品的常用的題材，如家庭問題，人心善惡的交戰等等，作者都不敢去觸及，認爲這不是無產階級的題材；其實同一的題材，由於作者的立場、觀點不同，處理解決的方法不同，則能一則成爲無產階級文學，一則成爲舊藝術。我認爲無產階級藝術仍將如過去的藝術，以全社會及全自然界的現象爲對象爲汲取題材的泉源，這是理之固然、不容懷疑的。所以，我在《從牯嶺到東京》一文中所奉勸創造社、太陽社的朋友們分其餘力地寫小資產階級的生活，其實是我在 1925 年早就有的主張。」

（二）《從牯嶺到東京》是不是宣揚小資產階級的文學主張？是不是小資產階級的代言人？

茅盾是這樣回答的：「《從牯嶺到東京》引來了太陽社和創造社的朋友們的圍攻。他們異口同聲說我是小資產階級的代言人，要樹立小資產階級的文藝。他的邏輯是：你主張作品可以寫小資產階級，你的作品寫的又是小資產階級，因此你就是小資產階級的代言人。這等於說，描寫強盜的必然就是強盜。……他們又說我『以爲中國的革命的理論是錯誤的，爲什麼中國的革命不以小資產階級爲主體，以小資產階級爲領導，他確實有這樣的不滿和暗示』，這只不過是一種推論，因爲《從牯嶺到東京》中，我既不曾說要樹立小資產階級的文藝，也沒有說小資產階級是革命的『主體』，更沒有誰要以小資產階級領導革命。這種推論（五十年後我們稱之爲『上綱』），實在古怪。」

（三）關於對「新現實主義」的解釋，茅盾是這樣說明的：

「現在看來，當時我還不懂這個名詞的含意。果然，半年以後，錢杏邨在《從東京到武漢》一文的末尾，引用日共藏原惟人關於新現實主義的理論來反駁我了。我沒有讀過藏原惟人的論文，但是無條件地採用藏原惟人的新現實主義的理論，作爲當時的中國無產階級文學的創作方法，顯然也是成問題的。自然，這不能怪太陽社的朋友們，他們那時不知道日共的『左』傾路線是錯誤的；至於我，當時也不知道日共是什麼路線。」

茅盾的答辯是否正確地對待了「自我」呢？我認爲，它無掩過揚善之弊，是客觀的，是實事求是的。

首先，讓我們回到當時的論爭，並由此談到今天的評價吧！

《從牯嶺到東京》到底《宣揚》了什麼？

這篇論文，一共八段。前六段，是講述他寫《幻滅》、《動搖》、《追求》

三部小說的創作意圖的過程，並實事求是地承認自己當時的悲觀失望的情緒給小說以消極的影響，最後在第八段表示：「悲觀頹喪的色彩應該消滅了，一味的狂喊口號也大可不必再繼續下去了，我們要有蘇生的精神，堅定的勇敢的看定了現實，大踏步往前走，然而也不流於魯莽暴躁。」這既反右又反「左」的認識和態度，無論當時和現在看來，都應該說是正確的。儘管當時這些內容也曾受到創造社、太陽社的圍攻，但現在的文學史家和研究家們並沒有對此有所非議，常常還引用茅盾的觀點來說明和分析《蝕》的創作意圖和思想內容。

引起人們非議和責難的，是第七段。讓我們來看看到底是些什麼「貨色」吧？

第一，不贊成「標語口號文學」。茅盾說：「我敢嚴正的說，許多對於目下的『新作品』搖頭的人們，實在是誠意地贊成革命文藝的……，然而他們終於搖頭，就因爲『新作品』終於自己暴露了不能擺脫『標語口號文學』的拘囿。」中國現代文學發展的實踐証明這個觀點是完全正確的。周恩來 1962 年《對在京的話劇、歌劇、兒童劇作家的講話》中，也曾指出「那時還有左翼作家的更革命的作品，但帶有宣傳味道，成爲藝術品的很少」。這裡指的還只是「左聯」成立以後，曹禺發表《雷雨》、《日出》時的作品，1928 年前出現的「革命的作品」恐怕「成爲藝術品的」就更少吧！茅盾當時闡發的觀點，是多麼地切中時弊啊！可惜，並未引起當時革命作家的重視，反而遭到了批判。

茅盾還說：「有革命熱情而忽略於文藝的本質，或把文藝也視爲宣傳工作——狹義的——或雖無此忽視與成見而缺乏文學素養的人們，是會不知不覺走上這條路的。」這是多麼地精闢啊！那種視茅盾文學批評「以社會目標、政治尺度干預文學」的人們，或者認爲茅盾的文學批評只注重時代與政治而「忘記了審美」的人們，讀讀這段文字吧！也許當時只有魯迅和茅盾才能提出這樣的看法，這和魯迅早於半年發表的《文藝和革命》所闡發的觀點是完全一致的。魯迅說：「我以爲一切文藝固是宣傳，而一切宣傳卻並非全是文藝」，「革命之所以於口號，標語，佈告，電報，教科書……之外，要用文藝者，就因爲它是文藝。」當時，這種觀點，也曾遭到批判，被創造社編輯委員會「認爲正確」的傅克興的《小資產階級文藝理論之謬誤——評茅盾君底〈從牯嶺到東京〉》一文，就提出：「文藝本來是宣傳階級意識的武器，所謂本質僅限於文字本身，除此之外，更沒有形而上學的本質。」現在看來，到底是誰的正確呢？恐怕是毫無疑問的了。因此，現在的文學史家和研究家們都一致肯定茅盾的歷史貢獻。

第二，關於讀者對象問題。這正是當時的批判者們抓到的「辮子」，也是直到現在還被文學史家和研究家們視爲「宣傳小資產階級文學主張」的「依據」。

誠然，正如茅盾在《讀〈倪煥之〉》所說的：「我應該追悔我那篇隨筆《從牯嶺到東京》寫得太隨便，有許多話都沒有說完全，以至很能引起人們的誤解，或者惡意的曲解。」《從牯嶺到東京》的有些話，無論當時和現在看來，確實不嚴密、不合適。什麼「只要質樸有力的抓住了小資產階級生活的核心的描寫」，什麼只要「在小資產階級群眾中植立腳跟」，等等，容易被人引申爲「提倡文藝爲小資產階級服務」。

但是，我們研究問題，不能抓住某些個別的詞句、應該深入研討其基本觀點和基本精神，然後才能進行褒貶和取捨，這恐怕是人所共知的實事求是的科學的研究方法。

茅盾在這時強調描寫小資產階級生活，是完全針對創造社、太陽社某些成員的惟有描寫第四階級生活的文學才是革命文學的「左」的主張而發的。其實他在發表《從牯嶺到東京》的前半年，已經在《歡迎〈太陽〉！》中指出過：「我們不能說，唯有描寫第四階級生活的文學才是革命文學，猶之我們不能說只有農工群眾的生活才是現代社會生活」。「如果以蔣君之說，則我們的革命文學將進了一條極單調的仄狹的路，其非革命文學前途的福利，似乎也不容否認罷？」這和茅盾在《論無產階級藝術》中所闡述的觀點是一脈相承的，也和魯迅 1927 年寫的《革命文學》，1929 年寫的《葉永蓁作〈小小十年〉小引》、《柔石作〈二月〉小引》、《現今的新文學的概觀》，1930 年寫的《非革命的急進革命者》、《我們要批評家》、1931 年寫的《上海文藝之一瞥》、《關於小說題材的通信》等文，所表述的觀點是基本一致的。

究其《從牯嶺到東京》的基本精神不過是這樣的看法：與其由於不熟悉生活大寫「標語口號文學」，不如寫自己最熟悉的生活（其實，當時創造社、太陽社的絕大部分成員熟悉的還是小資產階級知識分子的生活，而不熟悉工農的生活）；與其寫一些讓工農大眾讀不懂的「文學」，不如寫一些當時的讀者群——即小資產階級知識分子所能接受的東西，「激動他們的情熱」。因爲，

「我就覺得中國革命的前途還不能全然拋開小資產階級」，而「幾乎全國十分之六，是屬於小資產階級的中國，然而它的文壇上沒有表現小資產階級的作品，而不能不說是怪現象罷」！這個觀點，實際上是茅盾的「文藝批評都是從『此時此地的需要』出發的」文學批評觀的具體反映，是針對當時的實際情況，提出的一個十分適時和妥貼的辦法。在茅盾的這篇文章發表一年以後，魯迅還指出：「有人說，『小資產階級文學之抬頭』了，其實是，『小資產階級文學』在那裡呢，連『頭』也沒有，那裡說得到抬。」〔註 8〕因此，魯迅對當時出現的描寫小資產階級知識分子生活的《小小十年》、《二月》等作品，不僅冠以「優秀之作」佳稱，還親自做序予以肯定：「至少，將爲現在作一面明鏡，爲將來留一種記錄，是無疑的罷。」〔註 9〕「看見了近代青年中這樣的一種典型，」「讀者」「照見自己的姿態的罷？那實在是很有意義的」。〔註 10〕直到 1931 年 8 月，魯迅在《上海文藝之一瞥》一文裡，還實事求是地分析：「現在的左翼作家，能寫出好的無產階級文學來」，「也很難」，「在現在中國這樣的社會中，最容易希望出現的，是反叛的小資產階級的反抗的，或暴露的作品。因爲他生長在這正在滅亡著的階級中，所以他有甚深的了解，甚大的憎惡，而向這刺下去的刀也最爲致命與有力。」勿庸再繼續引述了。也許魯迅比茅盾闡述得更爲全面深刻，但有誰能否認其基本精神是一致的呢？

中國現代文學的發展，証實了魯迅和茅盾的觀點是正確的。在這個時期，雖然也出現了一些反映工農生活和鬥爭的優秀作品，如葉紫的《豐收》、柔石的《爲奴隸的母親》、蔣光慈的《田野的風》、夏衍的《包身工》、殷夫的紅色鼓動詩等，但是最能代表當時創作成就的，卻是茅盾的《虹》和《子夜》、巴金的《家》、老舍的《駱駝祥子》、曹禺的《雷雨》和《日出》、葉聖陶的《倪煥之》等描寫非工農生活的作品（「祥子」就其思想體系也應舊屬小資產階級的範疇）。這些作品所塑造的吳蓀甫、梅行素、覺新、覺慧、祥子、虎妞、周樸園、繁漪、陳白露、倪煥之等具有美學價值的藝術典型和典型形象，是前一類作品所不能相比的。

有人當然會這樣提出問題，問題不在於提倡描寫那個階級的生活，關鍵在於站在什麼立場上。魯迅主張的是：「我以爲根本問題是在作者可是一個『革

〔註 8〕魯迅：《三閑集・現今的新文學的概觀》，《魯迅全集》第 4 卷，第 135 頁。
〔註 9〕魯迅：《三閑集・葉永蓁作〈小小十年〉小引》，同上，第 147 頁。
〔註 10〕魯迅：《三閑集・柔石作〈二月〉小引》，同上，第 150 頁。

命人』，倘是的，則無論寫的是什麼事件，用的是什麼材料，即都是『革命文學』。」〔註 11〕「至少是必須和革命共同著生命，或深切地感受著革命的脈搏的。」〔註 12〕而茅盾是站在或基本上站在小資產階級立場上，提倡寫小資產階級生活。這，正是當年傅克興的觀點：「你的作品沒有無產階級底意識形態作背景，對於社會變革發生了反對的作用，你就是描寫了工農，也不能算爲革命文藝，況且你又要站在小資產階級底立場上，大呼描寫小資產階級呢。」〔註 13〕

這個結論，是否正確呢？如果再仔細研讀《從牯嶺到東京》，茅盾所闡述的不過是：小資產階級不是革命的敵人，而且在中國，人口眾多，可以通過文學「激發他們的情熱」，讓他們跟上時代的步伐。在《讀〈倪煥之〉》一文裡，也說：「要使此後的文藝能夠在尙能跟上時代的小資產階級廣大群眾間有一些兒作用。」茅盾只不過沒有明確地說出「必須站在無產階級立場上去描寫小資產階級」這樣一句話，但是從字裡行間中，怎麼能得出他是站在小資產階級立場上的結論呢？

傅克興推論的方法就是：你主張寫小資產階級，你的作品寫的又是小資產階級，爲此，你就是站在小資產階級立場上。且不說這種推論的邏輯是何等的荒謬，還是以事實爲証吧！事實勝過雄辯，實踐是檢驗眞理的標準。

一個重要的事實是：茅盾的《蝕》和茅盾所稱譽爲「扛鼎」之作的《倪煥之》，儘管對它們的評價有高有低，但也不會得出這樣一個結論：是站在小資產階級立場上描寫小資產階級知識分子的「自我表現」之作。今天的研究者和讀者們大概絕不會同意「還沒有讀過」茅盾作品的傅克興下的結論：「幻滅，動搖，追求就是先生的三大口號！第一個就是向讀者叫道，革命幻滅了！第二個就是：大家動搖起來！第三個就是：小資產階級大眾追求自己底階級利益哪。」〔註 14〕

對於小資產階級知識分子，無論是茅盾還是葉紹鈞，都是持批判態度的。《蝕》是一部力圖站在無產階級立場上去反映大革命時代中小資產階級知識

〔註 11〕魯迅：《而已集・革命文學》，同上第 3 卷，第 544 頁。

〔註 12〕魯迅：《二心集・上海文藝之一瞥》，同上，第 4 卷，第 300 頁。

〔註 13〕克興：《小資產階級文藝理論之謬誤——評茅盾君底〈從牯嶺到東京〉》，《茅盾專集》第 2 卷上冊，第 8 頁。

〔註 14〕克興：《小資產階級文藝理論之謬誤——評茅盾君底〈從牯嶺到東京〉》，《茅盾專集》第 2 卷上冊，第 8 頁。

分子的思想狀態，並促使他們繼續去尋找革命出路的現實主義傑作：《倪煥之》同樣是一部現實主義傑作，通過主人公由個人奮鬥到參加群眾革命的經歷，反映出「五四」前後到大革命失敗後知識分子生活變化的面影，批判了改良主義道路，指出小資產階級知識分子只有一條出路，便是投身到工農群眾革命洪流中去。

茅盾的創作實踐以及他所稱譽的文學作品都在証明：茅盾不是站在小資產階級立場去提倡描寫小資產階級的。至於《蝕》中流露了某些小資產階級知識分子的思想情緒儘管也是事實，但在整部作品中只居十分次要的地位，其主流仍然是積極的。

當時，《蝕》的社會效果是鼓勵追求革命的青年繼續為尋找革命的出路而努力奮鬥呢，還是「只能引起悲觀和失望的情緒」呢？

有的同志已經詳細地引用了當時讀者的積極的反映（參看莊鍾慶的《茅盾的創作歷程》），我們就不再重述了，這裡不妨引用陳沂的回憶，來佐証吧！

陳沂說：「一個追求解放的從農村出來的小資產階級青年……到上海以後，讀了茅盾同志的三部曲，儘管當時有人寫了評論文章，非難他的作品，而我卻從這部作品中感到他寫的中國青年——大革命失敗前後形形色色的中國青年，有動搖、追求、幻滅，但是作品的最後還是寫出有好些青年繼續要求革命。因為動搖、追求、幻滅，都沒有解決青年的前途和出路問題。像我們這樣的青年，千里迢迢來到上海，豈只是為了讀書而已，也有個前途和出路的問題。茅盾同志的作品在我們這些青年身上起了激勵、鞭策和推進的作用。」〔註 15〕陳沂的這段回憶，是很有代表性的，足見《蝕》的積極的社會影響的一斑。

第三，關於文藝的技巧問題。雖然，這也是茅盾針對當時創造社、太陽社寫的普羅文學的弱點而提出來的，也受到他們的批評，但現在的研究者們並沒有表示什麼異義，我們就不再評析了。

綜上所述，《從牯嶺到東京》一文基本觀點是正確的，針對當時創造社、太陽社倡導無產階級文學同時宣揚「左」的文學主張，顯然是一種糾偏。茅盾和魯迅一樣，不是在宣揚小資產階級的文學主張，作為他們的「諍友」是當之無愧的。

〔註 15〕陳沂：《一代文章萬代傳——悼念我國現代文學巨匠茅盾同志》，《憶茅公》，第 158 頁。

其次，對《從牯嶺到東京》，不能孤立地僅就一篇文章的觀點，用今天的水平去評價它，應該從當時時代的高度，從茅盾思想發展的脈胳，歷史地客觀地去評定它。

在文藝為什麼人服務的問題上，從 1919 年到 1927 年八年間，茅盾寫了大量的文藝論文，反覆多次地闡述了這個問題。如《現代文學家的責任是什麼？》（1920 年），《新文學研究者的責任與努力》（1921 年），《自然主義與中國現代小說》（1922 年），《文學與人生》、《雜感——讀代英的〈八股〉》、《「大轉變時期」何時而來呢？》（1923 年）、《歐戰十年紀念》（1924 年），《論無產階級藝術》（1925 年）等等，從著眼於同情被壓迫下層人民的「平民文學」開始，一直到旗幟鮮明地提出為無產階級及其領導的革命運動服務的「無產階級文學」，茅盾何曾提出過文學要為小資產階級服務？大革命失敗後，雖然茅盾遠離革命的中心，一度曾有過苦悶和憂慮情緒，特別是耳聞目睹「左」傾冒險主義給革命帶來的損失，其憂慮的情緒更為濃烈，但是，他堅信其失敗是暫時的，革命的勝利必然到來（參看胡愈之的《早年同茅盾在一起的日子裡》和周曄的《魯迅第一次和茅盾的深談》）。既然茅盾對黨所領導的革命充滿著必勝的信心，他怎麼能一反過去的主張，「倒退」過去，完全「喪失」馬克思主義觀點，而公然扯起了倡導小資產階級文學的破旗呢？因此，我們不能輕率地肯定當年創造社、太陽社對他的批判「是正確的」，「是必要的」，不能再重複當年傅克興所做的結論，必須對當時茅盾強調描寫小資產階級生活的意圖，做出科學的解釋。

茅盾對這個觀點的堅持，可謂「頑固」。其後，他所寫的《虹》、《子夜》、《春蠶》、《林家舖子》、《霜葉紅似二月花》、《腐蝕》、《清明前後》、《鍛煉》等等，無一取材於無產階級的生活，但誰能否認它們是傑出的革命現實主義作品呢？可見，他的創作實踐和創作主張是一致的。肯定其作品，而否定其《從牯嶺到東京》所闡述的基本主張，豈不是自相矛盾嗎？他之所以強調描寫小資產階級生活不過是在當時特定的背景下對「描寫自己熟悉的生活」的現實主義創作方法的具體發揮罷了。

如此解釋，有些同志還會提出異義。從表面上看來，茅盾當時的觀點與毛澤東在 1942 年所提出工農兵方向似乎是不一致的，人們往往會據此對茅盾進行非議和詰難。須知，茅盾提出看法的年代，是在黑暗的中國，而黨正處於瞿秋白的「左」傾冒險主義時期，當時的魯迅和郭沫若也未能也不可能明確提出工農兵方向，即便提出來，由於社會環境所限，也只能是「紙上談兵」；而毛澤東是在工農兵當家做主的光明的延安，是在 1942 年這樣一個新的歷史時期，明確提出工農兵方向的。我們不能違反歷史的要求，去苛求茅盾，不能用後來明確的方向去批判當時的茅盾，何況茅盾強調描寫小資產階級生活，並非主張站在小資產階級立場上，去描寫小資產階級生活，這和毛澤東的觀點並不相背逆的。

再次，還要弄清這場論爭產生的原因及其實質。關於這場論爭產生的原因，馮雪峰曾分析過，他說：「據我理解，當時創造社人們攻擊魯迅（關於宣傳辯証法唯物論和提出無產階級革命文學口號問題應當分別看）的主要原因，第一，最重要的，這時正在第一次「左」傾機會主義路線期間，十分明顯是受著當時「左」傾機會主義路線的影響的。第二，也顯然受了當時日本的『福本主義』的影響。第三，同樣反映了創造社人們本身具有的小資產階級急性病的思想情緒。第四，創造社向來的宗派主義也起著作用。但這四個原因中，據我了解，第一個原因——受當時左傾機會主義的影響，是最重要的；由於有這第一個原因，其它三個原因就同時表現出來和起強烈的作用。」〔註 16〕馮雪峰的分析還是客觀和中肯的。雖然，他談的是創造社攻擊魯迅，同時也適用於創造社、太陽社攻擊茅盾一事。基於同樣的思想路線，同屬一個目的，同採用一種思想方法，怎能說攻擊魯迅是錯誤的，而同時「批評」茅盾又是正確的呢？這是多麼地不公允啊！魯迅當時也公開直率地反對創造社、太陽社對茅盾的批判：「錢杏邨先生近來又只在《拓荒者》上，攙著藏原惟人，一段又一段的，在和茅盾扭結。」〔註 17〕

茅盾當時雖然同黨失去了組織上的關係，但同當時剛從日本歸國的創造社、太陽社的絕大多數同志相比，早就是一個比較成熟的中國共產黨的革命活動家了，對當時黨內的「左」傾機會主義路線是不贊成的。他說：「我從德沚以及幾個舊友那裡聽到了愈來愈多的外面的遲到的消息，這些消息都是使人悲痛，使人苦悶，使人失望的。這就是在革命不斷高漲的口號下推行的『左』傾冒動主義所造成的各種可悲的損失。一些熟識的朋友莫明其妙地被捕了，犧牲了，對於盲動主義，我與魯迅議論過，我們不理解這種革命不斷高漲的理論。」他還通過一篇散文《嚴霜下的夢》，「對那時的盲動主義表示了『迷

〔註 16〕《馮雪峰談左聯》，馮夏熊整理，《新文學史料》1980 年第 1 期。
〔註 17〕魯迅：《二心集・我們要批評家》，《魯迅全集》第 4 卷，第 241 頁。

亂』,『不明白』和不贊成。」不久，又在《從牯嶺到東京》中，尖銳地指出：「你不為威武所屈的人也許會因親愛者的乖張使你失望而發狂」。「這裡所指的『親愛者的乖張』就是指的瞿秋白和他的盲動主義」〔註 18〕。由此可見，當時的茅盾並不是對革命前途悲觀失望，而是對「左」傾冒動主義表示懷疑和反對，是暫時不明白革命應該如何繼續前進而產生的苦悶和憂慮，這樣他遭到「左」傾盲動主義路線的人們的攻擊和反對，也就順理成章了。其實,「左」傾盲動主義的影響直到「左聯」時期仍然存在，魯迅和茅盾一直採取抵制和反對的態度。(參看茅盾的《「左聯」時期——回憶錄(十二)》)。

因此，這場爭論的實質，既不是倡導無產階級革命文學的無產階級作家對持有小資產階級文學主張的革命「同路人」的批判，也不是兩種創作方法和創作原則之爭論，而是執行「左」傾盲動主義路線的革命作家對無產階級革命作家錯誤的攻擊。

這長達五十多年的論爭，說明茅盾作為批評家，正確地處理與「自我」的關係，既不能對別人正確的批評而不納善言，更不能對別人錯誤的批評表示緘默和「樂從」，要拿起反批評的武器予以抗爭。在「百家爭鳴」中，修正錯誤，堅持眞理，才能徹底清除學術研究中「左」的流毒，中國現代文學史上的一些「公案」，才會得到公允的「判決」。魯迅所指出的那種「一律掩住嘴」的辦法，是絕對不能正確處理批評家與「自我」關係的。

〔註 18〕茅盾：《創作生涯的開始——回憶錄(十)》,《茅盾專集》第 1 卷上冊，第 623 頁。

第四章　百花文苑中的一位辛勤的園丁
——怎樣培養文學新人的？

茅盾作爲一代文學巨匠，爲大力培養文學新人，瀝盡畢生心血，他不愧爲百花文苑中的一位辛勤不懈的園丁。

僅據筆者所見資料粗略的統計，茅盾一生所評論的作家竟達 313 人（解放前爲 183 人，解放後爲 130 人）。除了「五四」以來的老作家以外，當時出現的文學新人，如巴金、丁玲、夏衍、曹禺、陽翰笙、沙汀、艾蕪、張天翼、葉紫、蕭軍、蕭紅、艾青、田間、臧克家、蒲風、姚雪垠、歐陽山、草明、周而復、王西彥、端木蕻良、周文、宋之的、碧野、陳白塵、以群、羅蓀、舒群、吳組緗、丘東平、嚴文井、夏征農、黃谷柳、于逢、易鞏、郁茹、葛琴、宋霖、周鋼鳴、羅烽、曾克、吳奚如、劉思慕、蔣牧良，以及趙樹理、柯仲平、周立波、劉白羽、李季、孫犁、馬烽、西戎、邵子南、康濯、管樺、柯藍等等；建國後湧現的文學新人，茅盾更滿腔熱忱地一一品評，如谷峪、李准、王汶石、王願堅、茹志鵑、杜鵬程、楊沫、曲波、梁斌、峻青、束爲、王安友、胡萬春、林斤瀾、唐克新、費禮文、瑪拉沁夫、敖德斯爾、益希單瑪、李喬、楊蘇、陸文夫、李滿天、韶華、雁翼、金近、劉澍德、胡奇、萬國儒、申躍中、劉勇、張勤、劉堯、韓統良、段荃法等等，面對這一長長的並不完備的名單，除了崇敬贊佩以外，我們還有什麼話可說呢？

不少文學新人是因爲茅盾的發現、賞識和推崇而躍入文壇的。眾所周知，姚雪垠的《差半車麥秸》正是由於茅盾的發現和評論，而轟動一時的；茹志鵑的《百合花》也正是因爲茅盾的賞識和推崇而蜚聲文壇的。其它，如端木蕻良的《科爾沁旗草原》、郁茹的《遙遠的愛》、宋霖的《灘》、夏征農的《禾場上》、碧野的《滹沱河夜戰》、于逢的《潰退》、黃谷柳的《乾媽》、延澤民的《紅格丹丹的桃花岭》等等，都是經過茅盾或者發現、或者提出意見，或者親筆修改、有的甚至反覆多次地審閱而推荐發表的。特別是 1979 年初，由於「四人幫」的禁錮還未徹底砸爛，對馮驥才的《舖花的歧路》出版存在著分歧，這時茅盾已是 83 歲的高齡了，當他聽完作者的介紹後，即刻予以肯定，並提出了中肯的修改意見，使《舖花的歧路》很快跟讀者見面，受到了好評。

如何敏銳地發現文學新人，如何熱情地扶持他們的健康成長，茅盾不僅提出一些十分精闢的見解，而且還以自己文學批評的實踐，為我們樹立了光輝的榜樣，留下了寶貴的經驗。

一、要十分注重對文學新人的培養

過去，相當長的時間，不少的文學批評，對無名作家往往是不屑一顧的。茅盾在 1933 年，就批評了這種錯誤傾向：「『推存青年作家』一句話也成為一般口頭禪，但是『青年作家』的作品出版後也很少人批評。間或有人寫了短評，談到『無名』作家及其作品了，可是這位『批評家』的本意卻又是借端發牢騷，罵罵他自己要罵的對象而已。」「雖則近來興起了許多『新興』的批評家，但他們大都不屑躬親小事，他們喜歡找大目標來做批評的對象。」〔註1〕他和這些「批評家」針鋒相對，特別注重推荐和介紹無名作家，十分熱衷「躬親小事」。

《〈中國新文學大系．小說一集〉導言》是茅盾系統總結新文學運動第一個十年與文學研究會有關的小說創作的經驗和規律的長篇文學評論；但在第一節品評的卻是如慧星一現的「無名作家」：利民、王思玷、樸園、李渺世，足見其重視。直到撰寫回憶錄時，他還特地說明：「知名作家一般已有定評，讀者也熟悉；『無名作家』及其作品卻無人記得，然而他們卻在一定程度上反映了當時新文學運動的深度和廣度度。」〔註2〕在《導言》裡，他對這四位「無名作家」都給予了較高的評價。

茅盾十分熱衷「躬親小事」，經常撰寫千字文式的書報評介，向讀者推荐文學新人。《文學》一卷至三卷的「書報述評」欄共刊 42 篇，其中茅盾就寫了 28 篇；1938 年創刊的《文藝陣地》也發了 32 篇；1941 年創刊的《筆談》

〔註1〕茅盾：《幾種純文藝刊物》，《茅盾文藝雜論集》上集，第 382 頁。
〔註2〕茅盾：《一九三五年紀事——回憶錄（十八）》。

裡的《書報春秋》欄的文章，也大都出於茅盾的手筆。正如吳組緗 1945 年所說的：「以一種似飢若渴的心情，甚至有點寬縱與溺愛地選拔著新人們的作品。」〔註 3〕不僅如此急切地選拔新人，而其書評雖短小而不流於一般，中肯而深刻，如孫犁所說：「他對作品的評價分析，都從藝術分析入手，用字不多，能說到關鍵的地方，能說到要害，能使人心折意服。」〔註 4〕

不僅撰寫書報評介，茅盾還一貫以極大的熱情審閱文學新人的作品，認眞提出意見，親筆動手修改，熱情推荐發表。現化和當代的知名作家，其中有不少的作品，都凝聚著茅盾的心血。直到 1980 年，他已 84 歲高齡，貴州「興義有一位青年寫了一個以徐霞客爲題材的電影劇本，寄給他請教。他讀得很認眞，回了一封較長的信，提出了很好的修改意見。」〔註 5〕茅盾眞是一位嘔盡心血、辛勤耕耘的老園丁啊！

1978 年，在「文聯三屆三次擴大會議」上，他以《關於培養新生力量》爲題發言，還語重心長地說：「幫助青年文學工作者從『四人幫』的禁錮下解放出來，引導他們走上正確的健康的文學創作道路，是老一輩作家責無旁貸的任務。」還念念不忘「培養又紅又專的文藝接班人。」

二、重在發現，扶植「嫩芽」，爲文學新人的成長鳴鑼開道

1934 年，關於「中國目前爲什麼沒有偉大的作品產生」的討論中，冒出了各種奇談怪論，其中就有人說：「作者不肯埋頭苦幹，古人成書往往動輒二三十年，而現在的作者年紀輕輕就想發表作品。」〔註 6〕企圖扼殺文學新人的誕生和成長。茅盾當即滿懷激情爲文學新人的出現而擂鼓吶喊：「每一次『論戰』，——每一塊阻礙前進的頑石凶狠的不肯滚開的時候，每一次陰狠的梟狐在側面在陣後搗亂的時候，精神飽滿朝氣蓬勃的生力軍就從闊大的青年的海裡跳了出來，很快的加入陣地，沉重地搏戰。他們中間有小說家，有詩人，有拿著顯微鏡似的『雜文』的作者。他們還寫得不多，他們的『偉大的作品』還有待於將來，他們不是排場很大的鳴鑼開道的英雄，然而他們是最堅實的戰士，他們就像七層寶塔下的石腳。」〔註 7〕茅盾就是如此地從現實生活中去

〔註 3〕吳組緗：《雁冰先生印象記》，《茅盾專集》第 1 卷上冊，第 80 頁。
〔註 4〕孫犁：《大星殞落》，《憶茅公》，第 329 頁。
〔註 5〕蹇先艾：《悲痛與回想》，同上，第 313 頁。
〔註 6〕茅盾：《一九三四年的文化「圍剿」與反「圍剿」——回憶錄（十七）》。
〔註 7〕茅盾：《一年的回顧》，《茅盾文藝雜論集》上集，第 488 頁。

發現文學新人，而且從他們身上看到了革命文學事業發展的未來，寄予了熱切的期望。同年，他又激情洋溢地鼓勵青年們躍上戰鬥的文壇：「現在有許多在現實的油鍋裡熬煉的青年，他們有悲壯慘苦的生活經驗，他們有向光明的意志，從他們筆尖上下來的，是人生奮鬥的血汗的點滴，他們的作品也許技巧上還不十分純熟，他們的作品此時當然還不能加上『偉大』的頭銜，可是他們絕不是粗製濫造，他們這樣的作品正是現在絕對的需要，而且愈多愈好的！」「成功的偉大的作品是建築在多次失敗的基石上的！」〔註 8〕茅盾就是這樣呼喚著文學新人的誕生！茅盾強調的是：要看到他們的長處，不能橫挑鼻子豎挑眼地苛求他們，即使寫得不成功，也要鼓勵他們從失敗中吸取教訓而繼續前進，如果寫得成功，就要爲他們鳴鑼宣揚。當年，茅盾與魯迅一起爲伊羅生編選《草鞋腳》時，就力主將文學新人介紹到世界文壇上去：「我們也以爲應該多介紹些新進作家；如何谷天的《雪地》及沙汀、草明女士、歐陽山、張天翼諸人的作品，我們希望仍舊保持原議。」〔註 9〕「革命的青年作家時時刻刻在產生，在更加進步，我們希望一年半載之後您再提起譯筆的時候，已經有更新更好的作品出世。」〔註 10〕他們就是如此急切地期望文學新人不斷地誕生和成長。茅盾的一生就是以發現文學新人爲己任。他不僅注重發現青年作家，而且也注重發現文藝理論家。正如茅盾在回憶錄中說過：「在我一生中發現過不少優秀的青年作家，然而發現卓越的青年文藝理論家，李南桌卻是第一個。」〔註 11〕李南桌是茅盾主編的《文藝陣地》的主要撰稿人之一卻是在自然來稿中發現的人才。在《文藝陣地》前 13 期的 20 篇文藝論文中，李南桌的就占了 8 篇：《廣現實主義》、《關於文藝大眾化》、《評曹禺的〈原野〉》、《論「差不多」和「差得多」》、《抗戰與戰劇》、《再廣現實主義》、《論典型》、《關於魯迅先生》。這些文章的連續發表，被當時不少人誤認爲是某位大家的化名，其實，李南桌這時不過二十五六歲。茅盾認爲：「他善於把所學的原理原則溶爲自己的血肉，又用來衡量現實，剖析現實中的矛盾。因此他寫的論文沒有『洋八股』的濁氣，卻處處透出新穎獨到的見解。」〔註 12〕

〔註 8〕茅盾：《再多些！》，同上，第 492、493 頁。
〔註 9〕《茅盾、魯迅致伊羅生》（1934、7、14），《魯迅研究資料》第 6 期，第 4 頁，天津人民出版社 1980 年。
〔註 10〕《茅盾、魯迅致伊羅生》（1934、8、22），同上，第 8 頁。
〔註 11〕茅盾：《在香港編〈文藝陣地〉——回憶錄（二十二）》。
〔註 12〕茅盾：《在香港編〈文藝陣地〉——回憶錄（二十二）》。

1938 年 10 月 13 日，李南桌因患盲腸炎未得及時治療而猝然謝世，爲此，茅盾深感到萬分沉痛。這是百花文苑中的辛勤耕耘的園丁——茅盾光輝業績中的光輝的一頁。

茅盾不僅重在發現文學新人，而且還應保護「嫩芽」，扶植其健康地成長。早在 1923 年，茅盾即指出：「我們承認他們是嫩芽，是好花異草的前身。因爲一時看不見理想中的好花，而遂要舉斧砍去一切嫩芽：這怕不是有理想的人所肯做的。批評家自然不能僅僅替天才作贊，抨擊也是他的任務；但是可惜我們的批評家的抨擊卻不免於亂擊。」〔註 13〕當他們遭到「亂擊」的時候，茅盾總是挺身而出，予以保護。

如前所述，對丁玲的《母親》的保護，對楊沫的《青春之歌》的辯誣，都是眾所周知的範例。而張天翼的《華威先生》在《文藝陣地》的創刊號一發表，即「一炮打響了」，但卻引來許許多多的非議和責難，引起了長達一年多的爭論，茅盾挺身而出，予以保護。實踐証明，《華威先生》的誕生正標誌著抗戰文藝擺脫了初期的轟轟烈烈空空洞洞的局面而向現實主義深入了。茅盾的擂鼓指揮，是完全正確的。

三、根據時代的要求，結合文學新人的思想和創作實際，不斷引導他們走向正確的健康道路

文學新人，既然是新人，就不免有幼稚淺薄的一面。他們往往在複雜的情況面前，彷徨無主；在歷史轉折的關頭，無所適從；在錯誤思潮泛濫的時候，容易受騙上當，隨波逐流。這就需要引導，需要指出正確的方向。

茅盾正是這樣做的。時隔將近四十年，田苗還清楚地記得：茅盾「寫的短論《什麼是基本的》，對我們有很大的影響。」〔註 14〕這篇僅有七百餘字的短文竟能如此令人永誌不忘，不僅是因爲發展在田苗他們出刊的《突兀文藝》上，更主要的，針對著當時他們創作思想實際，指明了正確的方向。茅盾在《什麼是基本的》一文中，正確地闡述了思想、生活、技巧三者的辯証關係，強調指出：「至於什麼技巧上的修養，我倒以爲尚屬第二義。」這不是在否定技巧修養的作用，而是有感而發的。當時「若干講述（或研究）寫作方法的文章，把技巧放在第一位；而講到如何鍛煉技巧的時候又往往把技巧當做一

〔註 13〕茅盾：《雜感（二）》，《茅盾文藝雜論集》上集，第 146 頁。
〔註 14〕田苗：《您，還在朗朗笑談》，《憶茅公》，第 370 頁。

個純手藝問題，以爲這是可以從思想的修養分離開來，是和生活的體驗各不相關的。」〔註 15〕因此，有驅散迷霧的作用，致使田苗銘刻在心。

當然，不僅這一篇文章，茅盾評論和總結當時文壇上的文藝現象和發展規律的指導性文章，談論自己創作經驗以及如《創作的準備》之類的輔導創作的論著，對文學新人同樣有著極爲深刻的影響。但是，在重要的歷史轉折以及文學發展的關鍵時刻，他還直接同青年作者「對話」，給予有力的指導。

早在 1925 年，茅盾發表了《告有志研究文學者》，批判了當時流行的種種錯誤觀點，向青年作者提出了反帝反封建的戰鬥任務；1936 年，正當建立廣泛的民主統一戰線的歷史轉折關頭，他又發表了《給青年作家的公開信》，批評了某些青年作家的「左」傾情緒，號召他們團結起來爲抗日救國貢獻力量；1942 年以後，他多次向青年作者宣傳毛澤東指引的文藝方向，介紹陝北和敵後根據地各解放區的文藝運動。

解放後，茅盾更經常地通過著文、書信、談話，關懷文學新人的成長。粉碎「四人幫」不久，針對當時「有些青年作者暫時還感到彷徨無主」的狀況，他發表了《漫談文藝創作》，就世界觀的作用、生活的深度與廣度、創作方法、關於技巧和百花齊放、百家爭鳴等幾個根本問題，進行了精闢而深刻的闡述，具有重大的指導作用。如果結合近幾年來某些文學新人創作思想偏頗的狀況，諸如忽視世界觀的作用，主張「在自己身邊掘一口深井」，對現實主義革命傳統的懷疑和動搖，把藝術技巧和思想磨煉、深入生活割裂開來，以資產階級自由化解釋「百花齊放」等等，再重新研讀這篇文章，就會發現，茅盾具有遠見卓識，猶如仍然活著，針對現實情況諄諄教導一樣。一位青年作者對當時出現的「暴露文學」、「傷痕文學」迷惑不解，向茅盾請教，茅盾說：「這類作品看來有兩類情況：一種是消極性的，把問題、矛盾暴露出來即了事，結果，前途如何，讓讀者自己去思索，有些結局往往是悲劇性的；另一種是積極性的，不僅反映了矛盾、問題，而且展示了解決矛盾、問題的手段、途徑和光明前景。兩種暴露，應以後者爲主，它能收到更好的社會效果。」他還強調指出：「隨著我們工作重點的轉移，文藝更要爲四化建設積極發揮作用，希望看到更多的表現四化中湧現的新人新事的作品出現。」〔註 16〕回顧近幾年來，文藝發展所走過的道路，其健康的主流，不正是符合茅盾所指出的方向嗎？

〔註 15〕茅盾：《雜談文藝現象》，《茅盾文藝雜論集》下集，第 1040 頁。
〔註 16〕樹玉：《晚輩的導師》，《憶茅公》，第 429、430 頁。

四、對文學新人的正確態度應是：熱情幫助、嚴肅批評、積極誘導

積極鼓勵，不等於無原則吹捧；熱情扶植，不等於自由放任；嚴肅批評，不等於一棍子打死。茅盾從來不把文學新人吹捧成「天才」，總是竭力發現他們的不足；也從來不採取貴族老爺式的態度，總是熱情地規勸他們，讓他們看到前進的方向。茅盾的文學批評，與「捧殺」或「罵殺」都是絕緣的。

茅盾曾在《文學》創刊號上，撰寫了一篇「社談」——《新作家與處女作》，表示對「新進作家」「取捨的標準，也將從寬，凡有一長，無不樂爲發表。」「我們對於那些作品的意見也將掬誠貢獻。」就在此文裡，他品評了黑嬰的《五月的支那》和蔡希聖的《普姬》，著重指出他們的不足。同樣，何谷天的《雪地》、艾蕪的《咆哮的許家屯》，茅盾作了充分的肯定，後來編選《草鞋腳》時，都給予推荐。但茅盾在《文學》上刊載時，毅然「割掉」了它們的「尾巴」，並寫了書評《〈雪地〉的尾巴》，說明其理由，引導他們走上堅實的現實主義道路。如果在發表「處女作」時，無原則地加以吹捧，其結果，則是將作品與評論相比較時，發現《名不符實》。這既使讀者失望，也不利於作者健康地成長。

茅盾一貫反對無原則的「捧場」。他在《「九・一八」以後的反日文學》一文中，明確地反對「捧場」，對鐵池翰的《齒輪》、林菁的《義勇軍》、李輝英的《萬寶山》進行了批評。儘管批評很尖銳，但絕不是「一棍子打死」的態度，指出「作者的目標是前進的」，「讀者與其去看肉麻的戀愛小說，還不如讀讀這一類作品。」茅盾熱忱地期望他們沿著正確的創作道路繼續前進。茅盾在《北斗》的創刊號上發表的《關於「創作」》，對蔣光慈創作的批評也是十分尖銳的，但從字裡行間中，仍然跳動著那一顆熱誠、期望的赤心！同樣，茅盾在《〈地泉〉讀後感》中，對陽翰笙的《地泉》予以了十分尖銳的批評，但我們仍然可以窺到那一顆熱忱、期望的赤心！

茅盾還常常從具體作家作品分析入手，而提煉出帶有普遍性的問題，給文學新人以諄諄告誡和積極誘導。茅盾寫《彭家煌的〈喜訊〉》時，彭家煌已「不幸故世」半年多了，固然含有「悼念」之情，但更主要地是告誡文學新人「不應該忘記」「他的這個教訓」。他指出彭的作品成功的原因是「作者的題材或者親自本身的經驗，或者親自觀察」，其失敗的原因則是「想當然地虛構一個故事」。這對於文學新人，是一個何等重要的教訓啊！建國後，茅盾寫

的《一九六〇年短篇小說漫評》和《讀書雜記》，更體現了他這個特點。在分析《李雙雙小傳》的老支書寫失敗時，提出這「是相當普遍的現象，其原因之一恐怕是作家們下筆時不免矜持太過，而又一原因大概是作家們總以爲不能不把支書或黨委放在解決問題的關口，因而支書和黨委出場時，除了講一番道理或打通思想或作決定，此外就沒有行動了。」〔註 17〕後來再分析敖德斯爾的《撒滿珍珠的草原》時，肯定其塑造支書的成功，又指出：「現實生活的規律在不少作家的筆下簡單化了、定型化了。」〔註 18〕對當時的創作來說，是多麼的切中時弊的針貶啊！在雷同化、模式化的人物形象泛濫之時，茅盾如此強調，不正是給文學新人指出一條正確的創作道路嗎？

五、茅盾慧眼獨具，善於抓住某些文學新人的獨特成就，幫助他們發現自己的短處，力避自己的短處，形成自己的風格，並幫助讀者認識作家的獨特貢獻

沙汀剛剛在文壇上顯露頭角的時候，茅盾及時寫了《法律外的航線》的書評，敏銳地指出沙汀的作品「沒有多少刺戟力，和煽動性」，「用了寫實的手法，很精細地描寫出社會現象——眞實的生活的圖畫」，「如同你親身經歷過」，而「對話」「是活生生的四川土話，是活的農民和小商人的話。」同時，批評了他仍然存在「『新』寫實主義」「『公式』的遺毒」。沙汀十分感激地說：「他的評價，使我有勇氣把創作堅持下去」，摒棄了「但憑一些零碎印象，以及從報紙通信中掇拾的素材拼製作品的簡單途徑」，從而「將眼光投向四川，寫我比較熟悉的川西北偏遠城鎮」，「逐漸形成了自己的一點創作個性」〔註 19〕。如茅盾後來所概括的「結構嚴整，行文細密，洗煉而含蓄的風格」〔註 20〕。

同樣，茹志鵑的《百合花》當時是發表在地方刊物上的一朵並不起眼的「小花」，可茅盾獨具慧眼，從藝術風格入手，盡情地讚美了這朵「小花」，至使它至今還未凋謝，仍然在文苑裡散發出濃郁的芬芳。當時，「左」傾思潮已經開始泛濫了，據茹志鵑說：「寄出去就被退了回來，說是調子比較低沉，不能鼓舞人們前進。我又寄出去，又退了回來，我雖然還是把它寄了出去，

〔註 17〕茅盾：《一九六〇年短篇小說漫評》，《茅盾評論文集》(上)，第 338、367 頁。
〔註 18〕茅盾：《讀書雜記》，同上，第 462 頁。
〔註 19〕沙汀：《沉痛的懷念》，《憶茅公》，第 46 頁。
〔註 20〕茅盾：《一九六〇年短篇小說漫評》，《茅盾評論文集》(上)，第 338、367 頁。

但是對作品的『低沉』說，漸漸有些折服，並開始尋求鼓舞人們前進的『高昂法』。」〔註21〕可是，茅盾卻旗幟鮮明地說：「它的風格就是：清新、俊逸。這篇作品說明，表現上述那樣莊嚴的主題，除了常見的慷慨激昂的筆調，還可以有其它的風格。」〔註22〕這一膽識兼備的精闢見地，不僅幫助讀者認識了作家的特殊貢獻，而且引導文學新人發現自己的長處，堅持形成自己獨特的藝術風格，促使「百花齊放」的文苑萬紫千紅，爭芳鬥艷。

王汶石也有同樣的經歷和感受，他說：茅盾「在全國第三次文代大會上的發言中，用『峭拔』二字表述我的創作風格，對我啓示尤深，這是因爲我的作品風格雖然還未達到他所說的那個境界，但他通過作品卻恰巧說到了我在寫作的那一時刻，自己所追求的和經過醞釀而形成的那種藝術心境，那種情緒狀態，那種意象和氣氛。他的兩個字的評述打中了我的心，一位我所十分尊敬的老一輩藝術大師如此了解我，也使我更了解自己，堅定了我的信念，進而影響著我的追求、我的藝術。」〔註23〕當然，豈只是沙汀、茹志鵑、王汶石、不少已經形成自己獨特風格的作家，恐怕或多或少都有同樣的經歷和感受吧！

茅盾還善於在比較中幫助讀者認識作家的獨特貢獻和風格及其不足，他曾對杜鵬程的《飛躍》、李準的《李雙雙小傳》、張勤的《民兵營長》的品評，就是一個突出的範例。他認爲，「《飛躍》凝重而樸實，正和平沙萬里、蒼蒼莽莽的背景相和諧，《李雙雙小傳》玲瓏明媚，正符合於公社化時期活躍愉快的農村風光」，而「《民兵營長》有時細針密縷，有時大刀闊斧，五分之四是疾風迅雷，五分之一（結尾）卻是曉霧漣漪，好像並無定型，亦就難以稱之爲何種風格」，但可歸於「從布局、謀篇、煉字、煉句著眼」而形成的風格。他還指出：《飛躍》的不足是「結構龐大而內部缺乏迴廊曲院」，「人物描寫多用濃重的平面渲染而很少在行動中刻劃人物的性格」；《李雙雙小傳》的不足卻是「後小半部略顯鬆弛」，如能「更好地渲染氣氛，同時刪改或壓縮一些平板的敘述和交代（例如第六節的開頭一小段，第八節的開頭五小段），那麼，這篇作品的抒情味將更見濃郁，」《民兵營長》的不足是「人物的對話缺乏鮮明的個性」。〔註24〕這種眞切具體、中肯深刻的剖析，不僅作者頓開茅塞，讀者也定豁然開朗。

〔註21〕茹志鵑：《說遲了的話》，同上，第392頁。
〔註22〕茅盾：《談最近的短篇小說》，《茅盾評論文集》（上），第170頁。
〔註23〕王汶石：《哀悼茅盾導師》，《憶茅公》，第325、326頁。
〔註24〕茅盾：《一九六〇年短篇小說漫評》，《茅盾評論文集》（上），第338、367頁。

當然，這裡只能略述其功績的「一隅」，但茅盾將作文藝百花園中一位辛勤的老園丁載入史冊，其不朽的功勛將永遠銘刻在人民的心裡，其豐富的經驗將是我們寶貴的財富。

結語　茅盾在中國現代文學批評史上的地位

任何一個歷史人物，他的思想觀點的形成與發展，都有其具體的歷史條件，茅盾當然也不例外。「五四」時期出現的先行者，都置身於古今文化的交叉點上，茅盾也是如此。

雖然茅盾是名揚中外、永垂青史的偉大作家，但是，貫穿他一生的卻是文學批評活動，在中國現代文學批評史上，他同樣也是一個名揚中外、永垂青史的偉大批評家。當然，他的歷史地位，只能在同整體的比較當中，才能界定。

從茅盾的創作生涯始，他的不少作品都處在爭議之中，至今也未停息；作爲一個文學批評家的茅盾，也常常處於爭議之中，因此，必然產生「批評之批評」。

對茅盾的文學批評的歷史功績，儘管出現了突破性的成果；但由於其博大精深，掘進的通道也尚有待於開闢，這當然只能寄託於未來。

第一章　中外文化衝擊中的結晶
——文學批評觀的形成與發展

茅盾與「五四」時期的先行者一樣，也是在中外文化的衝擊中邁上文壇的，也是站在中外古今文化的歷史交叉點上。在這樣的歷史的具體條件下，茅盾不斷形成了自己的文學批評觀，而又隨著歷史的進程不斷地發展。生命的終結，才算他完成了別人不可替代的歷史的使命。

茅盾以一位學貫中西博古通今的學者踏上文壇的。在青年時代，「經史子集無所不讀」，「任何流派我都感興趣」，「中國的舊小說，我幾乎全都讀過（包括一些彈詞）」，「對於外國文學，涉獵的範圍相當廣」，「希臘、羅馬、文藝復興時代各大師，十九世紀的批判現實主義文學」，以及「波蘭、匈牙利等東歐民族的文學」，「二十年代後的英、美、法、德文學」中的「大作家」，都「有興趣」。〔註 1〕

進入文壇後，注釋過《莊子》、《淮南子》、《楚辭》等書，對中國古典文學有過深湛的研究，寫過《打彈弓》、《〈莊子（選注本）〉緒言》、《〈淮南子（選注本）〉緒言》、《中國文學不能健全發展的原因》、《中國文學內的性欲描寫》、《楚辭與中國神話》、《關於中國神話》、《〈紅樓夢〉（洁本）序》、《談〈水滸〉的人物和結構》、《吳敬梓先生逝世二百周年紀念會開幕詞》等一系列論文，有的論文曾產生過廣泛而深刻的影響，還出版過《中國神話 ABC》。在《夜讀偶記》中對中國古代文學發展的脈胳及其特點作了十分精當的剖

〔註 1〕 茅盾：《我閱讀的中外文學作品》，莊鍾慶：《茅盾史實發微》，第 1～4 頁，湖南人民出版社 1985 年版。

析，《歷史和歷史劇》又說明他對於中國的古代戲曲不僅具有豐富的知識而還有深入的研究，《論如何學習文學的民族形式》中熔鑄著他研究《水滸傳》、《西游記》、《紅樓夢》的精華，《漫談文學的民族形式》中也凝聚著他對宋人話本以來的小說思考的結晶，《關於藝術的技巧》中對元稹和白居易的《上陽白髮人》、《鶯鶯傳》和《西廂記》進行了比較研究，等等。對外國文學的傳播和宣傳，使茅盾成爲「五四」時期的重要的翻譯家之一和屈指可數的外國文學評論家之一。1919 年下半年，他在《近代戲劇家傳》中向讀者介紹了 34 個歐美戲劇家的傳略及作品；他寫專文介紹過的作家將近 60 人；《小說月報》的「現代世界文學者傳略」欄，他寫過 40 多名作家評傳。〔註 2〕三十年代，他在《漢譯西洋文學名著》和《世界文學名著講話》兩書中系統地介紹了從荷馬史詩起至十九世紀的批判現實主義的 39 部文學名著。茅盾還出版過《歐洲大戰與文學》、《騎士文學 ABC》、《西洋文學通論》、《希臘文學 ABC》、《北歐神話 ABC》等研究外國文學的專著，還匯編過《俄國文學研究》、《近代戲劇家論》、《法國文學研究》等書。茅盾曾經說過：「偉大的作家，是人類有史以來的全部智慧作爲他的創作的準備的！」〔註 3〕偉大的文學批評家，當然更不能例外。

「五四」時期的「許多領導人物」「對於現狀，對於歷史，對於外國事物，沒有歷史唯物主義的批判精神，所謂壞就是絕對的壞，一切皆壞，所謂好就是絕對的好，一切皆好。」〔註 4〕茅盾並未進入「領導人物」之列，但他不僅具有高瞻遠矚的開放眼光，而且具有審慎選擇的批判眼光，在先行者中也是十分突出的。

1919 年，茅盾即說：「欲介紹西洋小說到中國來」，「欲發揚我國固有的文藝」，「要使東西洋文學行個結婚禮，產出一種東洋的新文藝來！」〔註 5〕1921 年，他又說：「把舊的做研究材料，提出他的特質，和西洋文學的特質結合，另創一種自有的新文學出來。」〔註 6〕他的文學批評觀，也正是在中西的「結合」點上誕生的。儘管他認爲：「我國素無所謂批評主義」，「故先介紹西洋之

〔註 2〕參閱李岫《茅盾比較研究論稿》，第 252～253 頁，北嶽文藝出版社 1988 年版。

〔註 3〕茅盾：《創作的準備》，《茅盾論創作》，第 452 頁。

〔註 4〕毛澤東：《反對黨八股》。

〔註 5〕茅盾：《「小說新潮」欄預告》，《茅盾全集》第 18 卷，第 1 頁。

〔註 6〕茅盾：《「小說新潮」欄宣言》，同上，第 13 頁。

批評主義以爲之導」，但「並不願國人皆奉西洋之批評主義爲天經地義，而稍殺自由創造之精神。」〔註 7〕

對外國的文藝及文藝批評，茅盾運用開放與批判的眼光進行選擇。

對王爾德流入中國的狀況，趙景琛在《文壇憶舊》中曾有記述：「王爾德在我國新文學初期的確走過一陣紅運，幾乎他所有著作都有了中譯本」，沈澤民還在《小說月報》發表過「王爾德評傳」，而茅盾在 1921 年初發表的《新文學研究者的責任與努力》中則指出：「英國唯美派王爾德的『人生裝飾觀』的著作，也不是篇篇都可以介紹的。王爾德的『藝術是最高的實體，人生不過是裝飾』的思想，不能不說他是和現代精神相反」。後來在《「唯美」》中對王爾德的剖析眞可謂入木三分：「王爾德喜『新奇』，他滿心想嚐盡『地球上花園裡的果子』，他想在物質界中求快樂，他想用自己底天才造出一個『空中樓台』的快樂世界，自己跑進去享樂；他是個人主義者，享樂主義者，結果，他也完全失敗。」

對拜倫，也是如此。他在《拜倫的百年紀念》中，發表了很有見地的評析：「中國現在正正需要拜倫那樣的富有反抗精神的震雷暴風般的文學，以挽救垂死的人心，但是同時又最忌那狂縱的，自私的，偏於肉欲的拜倫式的生活；而不幸我們這冷酷虛僞的社會又很像是製造這種生活的工廠。我但願盲目的『拜倫熱』的時代已經過去，我們現在紀念他，因爲他是一個富於反抗精神的詩人，是一個攻擊舊習慣道德的詩人，是一個從軍革命的詩人；放縱自私的生活，我們是不肯做的，正像拜倫早年不肯做，而晚年——雖然他的生活是那樣的短促——是追悔的。」

1920 年初，茅盾在《尼采的學說》中發表了相當獨到精闢的見解，他認爲「尼采思想卓越的地方」是「把哲學上一切學說，社會上一切信條，一切人生觀道德觀，從新秤量過，從新估定。」由此，而得出了一個如何對待外國文化的原則：「我們無論對於那種學說」都要明白，「這不過是」「一種工具，幫助我們改良生活，求得眞理的」，「不可當他們是神聖不可動的」，「挑了些合用的來用，把不合用的丟了」。

總之，當時的茅盾雖然不能說他已經具備了「歷史唯物主義的批判精神」，但他以「爲人生而藝術」爲價值標準，以有無「反抗精神」，爲價值取向，順應時代的潮流，表現出十分進步的傾向。

〔註 7〕茅盾：《〈小說月報〉改革宣言》，同上，第 57 頁。

對中國古典文學，他也沒有採取「一切皆壞」的形而上學的方法，他多次強調：「中國舊文學不僅在過去時代有相當之地位而已，即對於將來亦有幾分之貢獻」〔註 8〕。當他進入批評世界，即沿用「評點」的批評方式，「感想」式的直觀印象的方法，實際上，自覺或不自覺地回顧中國的傳統批評。而且，隨著民族形式的不斷強調和弘揚，傳統批評的基因越來越濃重。

茅盾正是在古今中外的文化交叉點上，建立了自己的批評體系，正如他所說：「民族的文藝的新生，常常是靠了一種外來的文藝思潮的提倡，由紛如亂絲的局面暫時的趨於一條路，然後再各自發展。」〔註 9〕如果試圖把茅盾文學批評的進程分成若干階段的話，我以為大致可分為四個階段：一、萌芽期（1921～1925）；二、成熟期（1925～1937）；三、發展期（1938～1949）；四、繁榮期（1949～1964）。

第一個階段：萌芽期

茅盾為葉紹鈞小說《母》、冰心小說《超人》、落華生小說《換巢鸞鳳》、劉綱小說《兩個乞丐》所作的「附注」或「附記」，可以視為他的文學批評的萌芽；《春季創作壇漫評》、《評四、五、六月創作》、《〈創造〉給我的印象》、《讀〈吶喊〉》，可以視為他的文學批評的嘗試。

這四篇「附注」，實際上是中國古典小說的「評點」批評方式。這種獨特的批評形式，是從作品本身出發的，是從作品的藝術形象出發的，是以批評家的審美感受和審美鑒賞為基礎的，既可以對讀者的閱讀欣賞進行指導，又可以對作家的創作經驗進行總結，還可以在這基礎上，探討各種美學問題。茅盾對《母》的「附注」，提出一個創作「個性」問題；對《超人》的「附注」，提出了一個藝術標準：以感人為魅力；對《換巢鸞鳳》的「附注」，指出其具有「地方色彩」，並引申出當時創作壇的「大毛病」，生發開來，闡發了他對魯迅創作的眞知灼見而成為了魯迅研究最早的正確見解。

「評點」式的批評方法，大都僅僅是批評家的「感知經驗」，缺乏理論色彩和深度，因此，茅盾把「西洋的學說搬過來」〔註 10〕，構成了自己的批評框架。

日本的高田昭二認為茅盾「把泰納的文藝批評理論作為自己文藝批評的

〔註 8〕茅盾：《「小說新潮」欄宣言》，同上，第 13 頁。
〔註 9〕茅盾：《自然主義與中國現代小說》，同上，第 241 頁。
〔註 10〕茅盾：《「文學批評」管見一》，同上，第 254 頁。

基礎」〔註 11〕的觀點，是很有見地的，有茅盾的《社會背景與創作》、《文學與人生》爲証。但僅此而已，卻不能反映茅盾早期文學批評觀的全貌。從他在《藝術的人生觀》中引用美國評論家梅比的觀點，從他在《「唯美」》中剖析王爾德、唐南遮、梭羅古勒的美學見解，從他在《文學批評的效力》中引述克魯泡特金的見解，從他在《評梅光迪之所評》中引述華茲華斯的《文學批評史》的觀點和敘述自己讀過韓士立的《時代的精神》，從他在《駁反對白話詩者》中提到維爾哈倫和古爾蒙，從他在《〈創造〉給我的印象》中提到托爾斯泰批評鮑特來耳，從他在《自然主義的懷疑與解答》中列舉了聖茨伯里、納爾生的觀點，從他在《雜談》中所列數的「多載文學論文」的流行雜誌 6 種，從他在《文學與人生》中引述了法朗士的觀點，從他在《「半斤」VS「八兩」》中引述聖伯書、勒梅特爾的觀點，從他在《文學與政治社會》中引述戈斯的觀點，從他在《自由創作與尊重個性》中引述魏列薩耶夫的一段文章，從他在《「寫實小說之流弊」？》中引述了克魯泡特金的《俄國文學的理想與實質》的觀點，從他在《雜談》中引述的巴洛伽的一段議論，從他在《雜感——美不美》中提到克羅齊，等等，說明茅盾所受的影響絕不止泰納一個人。「五四」時期，茅盾比較系統地研究了歐洲的古典主義、浪漫主義、自然主義、寫實主義、新浪漫主義等文流派，「還閱讀了法國洛利安的《比較文學史》，美國珊次倍爾的《十九世紀文學史》，英國布蘭斯的《十九世紀文學主潮》、法國泰納的《英國文學史》以及意大利美學家柯格支的《司各特論》」，還讀過「法國著名文學史家法格的《法國文學史》」〔註 12〕等，也考察了先秦以來我國文學發展的歷史，形成了自己的文學批評觀。

《春季創作壇漫評》反映出茅盾的取捨、褒貶的批評標準，他反對「把小說當作」「一己的留聲機」，反對「專門模仿西洋小說的皮毛」，提倡反映中國社會人生的現實主義創作原則。因此，他肯定陳大悲的《幽蘭女士》的「成功」，是「不說一句『宣傳』的話」，「用自然主義表現」手段「攻擊」了「私有制」；對田漢的《靈光》則指出「觀察現實方面尚欠些工夫」。而由於他提倡現實主義，又基於民主主義和人道主義的思想，也因此對「二十四位作家」肯定其「對於罪惡的反抗和對於被損害者的同情。」在批評方法上，顯然歸

〔註 11〕高日昭二（日本）：《茅盾和自然主義》，李岫編：《茅盾研究在國外》，第 587 頁，湖南人民出版社 1984 年版。

〔註 12〕茅盾：《文學與政治的交錯——回憶錄〔九〕》。

屬於重裁判的人文派、但確也含有印象派的特徵，當然，這僅僅是一種嘗試。

《評四、五、六月的創作》，即帶有比較明顯的實証主義批評特徵，這與茅盾當時接受泰納的影響密切相關，引進了科學定量法用數據去分析文學。他從「社會背景」與「文學」的因果關係切入，用分類統計的方法去分析當時創作壇的主要傾向：「描寫男女戀愛的小說占了百分之八九十」，而這類小說又有「兩種格式」，其主要弊病是「所有一切人物都只有一個個性」，並歸結爲「爲創作而創作」而產生的後果。茅盾從「忠實表現人生」的角度，肯定魯迅的《風波》「把農民生活的全體做創作的背景，把他們的思想強烈地表現出來」，剖析《故鄉》的「中心思想是悲哀那人與人中間的不了解，隔膜。造成這不了解的原因是歷史遺傳的階級觀念。」這顯然是社會歷史批評的一種漂亮的嘗試，以社會背景是否充分表現、社會人們的思想行事是否充分描寫，作爲他衡量作品價值的取向標準。

《〈創造〉給我的印象》，雖也有些眞知灼見，但卻反映茅盾文學批評的缺陷，存在批評的失誤。他對張資平的《她悵望著祖國的天野》的批評，對《上帝的兒女們》的褒揚，依憑的是現實主義的坐標，批評前者「太直，太簡，太無曲折」，褒獎後者「書中人物的說話，各依著身分」，顯然沒有觸及到張資平作品的浪漫主義特徵。對田漢的《咖啡店之一夜》、郁達夫的《茫茫夜》的批評，也同樣基於這個原因。這是當時評壇的通病，成仿吾對魯迅作品的貶責，更是眾所周知的典型例証。

《讀〈吶喊〉》則顯示了茅盾文學批評的趨於成熟，他將社會批評和美學批評統一在他的批評世界中。對《狂人日記》，既肯定「攻擊」「傳統的舊禮教」的社會價值，又從「文調」、「色彩」、「風格」、「體裁」的角度肯定其藝術價值。他首肯魯迅「是創造『新形式』的先鋒」，對文壇產生了「極大的影響」。這是一筆漂亮的史筆，既肯定魯迅的開拓作用，又從縱向的角度闡明魯迅的歷史地位。

第二個階段：成熟期

1925 年發表的《論無產階級藝術》則標誌著茅盾文學批評觀的成熟，而進入了「成熟期」；《魯迅論》等七篇作家論與《讀〈倪煥之〉》、《〈中國新文學大系・小說一集〉導言》等，則樹立了社會歷史批評的傑出範例。廣泛的社會性和深刻的時代性，是他社會歷史批評的基本標尺。社會批評和美學批評的和諧統一，又形成卓然群立的批評個性：從縱向的角度，形成了全面性地揭示作家的創作軌跡和風格批評方式；從橫向的角度，形成了比較性地評析作家的不同特色和貢獻的批評方式；並開始了多樣地研究不同體裁的創作奧秘、總結地探討文藝發展的規律的批評方式。他在運用社會歷史批評方法時，堅持以辯証唯物主義和歷史唯物主義爲理論基礎，堅持文藝屬於上層建築的範疇，堅持由生產方式和經濟條件決定的社會形態去解釋和檢驗文藝現象。他在總結新文學第一個「十年」的發展狀態時，得出了「『生活』的偏枯，結果是文學的偏枯」〔註 13〕的正確結論；他從文學與社會的聯繫，科學地界定了徐志摩的歷史地位和歷史侷限，提出了著名的廬隱的「停滯論」、冰心創作發展的「階段論」等等。但是，茅盾絕不以唯物辯証法和歷史唯物主義的闡述的條文出發研究文學現象，反而對那種教條式的「符咒」式的文學批評（即庸俗社會學的文學批評）深惡痛絕。他一直認爲，「把意識只當意識看，美學價值只當美學價值看，把兩者當作個別的不相聯繫的東西，這樣的批評是錯誤的批評。」〔註 14〕他堅持把社會價值與美學價值結合起來評價文學現象，因此，他既反對沒有思想，或者思想貧弱的「藝術品」，又反對公式化、概念化、臉譜化的錯誤傾向。他對杜衡創作的批評，對蔣光慈前期創作、陽翰笙《地泉》的批評，都是典型的例証。

第三個階段：發展期

抗戰爆發後，茅盾開始過著顚沛流離的生活。社會形勢的急劇變化，不可能讓他如三十年代那樣對某一作家的創作予以系統的研究，而要求他及時地對文學現象作出迅速地反映與指導。因此，他所慣用的「作家論」的形式，被文學批評中的「輕騎兵」所替代，短評、雜感、書評、序跋等形式。成爲他的文學批評的主要形式。簡短、鮮明、言簡意賅，往往不足一千字，即對某篇作品予以及時評價。篇數之多，涉及的作家之廣，超過了前一個時期，因此，我們可以概稱爲「發展期」。

茅盾的文學批評在這個時期的歷史貢獻，表現在以下四個方面：

一、爲培養文學新人竭盡全力。他的文學批評幾乎遍及了國統區出現的文學新人，解放區湧現的新人他也投以十分關注的目光，及時予以介紹與推崇。

〔註 13〕茅盾：《〈中國新文學大系・小説一集〉導言》，《茅盾論中國現代作家作品》，第 18 頁。

〔註 14〕茅盾：《一張不正確的照片》，《茅盾文藝雜論集》上集，第 396 頁。

二、爲繁榮文學創作不懈奮鬥。他不斷總結自己的創作經驗，切實指導文學青年進行創作；針對文學創作的具體實際，以深湛的文藝理論修養運用演講的通俗形式，深入淺出地講解文學創作中的思想、生活、技巧等問題，有力地指導文學青年走上健康的道路。

三、爲指導文藝運動竭盡貢獻。1938 年 8 月發表的《八月的感想》回顧和探討了抗戰一年來文藝創作的成敗與原因：1941 年發表的《抗戰期間中國文藝運動的發展》和《如何加強我們的抗戰文藝》總結了抗戰四年來的文藝創作的發展與問題；1946 年發表的《八年來文藝工作的成果及傾向》、《抗戰文藝運動概略》全面、系統地總結了整個抗戰時期文藝運動的歷史經驗，《和平、民主、建設階段的文藝工作》則在歷史轉折關頭對文藝工作提出新的期望和要求；1949 年 7 月寫的《在反對派壓迫下鬥爭和發展的革命文藝》對整個四十年代國統區的文藝運動與文藝創作做了全面、系統的總結。這些文論，對文藝運動進行了迅速有力的指導。

四、爲文藝理論建樹竭誠探索。葉子銘曾圍繞「關於現實主義的問題」、「關於文藝的大眾化與民族形式問題」、關於「總結四十年代文藝運動的歷史經驗」問題，具體細緻地闡述了茅盾的理論貢獻〔註 15〕，基本上反映了茅盾在文藝理論建樹上探索的成績。

第四個階段：繁榮期

建國後，茅盾處在十分繁重的文化行政領導崗位上，還經常擔任中外文化交流的神聖使者，繁忙之餘，致力於文學批評，成爲中國當代最有權威、最有建樹的文學批評家。在「左」傾思潮日益蔓延的情勢下，在他的身上，特別是因爲擔負文化部長這一重責，不能說沒有「左」的痕跡，但他是一位十分清醒、十分穩健的文學批評家。他堅守自己已經形成的文學批評觀，不爲「左」右思潮所左右，往往提出了若干膽識兼備的深刻見地，大有力挽狂瀾之勢。因此，把這個時期，稱之爲「繁榮期」還是十分恰當的。

1959 年，茅盾在中國作家協會創作工作座談會上的發言：《創作問題漫談》，就是一篇膽識兼備的文學批評文章。

名之爲「漫談」，重在提出一些具有針對性的問題，引起人們的思考。似乎理論色彩不如《夜讀偶記》、《關於歷史和歷史劇》那樣濃烈，但這些問題

〔註 15〕葉子銘：《四十年代茅盾的文藝評論》，《茅盾漫評》，百花文藝出版社 1983 年版。

本身，具有十分尖銳的性質，還幾乎遍及了當時文學創作中的根本問題。

第一、注重藝術技巧的提高。當時，重政治、輕藝術，已經成了一股不可阻擋的潮流，一談技巧，往往是政治不掛帥的同義語，全國範疇內的「拔白旗」運動正是這股潮流衍化成的政治運動。而茅盾卻以較長的篇幅專談「怎樣正確對待技巧問題」，其實這在講話之前寫的《短篇小說的豐收和創作上的幾個問題》已經涉及到這個問題，尖銳地提出：「評論工作者和編輯工作者如果不懂技巧怎樣品評人家的作品的藝術性？那恐怕只能作皮毛的『分析』，實際上搔不著癢處，對作者和讀者都沒有幫助。」茅盾歷來不願意「炒冷飯」，再次提出，足見其注重。明確提出「欣賞力」和「表現力」，給人指出了方向。

第二、針對「反對厚古薄今」的口號，提出向古典作品學習。眾所周知，1958 年提出了「反對厚古薄今」的口號，絕不僅僅是學術問題，而是一個政治問題。而茅盾忠於藝術規律而敢冒天下之大不韙，明確提出「要學習古典作品的高超藝術」，肯定「古人經過長期的經驗積累，達到技巧的高峰；這些技巧中間，有很大一部分是藝術表現的基本法則，是應該繼承和吸收的。」甚至提出「形式主義者在技巧方面，也有它的一套東西；這套東西如果我們運用得好，就像鴉片也可以治病一樣，可以化無用為有用。」並以馬雅可夫斯基和李白、杜甫為例，說明技巧之重要，為他提出的觀點構建了不可辯駁的論據。

第三，針對「題材範圍狹隘」，提出題材多樣化的方向。當時「題材決定論」（或稱「尖端題材論」）已經盛行，此後幾年提出的「大寫十三年」已經變成一條棍子隨處打人了。而茅盾出於藝術規律，尖銳地提出：「如果歷史題材超過了現代題材的比例，也要看這些歷史題材的作品質量如何。如果質量好，那也是值得歡迎的。反之，如果現代題材的作品多而質量差，那也不值得高興。」茅盾不是「題材無差別論」者，他堅持的仍然是過去一再倡導的、雖受攻擊而不改初衷的「寫自己熟悉的」現實主義創作原則。「題材範圍越廣闊，作品愈多樣化，我們的文藝就愈繁榮愈發展」，這個帶有普遍性的藝術規律現在已經被人們共知和共同遵循了，而已為文藝發展的歷史事實所証實了，這是包括茅盾在內的一批文學批評家鬥爭的結果。

第四、針對 1958 年遍及全國的「民歌運動」，提出「對於革命浪漫主義的誤解」的問題，尖銳地批評「民歌」、「戲曲」中的「浮誇」傾向。「民歌運動」是高舉「三面紅旗」派生的「運動」，對它進行指責，必然有反對「三面紅旗」之嫌。茅盾忠於藝術規律，而不顧忌「左」的壓力，足見其膽識，至少也証明茅盾絕不是那種「忽視審美」的文學批評家。

第五、針對當時「寫中心」的創作傾向，提出「直接服務」與「間接服務」的理論命題。茅盾同樣尖銳地指出：「間接服務的效果不會比直接服務的低些，而且思想教育作用還會更深刻些。因此，我以爲單純追求直接服務，於提高是不利的。」茅盾力圖廓清一種影響創作繁榮和發展的錯誤傾向，把文學創作引向一個健康的道路上去。歷史事實，也已經証明茅盾提出的論題的重要性和正確性。

第六、關於新英雄人物的創造問題，一直是當代文學中爭論不休的問題，其中一個「不能寫英雄人物缺點」的錯誤觀點占居主導地位，而衍化成「三突出」的創作原則，要創造「高、大、全」式的「英雄」人物。對這種唯心主義的英雄史觀，茅盾早就明察秋毫了。他認爲，文學作品可以寫英雄人物的缺點及其克服過程，因爲「有缺點，經過鬥爭，終於改正」，不是公式，而是生活的邏輯。他指出：「寫一個英雄人物從一開始就是全智全能，不但從不犯錯誤，而且政治上、思想上高度成熟，那也很好，可是這就像個超人了，超人是很少的，會引起不眞實之感。事實上倒是有缺點，也能犯錯誤，但在鬥爭中，在自覺的努力下，終於把自己鍛煉成爲更完善的英雄人物，對於群眾的教育作用，會更加大些。」這種深刻的見解，同樣被文學批評鬥爭的史實所証實其無比正確性。

這篇文論，篇幅不長，而份量卻很重，經住了歷史的考驗。時隔三十多年，文藝戰線經歷了多少驚濤駭浪、迂迴曲折，但時光並未洗滌它奪目的光輝。

窺一斑而見全豹，僅此一篇不見經傳的文論，足見茅盾文學批評力挽狂瀾的氣勢和力度。

這個時期的茅盾文學批評的建樹是多方面的，其貢獻也是巨大的。《夜讀偶記》全面地系統地總結了古今中外文學發展的規律，以「博大精深」而著稱；《關於歷史和歷史劇》全面深入地探討歷史劇創作規律，以「獨到精湛」而聞世。繼承和發展了他早期開始形成、四十年代逐漸成熟的橫斷面的宏觀與微觀相結合批評方式的作家作品論，如《談最近的短篇小說》、《一九六〇年短篇小說漫評》、《讀書雜記》等，曾在文壇上產生了巨大的影響；繼承和發展了他早期寫作的《〈中國新文學大系・小說一集〉導言》以及四十年代末期寫的《在反動派壓迫下鬥爭和發展的革命文藝》以一個時期或一個流派的一個時期的宏觀與微觀相結合的綜合述評的批評方式，如《反映社會主義躍進的時代，推動社會主義時代的躍進！》，留下了文學史家們必須參閱的歷史文獻，特別是關於眾多作家風格的評述，至今爲眾多作家銘誌不忘、爲文學史家們反覆引証。繼承和發展了他二、三、四十年代研究魯迅的成果，《魯迅——從革命民主主義到共產主義》深刻地總結了魯迅反對教條主義的寶貴傳統、尖銳地抨擊了魯迅研究中的教條主義的錯誤傾向，廓清了庸俗社會學在魯迅研究及文學批評中的迷霧，嚴格地劃清了馬克思主義的社會歷史批評與機械唯物論的庸俗社會學批評的界限，爲文學批評與文藝研究的健康發展掃清了道路，而《聯繫實際，學習魯迅》對魯迅小說與雜文多樣風格的獨到而精闢的剖析，不僅開拓魯迅研究的視野，而且爲作家們個人風格的獨創開闢了無限光明的前景。中國古典文評的光輝，在茅盾的筆下，更顯得耀人炫目。

總之，如果說，茅盾的文學評論是從外國學習始，但最終在古今中外文化的交叉點上匯合，而在中國文學批評史上留下了光輝的一頁。

第二章　在中國現代文學批評史上的地位——兼簡評其它文學批評家

過去，品評現代文學史中歷史人物的歷史地位，往往混淆了「文藝理論家」和「文學批評家」兩個不同的範疇。因此，必須就「文藝批評」和「文藝理論」兩個常識性的概念展開論題。

兩者既有密切聯繫又有嚴格區別。文學批評要以文藝理論爲基礎，文藝理論依賴文學批評爲具體材料；但是，它們的對象和任務又全然不同。文藝批評的對象包括一切文藝現象，諸如文藝作品、文藝運動、文藝思潮、文藝流派以及文藝批評本身；文藝理論則是研究文藝的基本特徵、發展規律及一般原則的科學。分清這兩個概念，才能判定人們在文學批評史上的地位。有的重在文藝理論的貢獻，文學批評則偶而爲之；有的兩者兼而有之，但也有所側重；有的重在文學批評，文藝理論的探討付諸於文學批評實踐。分析每個人的具體情況，才能科學地論定其貢獻。

長期通行的中國現代文學史，注重於文藝運動、文藝論爭的評述，僅僅在論証作家作品時引証當時文學批評家的評介以映歷史。開闢專章評述文學批評家的歷史功績，不能不首推司馬長風的《中國新文學史》。他在第 9、16、17、22、30 章中，涉及到的他認爲的文學批評家多人，計有胡適、周作人、郁達夫、聞一多、魯迅、茅盾、鄭振鐸、梁實秋、劉西渭、朱光潛、朱自清、李長之、黎錦明、胡風、艾青、李廣田、沈從文等 17 人，沒有展開論証但提及了名的，還有趙景深、傅東華、廢名、錢杏邨、許傑、徐懋庸等。特別推崇的，有一周（周作人）、二朱（朱自清、朱光潛）、三李（李廣田、李長之、李健吾），他認爲周作人「在一九三〇年之前，他是影響最大的批評家。」〔註1〕朱光潛、李健吾「是第一流的」「三十年代的批評家和理論家」。〔註2〕不論其褒貶得當與否，能夠對文學批評家的歷史地位予以評價，就是一個開拓性的貢獻。

司馬長風亦有他的弊病。他的標準存在著偏頗：「特別注重無黨派立場的獨立批評家」〔註3〕。也許由於材料收集的原因，也許由於評價標準的偏頗，他漏掉了一些在現代文學批評史上曾產生過廣泛或一定影響的人物，如成仿吾、蘇雪林、瞿秋白、馮雪峰、周揚、何其芳、邵荃麟、巴人等，錢杏邨也算是名噪一時的文學批評家。

司馬長風列出了 17 人，我又列出了 9 人計二十六人，茅盾於其中。眾所周知，「任何一個人在文學上的價值都不是由他自己的決定的，而只是同整體的比較當中決定。」〔註4〕讓我們把茅盾與其二十五人，一一予以品評，進行比較吧。

司馬長風提及的文學批評家多人，但往往混淆了前面我所說明的概念。朱光潛的論著涉及當時文藝運動、文藝思潮較少，涉及當時的作家作品就更少，他旨在構建自己的美學理論，視他爲現代著名的文藝理論家、美學家，是當之無愧的，視爲文學批評家未免過於勉強。他認爲「比較有點獨到見解的」《詩論》，也是「試圖用西方詩論來解釋中國古典詩歌，用中國詩論來論証西方詩論」〔註5〕，這是一部學貫中西的學者寫的比較文學專著，但並不是現代文藝批評著作。周作人也是如此。他早期幾篇文學論文，影響很大，「對五四時期現實主義、浪漫主義乃至現代主義的發展都起過巨大作用」〔註6〕，他對《沉淪》的評析也十分精闢，但後來對當時作家的作品評析絕少，甚至他寫的《〈中國新文學大系・散文一集〉導言》，也旨在構建他的散文創作理論，也沒有對他所選編的散文予以具體品評。他的大量的小品文，偶而也涉

〔註1〕司馬長風：《中國新文學史》上卷中的《三版序》，昭明出版社 1980 年版。

〔註2〕同上，第 289 頁。

〔註3〕同上，第 292 頁。

〔註4〕恩格斯：《評亞歷山大・榮光的「德國現代文學講義」》（1842 年），《馬克思恩格斯全集》第 1 卷，第 524 頁。

〔註5〕朱光潛：《詩論・後記》，三聯書店 1987 年版。

〔註6〕嚴家炎：《中國現代小說流派史》，第 334 頁，人民文學出版社 1989 年版。

及到作家作品，但似乎也不是具體的評析。因此，就總體而言，視他爲文藝理論家、散文家理所當然，似乎也不應視他爲文學批評家。胡適也有類似情況。作爲新文學的先驅者之一的胡適，倡導白話文，構建自己的短篇小說和詩歌的創作理論。他的《五十年代中國之文學》、從文學史的角度肯定魯迅的成就，以及他後來寫的《康白情的〈草兒〉》、《評〈冬夜〉》、《〈蕙的風〉‧序》等，都起了某種開拓的作用。但他淺嘗輒止，不久即轉入「整理國故」，熱衷於社會活動了。從總體看，稱他爲詩人，是當之無愧的；稱他爲學者，也名符其實；稱他爲文學批評家，也未免有些勉強了。鄭振鐸也如此。以他的主要貢獻而言，作爲考古學家、古典文學史家，他是當之無愧的；作爲散文家，也名符其實。儘管他寫過一些文學批評文章，也不應算爲文學批評家。沈從文、黎錦明也不應視爲文學批評家。沈從文儘管也出版過《沫沫集》、《雲南看雲集》文藝雜論，但他並不擅長於文學批評，他是成績卓著的著名小說家。黎錦明儘管出版過《新文藝批評談話》、《新文藝批評概論》等文藝論集，司馬長風稱讚他的《達夫的三時期》「道出了達夫作品的眞髓，而且極有膽識。」〔註 7〕但畢竟品鑒作家作品的文章寥寥，也算不上一位文學批評家。艾青，作爲抗戰時期最優秀的詩人，他是當之無愧的，他的著名的《詩論》是一部詩歌的美學論著。儘管後來出版過《釋新民主主義的文學》，1950 年又出版《新文藝論集》匯集了他延安時寫的文藝雜論，涉及到一些文學作品，影響並不大，他也稱不上文學批評家。

總之，朱、周、胡、鄭、沈、黎、艾等對新文學各有其獨特的和重要的貢獻，但在文學批評這個領域裡，是不能與茅盾比擬的。茅盾畢生勤耕於文學批評工作，即使在二十年代末期開始創作後，並取得了舉世矚目的巨大成就，他仍然堅持在這個陣地上。他對於文藝思潮、文藝運動的探討、總結的文章，在現代文學史上起過重大的推動作用，他對於作家作品的評介，幾乎遍及了當時所有作家，由於茅盾文學批評的影響，而走上堅實的文學之路的作家，前面我們已經開列了一個長長的名單，就影響而論，是無人能與他相比的。

當然，魯迅對現代文學批評也做出了很大貢獻。他不僅對文學批評的理論建樹發表許多獨到而深刻的見解，切實有力地指導現代文學批評向健康的方向發展，而且在《〈中國新文學大系‧小說二集〉序》中品評了第一個十年湧現出來的不少作家，還爲許多青年作家寫「序」和「小引」，精心培植文學新人。魯

〔註 7〕司馬長風：《中國新文學史》中卷，第 260 頁。

迅的貢獻主要在小說和雜文方面，儘管他的文評由於見解精闢深刻，常常被研究家文學史家們引証，但數量不多。因爲他的注意力並不在此。而茅盾除了二十年代、四十年代外，與魯迅並肩戰鬥的三十年代，顯然比魯迅更注重於文學批評。他的著名的作家論大都寫於這個時期，不少影響頗大的作品論也寫於這個時期，甚至當時「左聯」與「自由人」、「第三種人」的論爭，他也從文學批評的角度切入，寫了《一張不正確的照片》、《杜衡的〈還鄉集〉》參加了論爭。從整體而言，作爲文學批評家的茅盾顯然比魯迅貢獻要大。

聞一多稱爲文學批評家，也名符其實。他的《冬夜評論》、《女神之時代精神》、《女神之地方色彩》，抗戰時期寫的《時代的鼓手——讀田間的詩》等，都曾名噪一時，發生過重要而深刻的影響，他的《詩的格律》爲一個詩歌流派的誕生和發展也產生了重要影響。但他的注意力不在於此，他的主要貢獻是在詩歌創作和古典文學研究方面，他是中國現代文學史上著名的詩人與學者。郁達夫在二十年代就出版過《小說論》等，在《奇零集》、《敝帚集》、《斷殘集》也收集了不少文藝論文，儘管對作家作品評析甚少，但對文藝運動、文藝思潮發表了不少獨到的見解，而他在《〈中國新文學大系・散文二集〉導言》中，對不少散文家的品鑒，至今爲研究家、文學史家們所重視。但他與聞一多類似，他的主要成就在小說與散文的創作上，他是中國現代文學史上著名的小說家與散文家。

朱自清與李廣田，是二十年代或三十年代著名的散文家與詩人，後來都長期堅持在教學崗位上，也許是職業的關係，與文學批評結下了不解之緣。朱自清在三、四十年代，連續推出了多本論著，除古典文學、中文教學研究著作之外，還有《新詩雜話》、《論雅俗共賞》、《標準與尺度》、《你我》（乙輯）等文藝論著。《新詩雜話》評析了馮至、卞子琳、林徽因、聞一多、艾青、俞平伯、孫大雨、杜運燮、鷗外鷗、馬君瑎十家的詩，總結過去，展望未來詩歌發展的動向：《你我》（乙輯），也評析了茅盾、老舍、李健吾、葉聖陶、俞平伯、孫福熙、白采、豐子愷、張天翼、穆時英十位作家的作品，其中對茅盾的《子夜》、葉聖陶的短篇小說、老舍的《老張的哲學》與《趙子曰》、李健吾的《一個兵和他的老婆》與《心病》的評析，曾產生過相當的影響。李廣田在四十年代也連續推出了六部文藝論著：《詩的藝術》、《文學枝葉》、《創作論》、《文藝書簡》、《認識與表現》、《論文學教育》，大都屬於文藝理論與文藝雜論，對作家作品評析影響較大的有：《論卞子琳的〈十年詩草〉》、《論馮至〈十四行詩〉》以及《論方敬的〈雨景〉和〈聲音〉》。總之，朱、李對現代文學批評很有建樹，但從數量、質量、影響以及貢獻，顯然遜於茅盾。

梁實秋作爲一位散文家、新詩人，應有他一席之位。他早年曾與聞一多合作出版過《冬夜草兒評論》，後來又出版過《浪漫的與古典的》、《文學的紀律》、《文藝批評論》、《偏見集》等文藝論著，視爲一位文學批評家也不爲過。可因爲他是白璧德的信徒，在批評意識上陷於偏頗與錯誤，即使把他的文學批評視作一個批評流派，其成就與貢獻，顯然與茅盾無法比擬的。

在中國現代文學批評史上，曾出現一些「曇花一現」的人物，如成仿吾、錢杏邨、瞿秋白、蘇雪林、李長之等。

成仿吾曾是現代評壇初期的一位十分活躍的、創造社的主要文學批評家，似乎與早期的茅盾——文研會的主要文學批評家對壘。由於他對魯迅曾有過批評失誤而名聲大震；可他對創造社諸人作品的評介，確有眞知灼見、獨特見解，爲開拓與發展這個流派立下的不朽的功勛。他只在中國現代文學批評史上留下了一個深深的腳印，即投入血與火的革命鬥爭中去了。

錢杏邨（阿英）曾是二十年代末期、三十年代初期十分活躍的文學批評家。從 1928 年起，到於 1933 年止，他連續推出了《現代中國文學作家》、《現代文藝研究》、《作品論》、《文藝批評集》、《文藝與社會傾向》、《創作與生活》、《批評六大文學作家》、《現代中國文學論》等文藝論著，評析了當時不少著名的作家；1928 年出版的《太陽月刊》、《我們月刊》，1929 年出版的《海風周報》、《新流月報》，他是文學批評方面的主要撰稿人。由於受到當時日本、蘇聯的「左」的文藝思潮的影響，立論極爲偏頗，對魯迅、茅盾、郁達夫等作家的批評的錯誤，「左聯」成立後，在內部曾對他的理論進行過清算。不久，他就開始「轉向」了，儘管後來還出版有關現代文學的研究著作，但潛心於中國小說的考証與研究而取得了豐碩的成果。

瞿秋白在三十年初期的評壇上，曾顯赫一時。其《〈魯迅雜感選集〉序言》，曾被公認是魯迅研究史上的一篇具有開創性、經典性的馬克思主義文學批評論文，對魯迅研究產生過巨大的影響，「歷年中不少有一定權威性的人士，不斷引証《序言》的觀點並深表贊同，有的還把它作爲自己研究的基本出發點。」〔註 8〕從艾思奇、馮雪峰、胡繩、巴人、李何林、平心、邵荃麟等研究魯迅的文論中，都可以証實。他寫的《〈子夜〉與國貨車》。《讀〈子

〔註 8〕王鐵仙：《瞿秋白論稿》，第 142 頁，華東師範大學出版社 1984 版。

夜〉》、《談談〈三人行〉》等，也產生過相當的影響，至今也被研究家、文學史家們引証。瞿秋白以他對馬克思主義的熟悉程度和深厚的藝術修養以及其豐富的革命鬥爭經驗，而居於當時評壇上有權威性的文學批評家之一。但只在上海蜇居三年，寫作文學評論，只是打短工，成果不豐。他的主要生涯，仍是一位黨的革命活動家。

蘇雪林（綠漪女士）也曾在評壇上活躍一時。她的《沈從文論》、《郁達夫論》、《〈阿 Q 正傳〉及魯迅創作之藝術》等，也曾產生過廣泛的影響，但由於她的政治偏見，妨礙她取得更大的成就。後來也潛心於中國古典文學的研究，從現代評壇上隱沒了。李長之確是現代評壇的後起之秀。他寫於 1936 年的《魯迅批判》，在魯迅研究的長河中，具有不可替代的歷史價值。後來他寫過一些現代作家作品評論，產生過影響。但不久也潛心於中國古典文學研究，而成爲一位中國古典文學史家。

上述五位文學批評家，雖然都對現代文學批評做出過角度不同、程度不同的歷史貢獻，與茅盾長期堅持在文學批評戰線上所取得的重大成就與貢獻，仍然難以比擬。茅盾的文學批評樹立了社會歷史批評的傑出範例，堅持了歷史的和美學的批評原則，在現代評壇三十年的批評實踐中，勾勒了新文學發展的基本輪廓，並與那種「符咒」式的庸俗社會學的批評進行了不懈的鬥爭，引導作家走向健康的創作道路，爲培養和壯大文學新人隊伍立下的不朽的功勛。因此，上述這些人仍然難以與茅盾相比。

活躍在三十年代評壇上的，還有周揚、胡風、馮雪峰這些被人們稱爲左翼的文學批評家，後來還有何其芳、邵荃麟、巴人等。

周揚是三十年代左翼文壇的實際組織者與領導者之一。他的貢獻，並不在文學批評上，而是致力於宣傳馬克思主義的文藝理論，構建自己的文藝理論體系。到四十年代中期，他才把注意力轉向毛澤東《講話》後出現的新人新作，特別是對趙樹理小說的評析，曾產生過廣泛而深刻的影響，但畢竟爲數甚少。

馮雪峰也是三十年代左翼文壇的組織者與領導者之一，同周揚一樣致力於文藝理論的建設。針對當時創作實踐、文藝運動、文藝思潮，而形成了獨具個性的理論體系。從 1928 年發表《革命與知識階級》起，就把注意力集中在魯迅身上，對魯迅研究做出了重要貢獻。對茅盾的《子夜》，對丁玲的創作發展道路，對艾青與柯仲平的詩歌創作，都曾做過深入的研究，曾產生過相當的影響。

胡風與馮雪峰類似，也致力於文藝理論建設。在文學批評的建樹上，是有獨特貢獻的。《林語堂論》與《張天翼論》即出手不凡。他撰寫專文評論的作家至少有十八位，除林語堂與張天翼外，還有魯迅、劉半農、歐陽山、奚如、艾蕪、蕭紅、耶林、田間、端木蕻良、羅淑、艾青、曹白、曹禺、東平、路翎、綠原等，散見於他近百萬字的文藝論著中，涉及到的作家作品評析也就更多，特別對「七月」派這個流派的形成與發展傾注了心血，他實際上成爲了這個流派的精神領袖。他的文學批評的價值取向是主張向時代貼近、向生活貼近，這種現實主義的批評原則，與茅盾是相通的。他堅持社會批評與美學批評相結合的批評方式，也是與茅盾類似的。誠然，「以強調作者的主觀戰鬥精神、強調作者的體驗和感情色彩、強調敘述而輕視描寫（受盧卞契影響）著稱的，他們由此形成了一種特殊色調的現實主義」。〔註 9〕但是，胡風把這種觀念當做文學批評價值取向的唯一準繩，就容易出現批評的失誤。他視「七月」派爲現實主義的正宗，而對其它流派，如社會剖析派的現實主義流派，而以「客觀主義」目之。長期以來，把胡風這個流派視爲「宗派集團」固然是「左」的錯誤，但他們的審美觀點有些狹隘性和偏執性也是客觀存在。胡風經常反對兩種傾向：一方面反對教條主義，即文學創作上的公式化、概念化以及文學批評中的公式主義和庸俗社會學，這與茅盾是相同的；另一方則反對客觀主義，但他所反對的客觀主義並不是眞正的客觀主義。社會剖析派小說都有鮮明的傾向性，只不過運用了客觀的描寫手法，讓傾向從場面、情節中自然流露出來而已。但「七月」派作家卻容不得這種客觀性的描寫，用本流派的審美標準去衡量其它流派的作品。因此，由於胡風審美意識的狹隘偏執，妨礙他取得更大的成就，但他確爲中國現代文學批評史上的重要的文學批評家。茅盾的審美意識不能說是無懈可擊的，但茅盾儘管以左翼批評家著稱，但他仍然具有開放意識。他在三十年代即注意到穆時英他們這個流派，並肯定他們在形式上技巧上有長處，也認爲他們作品還有些內容，並不完全否定這個流派，承認它的存在。

總之，上述三位左翼文學批評家，與茅盾相比，無論從貢獻上、從影響上，也仍然遜於茅盾。

至於何其芳，他進入評壇是在四十年代中後期，作爲一位文學批評家、文藝理論家的重要成就，是在建國之後。邵荃麟從四十年代起，在國統區的

〔註 9〕嚴家炎：《中國現代小說流派史》，第 331 頁。

評壇上十分活躍，十分關注當時的文藝運動、文藝思潮的動向。巴人 1940 年出版的《論魯迅的雜文》也曾產生過一定的影響，但影響最大的著作是建國後出版的《文學初步》及《文學論稿》。他們都只是初露頭角，初試鋒芒。

劉西渭（李健吾）確實是中國現代文學批評史上一位成績斐然的文學批評家，他的《咀華集》、《咀華二集》注重文學作品自身的特點，從直覺感受中，從整體上把握風格神韵，注重審美批評，注重作家的創作個性，它們以獨特的批評風格群然卓立。但他與茅盾相比，仍然遜色。對他與茅盾的比較，留待下章展開論述。

總之，茅盾與上述人物相比，也許茅盾的思想深度比魯迅遜色，也許在某一時期的影響上不及胡適、周作人，也許在魯迅研究層次上不如瞿秋白；但是，從總體上說，在現代文學批評的領域裡，以歷史的長久，思想的高度，評論範圍的博大，影響的廣泛與深遠，文學批評論著的豐厚，恐怕是無人可以與茅盾相比的。茅盾才是中國現代文學批評史上最有卓著貢獻的第一位文學批評家，這就是我們的結論。而這個結論，又是以上述各章所列舉的歷史事實爲憑據的。

第三章　對文學批評的「批評」之批評——兼評司馬長風的觀點及其它

司馬長風在《中國新文學史》中把茅盾與李健吾從文學批評的角度對比地進行考察：茅盾「雖寫了不少批評，但都是以社會目標、政治尺度干預文學」，而「到了劉西渭，中國才有從文學尺度出發的，認眞鑒賞同代作家和作品的批評家」，「沒有劉西渭，三十年代的文學批評幾乎等於空白」，「新文學史上在文學批評家當中，能夠破除門戶之見，誠懇、廣泛閱讀同代作家的作品，並深入其中，親切鑒賞，叮嚀推敲的僅有劉西渭（李健吾）一個人。」〔註1〕手握《史筆》的司馬長風的品評，是否符合歷史事實呢？其比較，是否「是是非非嚴正不苟」〔註2〕呢？

首先，應該分清的是非，當然是文學批評的尺度。僅僅以「政治尺度」來概括茅盾的文學批評，不僅不符合歷史事實，而且完全拋棄「政治尺度」的批評尺度也不符合時代的要求。

在階級社會裡，在敵對階級生死搏鬥的年代，在民族危亡的嚴重關頭，離開政治而獨立的純「文學尺度」是根本不會存在的，只能是「心造的幻影」。任何階級的文學批評家總是自覺地或不自覺地站在他所屬的階級或階層的立場上來考察文藝現象，總結創作經驗，評論作家的成敗得失，支持某種傾向

〔註 1〕司馬長風：《中國新文學史》中卷第 249～251 頁，下卷第 339 頁。
〔註 2〕司馬長風：《中國新文學史》中卷第 249～251 頁，下卷第 339 頁。

或反對某種傾向，以維護本階級的利益，這是不能以人們的意志爲轉移的客觀規律。

茅盾早在 1925 年發表的《論無產階級藝術》中，就提出了文學批評的階級標準，無產階級的黨性原則。如前所述，茅盾的一生正是遵循這個原則，進行戰鬥的文學批評的。當然，主張自居「獨立」、「自由」立場的司馬長風是絕對不會同意的，而因此判給茅盾「干預文學」的「罪名」。但是，站在無產階級立場上，站在馬克思主義立場上，不僅宣判茅盾「無罪」，而且還肯定其貢獻，肯定其爲推動社會歷史和文學藝術的發展而做出了重大貢獻。

另外一個重要的史實，可能被司馬長風忽略了。茅盾對那種「政治判決」式的文學批評是深惡痛絕的。二十年代末開始流行的那種「符咒」式的文學批評，如果判以「干預文學」的罪名，實在不冤枉。如前所述，茅盾的一生一直以清除這種教條主義的文學批評爲己任，直到晚年撰寫回憶錄時，還予以抨擊：「至於評論家，拿辯証唯物主義當做一支標尺，以衡量作品，這是最拙劣的做法。」〔註 3〕

茅盾主張的文學批評，是以思想內容和藝術形式相統一的原則去考察文藝現象和文藝作品的，是堅持社會批評和美學批評相統一的批評方法。他早在 1933 年就批評過將「意識」和「美學價值」割裂開來的錯誤傾向，1945 年又提出：「一部好的文藝作品一定是最高度的思想性和最高度的藝術性的結合」。〔註 4〕即使被司馬長風所判的「沉滯期（1950～1965）」〔註 5〕，在那個人所共知的 1957 年，茅盾也未背其初衷，仍然旗幟鮮明地指出：「文學批評家」「不單分析作品的思想性，也要分析它的藝術性」，「不要小看技巧，沒有技巧的作品，本身就不能行遠垂久。」〔註 6〕因此，僅僅以「政治尺度」來概括茅盾的文學批評，顯然是不符合歷史事實的，不符合茅盾文學批評的傾向和特點的。

茅盾從 1927 年至 1934 年，連續發表了《魯迅論》等 7 篇作家論，連司馬長風也承認：「由於態度誠懇（絕無今天我所熟悉的左派批評文章，那種醜詆惡罵的作風），文思細緻，分析深入，也足以引人入勝。」〔註 7〕如前所述，

〔註 3〕茅盾：《〈春蠶〉、〈林家鋪子〉及農村題材的作品——回憶錄〔十四〕》。
〔註 4〕茅盾：《如何辨別作品的好壞》，《中學生》復刊第 91 期 1945 年 6 月。
〔註 5〕司馬長風：《中國新文學史》上卷，第 13 頁。
〔註 6〕茅盾：《從「眼高手低」說起》，《茅盾評論文集》（上），第 125 頁。
〔註 7〕司馬長風：《中國新文學史》中卷，第 357 頁。

這幾篇作家論，在中國現代文學批評史上起著重大的開創作用。時隔半個世紀之多，仍然是中國現代文學批評上的藝術珍品，仍具有重要的參考價值。撇開茅盾在此前發表文學評論文章不論，只憑這 7 篇作家論，就足以証明「沒有劉西渭，三十年代的文學批評幾乎等於空白」的結論，是何等的輕率！

如果僅僅以「文學尺度」來衡量的話，這 7 篇作家論也是上乘之作。在《王魯彥論》裡，茅盾公開宣稱：「我以為小說就是小說，不是一篇『宣傳大綱』」，公然反對「太濃重的教訓主義的色彩。」這種觀點，司馬長風肯定不會提出異義的，政治不等於藝術，只有成為藝術品的小說，我們才會承認它。可見，從「文學角度」出發去探討作品的內涵，並不始於李健吾。在這篇作家論裡，茅盾探討了王魯彥的「描寫手腕」。如前所述，茅盾在《魯迅論》裡以他的藝術敏感敏銳地發現「《幸福的家庭》等四篇」，「是《彷徨》中間風格獨異的四篇」，憑著深切的藝術感受、深入「骨髓」的藝術剖析去進行「藝術的發現」。他對那種只有所謂「政治內容」而不成其為藝術品的公式化、概念化、臉譜化的「革命文學」是極不贊同的，他是如此品評《一件小事》的：「沒有頌揚勞工神聖的老調子，也沒有呼喊無產階級最革命的口號，但是我們卻看見鳩首囚形的愚笨卑劣的代表人形下面，卻有一顆質樸、熱而且跳的心。」而對《幸福的家庭》，茅盾引述了「一段精采的描寫」後，指出：「這一段是全篇中最明耀的一點，好像是陰霾中突然的陽光的一閃，然後隨即過去，陰暗繼續統治著。從現在的通紅的嘴唇，笑迷迷的眼睛，反映出五年前，可愛的母親來；又從現在眼睛陰淒淒的母親，預言這孩子的將來；魯迅只用了極簡單的幾筆，便很強烈的刻畫出一個永久的悲哀。我以為在這裡，作者奏了『藝術上的凱旋』。」難道這還不是司馬長風所說的「從文學角度出發，認眞賞鑒」的「美文」嗎？剖析廬隱的藝術風格，探尋許地山創作「異域情調」和「宗教色彩」，撥開冰心創作的「神秘主義」的迷霧，甚至對徐志摩的《我不知道風是在那一個方向吹》的藝術鑒賞，不都是從「文學尺度」出發的嗎？如果再看茅盾 1923 年寫的《讀〈吶喊〉》，對《狂人日記》的品評、又是司馬長風所說的「從文學角度出發，認眞鑒賞」的「美文」；對「新形式」「創造」的首肯，也是「從文學角度出發」的一筆精采的「史筆」；茅盾寫於 1922 年的《〈創造〉給我的印象》，對張資平與郁達夫的小說、田漢與郭沫若的劇作的品評，主要也是「從文學角度出發」的。因此，「到了劉西渭，中國才有從文學尺度出發的，認眞鑒賞同代作家和作品的批評家」的結論，同樣未免過於草率了吧！

離開政治而獨立存在的所謂「文學尺度」，事實上，也是不存在的。僅僅以「文學尺度」來概括李健吾的文學批評，同樣不符合歷史事實。

誠然，李健吾是中國現代文學批評史上一位風格獨異的批評家。他主張「一個批評者與其說是指導的，裁判的，倒不如說是鑒賞的」〔註 8〕；「一個批評家」「是一個科學的分析者」，「要獨具只眼，一直爬到作者和作品靈魂的深處。」〔註 9〕這個「鑒賞」「分析」的文學批評，側重於美學鑒賞，側重於藝術分析，在當時也確實獨樹一幟。因此，他在中國現代文學批評史上具有一席相當重要的地位。

但是，「側重」不等於「完全」，完全離開作品的內容，完全游離於時代之外，僅僅對作品的美學價值的「探險」，事實上，也是不可能的。因爲，世界上並不存在無內容而僅有形式的作品，形式只能依附內容而存在。李健吾當然也不例外。由於他的劇作的成就，曾被埃諾加・斯諾在《活的中國》中稱他爲「自由主義浪漫派」的重要劇作家，無疑地有著強烈的政治色彩。他的劇作展現了一幅幅慘淡的社會人生畫卷，無情地宣判了沒落階級的死刑，預示了必然滅亡的命運。其文學批評，也同樣具有強烈的政治色彩。他在《葉紫的小說》裡，說：「沈從文先生愛的本位的人，葉紫卻是某類的人。說實話，只有一類人爲葉紫活著，他活著也就是爲了他們，那被壓迫者，那哀哀無告的農夫，那苦苦在人間掙扎的工作者。」其階級意識是十分鮮明的，毫不隱晦的。他的感情也是和葉紫共鳴的：「《火》是積極的指引，《山村之夜》是消極的教訓」，與作者「一樣敬仰劉媽媽」。如果說，這篇文評有意避開一些政治術語，以「文學批評」的語言隱飾自己鮮明的政治態度的話，那麼，在《八月的鄉村》中，他更直言不諱：「作者暗示我們，唯一的活路不是苟生，而是反抗。這種強烈的社會意識，到了作者的《第三代》雖說如今才有兩卷問世，我們已然感到它的力量和作用。階級鬥爭，還有民族抗戰，是蕭軍先生作品的兩棵柱石。沒有思想能比二者更爲切合現代，更切合一個亡省的人的。」這樣的評價，僅僅用一個「文學尺度」概括得了嗎？在嚴酷的階級搏鬥的年代，在民族奮起抗戰的年代，李健吾不也明明白白、堂堂正正地站在一個進步的立場上，而並沒有「藝術超然獨立」嗎？把「政治尺度」與「文學尺度」

〔註 8〕李健吾：《〈愛情三部曲——巴金先生作〉》，《李健吾文學評論選》，第 10 頁，寧夏人民出版社 1983 年版。

〔註 9〕李健吾：《〈邊城〉——沈從文先生作》，同上，第 50 頁。

截然分野，僅僅以「文學尺度」去肯定批評家的成就，並貶責「政治尺度」，絕不是科學的方法。所謂純「審美」的批評標準，絕不能眞正揭示文學作品的全部內涵。

茅盾和李健吾，都成爲歷史人物了。歷史是最好的見証人；要評價一個歷史人物的歷史地位，當然以歷史爲憑証。文學社於 1936 年 4 月，出版了頗有影響的《作家論》，內收茅盾的《徐志摩論》等五篇，胡風的《林語堂論》等二篇，穆木天的《徐志摩論》，許傑的《周作人論》，及蘇雪林的《沈從文論》，起於 1927 年，截於 1935 年。而李健吾的幾篇重要的評論，也都寫 1935 年，但並未收入，當然這可能與體例有關，因李健吾後來寫的《葉紫的小說》可算作家論外，其它均是對某一作品的評析。就憑這一本《作家論》，司馬長風的「空白」論即可推翻。如果忠於歷史，不帶任何偏見，撇開茅盾從 1920 年開始寫的其它的多篇文學批評論文不論，僅以這本《作家論》，茅盾的文學批評成就顯然早於李健吾。

茅盾是否高於李健吾？司馬長風說：「沒有另外一個作家，耐心品鑒這麼多不同種類的作品，換句話說，再沒有一個批評家像劉西渭這樣關切同時代的作品，耐心地埋頭於吃力不討好的工作。」〔註 10〕這符合事實嗎？有比較，才能有鑒別；忠於歷史，才能得出科學的結論。

及「多」而言，恐怕只能首推茅盾。據司馬長風的統計，李健吾建國前所評論的作家，僅僅二十家〔註 11〕，而據筆者所見資料粗略的統計，茅盾所評論的作家，建國前爲 183 人，在 1927 年至 1937 年間，也竟達 54 人之多，幾乎遍及了同時代所有作家。誰多誰少呢？以「種類」而言，李健吾所評的也不過是小說、詩歌、戲劇、散文四類；而茅盾除這四類之外，還寫過不少綜合評述，如《〈中國新文學大系・小說一集〉導言》、《「一・二八」的小說》等，還評論過刊物，如《〈創造〉給我的印象》、《小品文半月刊物〈人世間〉》等，就體裁而論，報告文學、雜文、歌謠、鼓詞、連環畫等都在他的視野之內，文學史著、譯作、古典文學研究著作等，他也投出了「耐心」的目光。誰多誰少呢？誰更「耐心的埋頭於吃力不討好的工作」呢？

司馬長風稱道李健吾「發掘了和彰顯很多無名的後進」〔註 12〕，「致力識

〔註 10〕司馬長風：《中國新文學史》中卷，第 251 頁。
〔註 11〕同上，上卷第 289～291 頁。
〔註 12〕司馬長風：《中國新文學史》，中卷，第 252 頁。

拔新人」〔註 13〕，應該承認這是李健吾的貢獻；司馬長風也客觀肯定茅盾「在獎掖後進上尤不遺餘力」〔註 14〕。

但是，兩相比較，茅盾顯然比李健吾貢獻大得多。以「發掘」而論，李健吾到 1940 年才論及了葉紫，而葉紫的《豐收》1933 年 6 月 1 日發表，茅盾在 1933 年 9 月 1 日即著文予以「鄭重推荐」，並讚賞「這是一篇精心結構的佳作」〔註 15〕，誰「發掘」得早呢？即如司馬長風所提到的穆青的《脫繮的馬》和郁茹的《遙遠的愛》，茅盾 1943 年就寫了《關於〈脫繮的馬〉》，1944 年就寫了《關於〈遙遠的愛〉》，予以評介，而且「郁茹」這個筆名還是茅盾取的，書名也是茅盾定的。〔註 16〕李健吾到 1946 年才予以評述，誰「發掘」得早呢？以「人數」而論，李健吾僅僅「彰顯」了十幾個「新人」，而茅盾才眞正遍及了幾乎所有「新人」，如前所述，經茅盾發現、賞識和推崇而躍入文壇的「新人」不知有多少！以「影響」而論，連司馬長風也承認「端木蕻良的《鴛鷺湖的憂鬱》和吳組緗的《一千八百擔》，都是經茅盾品評讚揚而成名的」〔註 17〕，其實何止這兩位作家，連朱自清這樣名留青史的著名作家，也承認「我就是受他獎掖的一個……我的文學工作是受了他的鼓舞而發展的。」〔註 18〕茅盾將作爲文藝百花園中一位辛勤的卓有成就的老園丁而載入史冊，李健吾當然也會作爲一名優秀的園丁而青史留名！

司馬長風稱道李健吾「能夠破除門戶之見」，能夠「批判權威」，這固然是李健吾文評的長處；但茅盾與其相比，絕不遜色，有過之而無不及。茅盾早在 1921 年即指出：「批評和藝術的進步，相激勵相攻錯而成。苟其完全脫離感情作用而用文學批評眼光來批評的，雖其評爲失當，我們亦應認其有價值。」〔註 19〕這種擺脫感情因素，摒棄門戶之見，運用文學批評眼光進行批評，在新文學史上，恐怕始於茅盾吧！茅盾和郭沫若在激烈論戰的同時，這並不妨礙他對《女神之再生》的讚美；茅盾在 1928 年曾和太陽社、創造社有過一場激烈的論爭，也並不妨礙他歡呼《太陽月刊》的誕生！茅盾作爲「左

〔註 13〕司馬長風：《中國新文學史》下卷，第 239 頁。
〔註 14〕同上，中卷第 258 頁。
〔註 15〕茅盾：《幾種純文藝刊物》，《茅盾文藝雜論集》上集，第 384 頁。
〔註 16〕郁茹：《悼念我的第一位老師——茅盾》，《憶茅公》，第 351 頁。
〔註 17〕司馬長風：《中國新文學史》中卷，第 259 頁。
〔註 18〕《茅盾五十壽辰題詞、賀信選》，《中國現代文學研究叢刊》1985 年第 1 期。
〔註 19〕茅盾：《討論創作致鄭振鐸先生信》。

聯」的主帥之一，曾對「左聯」的不少作家提出過嚴正的批評，這是司馬長風也承認的人所共知的歷史事實。至於「批評權威」，現代文學史上最大的權威，莫過於魯迅，茅盾在《魯迅論》、《讀〈倪煥之〉》等文中，對魯迅有過明顯的微詞，這也是眾所周知的。眼睛只盯著李健吾一個人，而無視歷史事實，這絕不是一個「史家」應有的科學態度。

司馬長風還肯定李健吾「是是非非嚴正不苟的精神」，「在他的批評中我們洞見了同代兩大作家茅盾和巴金作品的缺陷；也透視了沈從文和廢名作品的眞價。」〔註 20〕茅盾和巴金的作品，自有它們的缺陷；沈從文和廢名的作品，自有它們的價值。李健吾的文評，也確有眞知灼見。問題是：什麼是「是是非非嚴正不苟」？「是」是否是「是」，「非」是否是「非」，隨著時間的推移，其論斷是否經得起「推敲」？

以茅盾和李健吾評論的同一個人，加以比較，試圖得出一個比較科學的結論。

對徐志摩，茅盾和李健吾均有評價。茅盾在《徐志摩論》中，精闢地剖析了徐志摩的創作發展軌跡，指出作者的階級立場所處的生活環境及其思想感情，是「詩情」「枯窘」的根本原因，肯定其是中國資產階級「開山」的同時又是「末代」的詩人。這個論斷完全符合中國現代文學發展的實際。李健吾在《〈魚目集〉——卞子琳先生作》中，從新詩發展的角度探討了徐志摩。他認爲，新詩一開始「最引人注目的，就是音律的破壞」，「後來者有一部分（最有勢力的一部分）卻視爲遺憾」，「這就是徐志摩領袖的《詩刊》運動，」「要詩回到音樂，因爲詩是音樂的」。「和這一派隱隱峙立的，有一部分人完全不顧形式，變本加厲甚於前期，圖謀有所樹立」：其一是郭沫若領袖的一派，「要力」、「宏大」、「流暢」、「熱情」；其一是李金發領袖的一派，「要深」、「纖麗」、「晦澀」、「涵蓄」。而郭沫若「不等收獲就走開了」，李金發則「漸漸爲人厭棄」，「於是天下擴清了，只有《詩刊》一派統治。」對徐志摩「後期的詩章」，他認爲「與其看作情感的涸竭，不如譬爲情感的漸就平衡」，而「偉大作品產生於靈魂的平靜，不是產生一時的激昂」。這似乎是針對茅盾的《徐志摩論》而發的。

時隔半個世紀之多，誰的評價更能經得起時間的考驗呢？

一個偉大的批評家，必須是一個思想家；只有站在當時時代的高度，對

〔註 20〕司馬長風：《中國新文學史》中卷，第 250 頁。

作家做出的評價，才是科學的，爲歷史所承認。茅盾實事求是地從時代和階級的命運去考察一個詩人的命運：一個富有才氣的傑出的詩人的沒落，和他所處的時代以及所代表的階級命運休戚相關。閃著馬克思主義光芒的《徐志摩論》，至今被認爲是很有價值的文獻，常常爲評論家、史學家們所引用。而李健吾僅僅從新詩的形式來肯定徐志摩的貢獻，而否定郭沫若「開一代詩風」的歷史地位，不能認爲是公允的。肯定一個詩歌流派，而否定另一個詩歌流派的批評意識，只能導致「文學尺度」的狹隘與偏頗。新詩發展的歷史雄辯也說明了這個問題。繼郭沫若之後，形成政治抒情詩派一直淵源長流，蔣光慈、蒲風、殷夫、艾青、田間以至「七月」詩派；而繼徐志摩之後，又有誰能承繼其衣鉢而成爲偉大的詩人呢？李健吾肯定徐志摩後期詩作由於「漸就平靜」而產生「偉大的作品」也並無根據，徐志摩的優秀詩作，仍以前期爲多，這也不能說是客觀的。因此，「是是非非」怎能撇開思想而「獨立」、「自由」存在呢？「嚴正不苟」，離開了政治、僅僅在形式上做文章，又怎能有一個客觀的科學的標準呢？

總之，司馬長風對茅盾文學批評的批評，是片面而偏執的，是不符合客觀實際的，是錯誤的。

劉納的《沈雁冰在「五四」時期的理論功績》一文，的確不乏眞知灼見。但是，對茅盾文學批評的特點和傾向的評述，也表現出偏頗。他認爲，「沈雁冰的理論活動確有『純客觀』的傾向，他在強調『科學』精神和『科學』態度的同時，把文學研究的方法與自然科學的研究方法等同了起來，多少忽略了文學研究的審美特性。」「他很少從美學的角度去闡釋文學現象。」後來，在總括性的概述我國現代文學批評的傾向時，又說：「在現代中國，進步的文學理論、文學批評不是學者書齋中的學問，它把藝術的評論和社會的評論、美學的評論和歷史的評論，那樣緊密地結合在一起。這種結合常常並不完美，例如，面對動蕩的、緊張的政治形勢，革命文學家在強調文學作品對社會現實的認識價值的同時，往往多少忽略了藝術中的審美因素；在追求文學作品戰鬥性的同時，往往多少放鬆了對作品藝術性的嚴格要求。」〔註 21〕這種觀點，很有代表性。

我認爲指摘茅盾早期文學批評活動存在「純客觀」的傾向，存在著忽視

〔註 21〕劉納：《沈雁冰在「五四」時期的理論功績》，1988 年 7 月《茅盾研究》第 3 期。

「審美」的傾向，是不符合歷史實際的，是一種沒有以全面、細緻研究的工作爲牢固的基礎的主觀印象的臆斷。

關於「客觀與主觀」的關係，茅盾早在 1922 年就有論述。他說：「文學上的描寫，客觀與主觀——就是觀察與想像——常常相輔爲用，猶如車之兩輪。」「文學的作用，一方是社會人生的表現，一方也是個人生命的表現。」〔註22〕儘管，這種表述比較簡略，但卻反映出茅盾十分重視作家的主體意識，「車之兩輪」，也就是缺一不可，並無「純客觀」的偏頗。因此，他認爲「創造就是美」：「文章的美不美，在乎他所含的創造的原素多不多，創造的原素愈多，便愈美。」「從創作中得美。」〔註23〕也因此，他在同年多次強調創作個性和風格：「帶著作者的個性，方能使作品有異彩：」〔註24〕「眞正的作家必有他自己獨具的風格」，「文學所以能動人，便在這種獨具的風格。」〔註25〕這樣的美學觀和創作觀，哪有「純客觀」的傾向呢？

至於說茅盾早期文學批評活動存在忽視「審美」的傾向，更是無的放矢。前面我已經闡述過這個問題，因爲當時文學創作還是「嘗試」、「草創」階段，對於具有很高的中外文化藝術修養的茅盾來說，他的文學批評活動的主旨，是催生眞正藝術品的誕生，不僅不忽視「審美」，反而十分重視「審美」價值，往往在具體評析作品時，只有他認爲已經成爲藝術品的作品才在他文學批評的視野之內，否則，他常常是不屑一顧的。

1920 年，茅盾對《新潮》創作的評析，可以視爲他最早的文學批評的實踐活動。他認爲，「創作藝術，有三種功夫，似乎是必不可少的：（一）是觀察，（二）是藝術，（三）是哲理。」而《新潮》的創作傾向，「盡有（一）（三）兩項很好，而（二）未盡好，因此，這篇創作便減了色。」〔註 26〕而涉及到具體作品，他只對魯迅的《明天》和任鉼的《新婚前後七日記》首肯以外，對葉紹鈞的《這也是個人》、汪敬熙的《生與死》等都從藝術的角度予以否定，對俞平伯的《花匠》也從藝術的角度予以批評。可見，當時茅盾的文學批評的價值取向，不是社會價值，而是審美價值。

《春季創作壇漫評》也是如此。對當時「把小說當作」「一己的留聲機的」

〔註22〕茅盾：《自然主義與中國現代小說》。
〔註23〕茅盾：《雜感——美不美》，《茅盾全集》第 18 卷，第 417 頁。
〔註24〕茅盾：《答谷風田》，同上，第 400 頁。
〔註25〕茅盾：《獨創與因襲》，同上，第 154 頁。
〔註26〕茅盾：《對於系統的經濟的介紹西洋文學底意見》，同上，第 23 頁。

以及「專門模仿西洋小說的皮毛」的，他是不屑一顧的；對「二十四位作家」的作品，具有社會價值，因爲「表現的手段太低，或是思想不深入」，僅僅列名，表示敬意。他重點剖析的作品，只有田漢的《靈光》和陳大悲的《幽蘭女士》，而且剖析的角度重在審美方面。後來點評的 16 篇作品，儘管也有社會價值的剖析，但側重點仍然是審美批評。他肯定的方面，依然是「動人」、「結構極精密」、「矯健的筆力」、「隱藏的諷刺，和有力的表現」，「簡練」、「含蓄不盡的趣味」等等。

《評四、五、六月創作》可以視爲社會批評與美學批評相結合的開篇之作。儘管由於茅盾用分類統計入手進而剖析社會情態，似乎是帶有實証主義色彩的社會批評；但是，對當時創作問題的揭示，仍然採取了「審美」的角度，指出這些作品「都像是一個模型裡鑄出來的」，「所有一切人物都有一個個性」，指責這些作品「是摹擬的僞品」，而絕無忽視「審美」的意向。其中對魯迅的《風波》與《故鄉》的品評，以及茅盾 1923 年寫的《讀〈吶喊〉》，劉納也客觀地承認：「只是在談到魯迅作品的時候，我們才看到了他藝術鑒賞才能的閃光」〔註 27〕。

因此，茅盾的早期文學批評，儘管存在著初創階段必然存在的粗疏、不深入的毛病，甚至對「創造社」諸家的批評有批評的失誤，以及稱張資平的《上帝的兒女們》爲「傑作」的判斷失誤；但是，絕無劉納所指責的忽視「審美」的傾向。

至於劉納對現代文學批評總的傾向的評價：強調「社會價値」、忽略「審美因素」；強調「戰鬥性」，忽視「藝術性」。這是存在的，特別是「講話」中明確提出「政治標準第一、藝術標準第二」的公式後，並受到某些批評家片面解釋和「強化」以後，這種傾向越來越嚴重。但是，茅盾，還有魯迅、胡風、馮雪峰等，都不是這種傾向的蠱惑者與代表人物。如前所述，茅盾在抗戰初期的文學批評中顯露了重政治、輕藝術的傾向，但他的一生的文學批評活動，包括建國後的文學批評活動都不存在這種傾向，並努力地對這種傾向展開過不屈不撓的鬥爭。

當然，對茅盾文學批評的特點和傾向的認識，可能還不會一致，讓我們繼續去探索吧。

〔註 27〕劉納：《沈雁冰在「五四」時期的理論功績》，1988 年 7 月《茅盾研究》，第 3 期。

第四章　總結過去開拓未來——文學批評研究的回顧與展望

長期以來，重於對茅盾文學創作的研究，而忽視對茅盾文學批評貢獻的研究，幾部很有影響的茅盾研究專著，間或涉及到這個問題，也比較簡略，而且，這方面的資料收集和出版也很不夠，給研究工作帶來了困難。1978 年人民文學出版社出版了《茅盾評論文集》（上、下），1979 年，北京大學出版社出版了樂黛雲編選的《茅盾論中國現代作家作品》，同年幾個大學聯合編輯由鄭州大學中文系作爲內部資料交流的《茅盾現代作家論》，是建國以來爲這一方面的工作提供了比較完備的資料，1981 年由葉子銘編選的《茅盾文藝雜論集》提供了更爲完備的資料，這就爲研究者們打開了窗戶。

1983 年 4 月成立了全國茅盾研究學會，關於茅盾文學批評的研究才緊密鑼鼓地敲響了。周揚在會上的講話，指出這方面「研究得比較少，評價不夠」，無疑地起了「轉向」的作用。王瑤在會上的講話，用較長的篇幅闡述了茅盾在文學批評上貢獻，無疑爲研究者開拓了視野，指明了方向。葉子銘在會上的講話也指出，儘管這方面「已引起評論界的重視，但其中還有許多領域等待我們去開拓。」實際上，關於茅盾文學批評的研究，還處於開拓的階段。會上，陳銳鋒的《新文學文藝批評的開創者》、陳開鳴的《論茅盾早期的三篇現代文學評論》、徐越化的《淺談茅盾關於魯迅小說的評論特色》等，正是這方面開拓性的工作。

會後，同年 6 月葉子銘出版了《茅盾漫評》，其中《四十年代茅盾的文藝評論》首次系統地概括地比較深入地探討了茅盾四十年代文學批評的重大貢獻。同年 9 月，朱德發、阿岩、翟德耀出版了《茅盾前期文學思想散論》專著，其中《茅盾前期論現實主義文學批評》對茅盾早期的文學批評貢獻又從理論上進行了深入的闡發。

1984 年 12 月召開了全國第二屆茅盾研究學術討論會，關於茅盾文學批評的研究依然引人注目，有的論文以《茅盾是魯迅最早的知音》爲題，從理論上探討茅盾文學批評的當代性和指導性問題，會上曾圍繞茅盾的重要文評《從牯嶺到東京》展開了爭論，這就涉及到茅盾在那場「革命文學」論爭中的正確與錯誤的問題。

1985 年 7 月，由唐金海、孔海珠編選的《茅盾專集》第二卷，收錄了唐金海的《論茅盾文學批評的美學價值》，謝中征、劉偉林的《茅盾建國後的文藝批評》，孫昌熙、孫慎之的《茅盾早期的比較文學研究》等，從不同的側面、從不同的角度探討了茅盾文學批評的貢獻、特色和傾向。

1985 年 8 月，舉辦了首屆全國茅盾研究講習會。會上，葉子銘的《茅盾六十餘年來的文學活動的基本特點》報告第一次披露了茅盾關於思潮流派、作家作品的評論，共有 10 卷，大約三百萬字左右，爲茅盾文學批評研究提供了新的信息，莊鍾慶《茅盾文論的若干問題》的報告，儘管還是一個提綱，但對茅盾文學批評體系做了完整與系統的闡述，爲茅盾文學批評的宏觀研究開拓了視野，徐越化《淺論茅盾早期文學批評的特色》的報告，深化了她原有的研究成果，又取得了新的進展。

1986 年 7 月召開了第三屆茅盾研究學術討論會，茅盾文學批評研究仍然引起了與會者的重視，而且在研究格局和研究方法上產生了可喜的變化，除了傳統社會歷史批評的描述性視角，還有從審美視角和心理學視角闡發其美學價值和整體意識的文章，標誌著這方面研究的不斷深化和拓展。

1988 年出版的《茅盾研究》第 3 期發表了劉納的《沈雁冰在「五四」時期的理論功績》中提出「沈雁冰援用西方近代文學理論搭起的這樣一個理論框架，以它的整體性、科學性、現實性，徹底改變了我國古代文論的格局，有力地推動了我國文學理論和整個文學事業的『現代化』進程」的觀點，對研究茅盾文學批評的理論框架，從中西文化的交叉點的角度，作了新的表述，爲茅盾文學批評研究深化開闢了一個途徑。

1988 年 11 月召開的第四屆全國茅盾研究學術討論會，出現了不少從中西文化交叉的視點上去審視茅盾文學批評的論文。莊鍾慶在《茅盾的文學風格論斷想》中，認爲茅盾無論對風格與時代關係的論述，還是對風格與作家的個性的問題的論述，都「師法並發展了中外有關理論」，「並構成了自己的特色」。曹萬生在《理性・社會・客體——茅盾美學思想論稿》中，認爲茅盾提出了「美是『創造』，美是『和諧』兩大美學論題」，「和諧說和創造說是茅盾對藝術美本體論的統一把握」，而和諧說，從某種意義上，開啓了中國當代美學研究領域中的新路和先河。這些研究雖然並不直接插入茅盾文學批評領域，但是爲茅盾文學批評研究的理論上的深度、視角上的變換，開闢了新的途徑。

1990 年 3 月出版的《茅盾研究》第 4 期，集中發表了一組茅盾文學批評的研究文章。鄧牛頓的《茅盾在中國現代文學批評史上的地位》，認爲茅盾文學批評的貢獻在於「勾勒了新文學發展的基本輪廓」、「樹立了社會學批評的傑出範例」、「提供了反極左頑症的寶貴經驗」；段百玲的《茅盾報告文學批評初探》，認爲「聯繫現實，服務現實」、「藝術上的高標準要求」、「積極培養報告文學作家」、「多種多樣的批評方法」構成其報告文學批評的特色；吳國群的《試論茅盾現代作家作品論的宏觀價值》，認爲「對於主題發展的階段性及其歷史線索的把握」、「對於人物典型序列的歸納」、「對於文學發展中新信息的攝取」構成其作家作品論的宏觀特色。這些文章，無論對於茅盾文學批評價值的宏觀估計，或者具體評析其在某個領域裡的傑出貢獻，都泛出了新意。

總之，近年來的茅盾文學批評研究，取得了長足的進展。不僅對茅盾在不同時期的文學批評的特點、傾向、貢獻，均有闡發，而且對茅盾文學批評的宏觀審視也有新的開拓，並也深入到茅盾文學批評的某些領域進行發掘，批評視角也開始多角度了。但是，不能估計過高，與茅盾文學創作、茅盾文藝思想、文藝理論的研究相比，仍然是一個不受注重的領域，作爲現代、當代的一位最偉大的文學批評家的特點，傾向、貢獻及其地位，還並沒有進行更爲全面地、系統地、深入的研究。

今後的研究如何開拓？

首先，研究開拓的基礎，是資料的齊備。從《茅盾全集》第 18 卷來看，增添了不少我們未曾看到過的資料，爲研究提供了新的信息。但是，文論共 10 卷，還有 9 卷未出，也就是說，還有大量的資料未曾與廣大研究者見面。如果僅憑到大圖書館去查找建國前出版的書刊，往往是研究者能力所不可企及的。因此，積極組織有關力量，排除阻礙，迅速出齊「全集」，是加速茅盾文學批評研究進程的一個最基本的、最主要的工作。有的研究者的失誤，不全是觀點的偏頗，而往往是資料占有所造成的。

其次，要調整研究格局。宏觀與微觀研究有機結合，是當前研究的最佳格局。宏觀研究有賴於微觀研究，是在微觀研究的基礎上進行的；但是微觀研究只有在宏觀研究的指導下，才能進行更高層次的研究。兩者相輔相成，缺一不可。

近年來，研究者們注重於宏觀研究，這對於評定茅盾在現代文學批評史的地位和貢獻，描繪其歷史本來面目，發揮了重大的作用。但宏觀研究也僅僅在開始，還缺乏將置於更大的系統範圍去進行宏觀研究。茅盾與同時代的重要的文學批評家相比較，如何獨具特色，其貢獻的高低、差異如何科學地界定；茅盾與世界上同時代的著名文學批評家相比較，又有什麼獨特的貢獻，在中外文化的交流中又發揮了什麼樣的作用等等。

至於從宏觀角度進行專題研究，也有待於開拓。從不同體裁的角度，分門別類地予以解剖；從不同時期的角度，縱橫切入地予以評析；從批評方法的角度，各個突進地予以探索等等，都仍有廣闊的天地。

微觀研究與宏觀研究相比，更不被人們所注重。對茅盾的重要的著名的文學批評論著，單篇進行全面、深入、細緻入微地探討，尚屬罕見。一部《子夜》引來了超過老的數以百計倍數的文字；一篇《白楊禮贊》也引來了超過它的數以百計倍數的文字。而《夜讀偶記》，對它研究的文字，也許字數相等吧；《關於歷史和歷史劇》引來的文字，也許還不足以相等呢。相形之下，研究者們豈不是大有用武之地嗎？當然微觀研究，要有突破，要達到一個新的理論高度，必須在宏觀的指導下進行。如果把《夜讀偶記》置於當時國際、國內的文藝思潮中進行全面地、深入地審視，就會有更新的發現；如果把《關於歷史和歷史劇》置於中國歷史劇的發展進程中進行全面地、深入地考察，就會有更新的開掘。總之，沒有充分、細緻、紮實、深入的微觀研究，宏觀研究勢必成爲空中樓閣、沙灘上築成的大廈，難以有牢固基礎，判斷失誤則更難以避免。

第三，研究的範圍必須拓展。現在研究的範疇，大都侷限於作家作品的文學批評上；茅盾是一個大家，他對於文藝思潮、流派、風格都極爲關注，這方面的著述並不少於作家作品的評析，雖然已有向這些方面拓展的意向，但全面地、系統地、深入地研究，仍然匱乏，尚有開掘之必要。對於茅盾文學批評的形成與發展，似乎也缺乏深入研究，對於他文學批評發展的軌跡，或者說，應劃為幾個階段，似乎也缺乏科學的界定。對於茅盾文學批評所受到的中外文化影響，雖然已有研究，但也嫌空泛，缺乏探幽深微，特別是他站在中外文化的交叉點上而做出的獨特的貢獻，更缺乏充分的剖析。

第四，研究的方法必須多樣化。茅盾的文學批評是一個開放性的體系，僅僅從一個角度掘進，難以全面地探索它的體系。根據當時時代的需要，他選擇了社會歷史批評方法，特別在接受馬列主義以後，而形成的馬克思主義的批評方法，是他歷史進程的必然。但是，他是一個美學鑒賞能力極高的大家，他的文學批評必然有它美學追求而形成的美學觀。從美學角度切入，研究他的文藝批評，還是一個值得開墾的園地。其它，還可以從心理學、倫理學角度去探索他的批評觀。茅盾通古博今，學貫中西，他的批評觀也必然蘊含著各種批評流派的影響，這種研究意向似乎仍不明顯。總之，批評視角、批評方法，都需要多角度地拓展。

主要參考書目

1.《茅盾全集》18 卷，人民文學出版社 1989 年版。
2. 葉子銘選編：《茅盾論創作》，上海文藝出版社 1981 年版。
3. 葉子銘編選：《茅盾文藝雜論集》（上、下），上海文藝出版社 1981 年版。
4.《茅盾評論文集》（上、下），人民文學出版社 1978 年版。
5. 樂黛雲編：《茅盾論現代中國作家作品》，北京大學 1980 年版。
6. 鄭州大學中文系：《茅盾現代作家論》。
7. 孫中田、查國華編：《茅盾研究資料》（上、中、下），中國社會科學出版社 1982 年版。
8. 唐金海等編：《茅盾研究專集》第一卷（上、下）、第二卷（上、下），福建人民出版社 1983 年、1985 年版。
9. 莊鍾慶編：《茅盾研究論集》，天津文藝出版社 1984 年版。
10. 孫中田、周明編：《茅盾書簡》，浙江文藝出版社 1984 年版。
11. 本社編：《憶茅公》，文化藝術出版社 1982 年版。
12. 查國華：《茅盾年譜》，長江文藝出版社 1985 年版。
13. 萬樹玉：《茅盾年譜》，浙江文藝出版社 1986 年版。
14. 莊鍾慶編：《茅盾紀實》，四川文藝出版社 1986 年版。
15. 莊鍾慶：《茅盾史實發微》，湖南文藝出版社 1985 年版。
16. 葉子銘：《論茅盾四十年的文學道路》，上海文藝出版社 1959 年版。
17. 孫中田：《論茅盾的生活和創作》，百花文藝出版社 1986 年版。
18. 邵伯周：《茅盾的文學道路》，長江文藝出版社 1979 年版。
19. 莊鍾慶：《茅盾的創作歷程》，人民文學出版社 1982 年版。
20. 葉子銘：《茅盾漫評》，百花文藝出版社 1983 年版。

21. 李岫：《茅盾比較研究論稿》，北嶽文藝出版社 1988 年版。
22. 李岫編：《茅盾研究在國外》，湖南人民出版社 1984 年版。
23. 全國茅盾研究學會編：《茅盾研究論文選集》（上下冊），湖南人民出版社 1983 年版。
24.《茅盾研究》第 1～4 輯，文化藝術出版社出版。
25. 湖州師專：《茅盾研究》第 2 輯。
26. 朱德發、翟德耀、阿岩：《茅盾前期文學思想散論》，山東人民出版社 1983 年版。
27. 茅盾：《世界文學名著雜談》，百花文藝出版社 1980 年版。
28. 全國茅盾研究學會編：《茅盾九十誕辰紀念論文集》，作家出版社 1987 年版。
29. 查國華、楊美蘭編：《茅盾論魯迅》，山東人民出版社 1982 年版。
30. 李標晶：《茅盾傳》，團結出版社 1991 年版。
31. 北京師範大學中文系文藝理論教研室：《文學理論學習參考資料》。
32. 王永生主編：《中國現代文論選》第一冊，貴州人民出版社 1984 年版。
33. 王永生：《中國現代文學理論批評史》，貴州人民出版社 1986 年版。
34. 司馬長風：《中國新文學史》，昭明出版社 1980 年版。
35. 嚴家炎：《中國現代小說流派史》，人民文學出版社 1989 年版。
36. 王錦厚：《五四新文學與外國文學》，四川大學出版社 1989 年版。
37.《魯迅全集》第 3、4、5、6 集。
38. 中國現代文學研究會編：《在東西古今的碰撞中——對「五四」新文學的文化反思》，中國城市經濟出版社 1989 年版。
39.〔捷〕雅羅斯拉夫·普實克著：《普實克中國現代文學論文集》，湖南文藝出版社 1987 年版。
40.《李健吾文學評論選》，寧夏人民出版社 1983 年版。
41.《胡風評論集》（上、中、下），人民文學出版社 1984、1985 年版。
42.《雪峰文集》（1～4 卷），人民文學出版社 1982～1985 年版。
43. 王鐵仙：《瞿秋白論稿》，華東師範大學出版社 1984 年版。
44. 朱自清：《朱自清序跋書評集》、《新詩雜話》、《你我》，三聯書店 1984 年版。
45. 胡明編：《胡適詩存》，人民文學出版社 1989 年版。
46. 李景彬：《周作人評析》，陝西人民出版社 1986 年版。
47. 王自立、陳子善編：《郁達夫研究資料》（上、下）天津人民出版社 1982 年版。

48.《中國現代作家著譯書目》，書目文獻出版社 1982 年版。
49.《梁實秋散文選集》，林吶等編，百花文藝出版社 1989 年版。
50. 李岫編：《李廣田》，人民文學出版社 1984 年版。
51. 阿英編校：《現代十六家小品》，天津市古籍書店 1990 年版。
52.《三十年代左翼文藝資料選編》，四川人民出版社 1980 年版。
53. 李長之：《魯迅批判》，北新書局 1936 年版。
54.《六十年來魯迅研究論文選》。
55. 李何林編：《魯迅論》，陝西人民出版社 1984 年版。
56. 劉炬：《聞一多評傳》，北京大學出版社 1983 年版。
57.《日本學者研究中國現代文學論文選粹》，吉林大學出版社 1987 年版。
58. 松井博光：《黎明的文學》，浙江文藝出版社 1984 年版。
59. 朱光潛：《詩論》，三聯書店 1984 年版。
60. 尹在勤：《何其芳評傳》，四川人民出版社 1980 年版。
61. 陳孝全：《朱自清傳》，北京十月文藝出版社 1991 年版。
62.《馮雪峰與中國現代文學》，人民文學出版社 1988 年版。
63.《中國現代文學研究叢刊》和《文學評論》的有關論文。

後　記

我對茅盾發生興趣，可以追溯到五十年代的大學生活。

雖然當時塗鴉了一些不成樣子的東西，即使十分要好的學友恐怕也已遺忘，但畢竟在我心靈上刻下了不滅的印跡。當我中斷了二十年多年、企圖重新拾起年輕的「夢」時，卻感到十分的困難。修補了 1957 年寫的《吳蓀甫試論》見了天日之後，再一涉獵資料，才發現茅盾研究已經進入了一個繁榮的時代，面對浩翰的書海，我只能望洋興嘆。但我不甘心從此結束我年輕時的「夢」，還要奮鬥，還要跋涉。後來，面對書桌堆砌的大量資料，忽然明白要想在「書海」中繼續游泳，只能去尋找「淺灘」。

茅盾的貢獻是多方面的，他不僅是一位偉大的作家，而且還是一位偉大的文學批評家。他在現代文學批評史上，曾做出過卓然超群的不朽貢獻，但茅盾研究的指向似乎忽視了這一闊大的空間，我雖然游技不高，也可以從「狗爬」學起，向前徜徉。因此，從發表《茅盾文藝批評特色管窺》起，斷斷續續地寫了關於茅盾文學批評的文章六、七篇，承蒙《青春》、《昭烏達蒙族師專學報》的提攜，得以出世。發表在《青春》1984 年第 9 期上的《茅盾是怎樣培養文學新人的》，竟然引起了茅盾研究專家葉子銘同志注意，1985 年 7 月在湖州召開的「首屆全國茅盾研究講習會」上，他作了「茅盾六十餘年來文學活動的基本特點」的學術報告，曾提到了拙文，當然，對我是一種鼓勵。儘管在游泳中不知嗆了多少水，但畢竟沒有停歇，仍然在繼續學習。

我寫這些文章，往往是有感而發，但其「感」又沒有經過系統的冶煉，零零碎碎，東一錘子，西一鎯頭，布不成陣。意想不到，卻引起了茅盾研究專家莊鍾慶同志的注意，他建議我寫一本《茅盾文學批評論》的專著，我明知自己力不勝任，也欣然同意試試。我依照經過他修改過的寫作提綱著手動筆。

動筆伊始碰到的最大困難，是資料不全。遠外塞域，收集資料，甚爲困難，後經多方搜尋，才獲得了比較豐富但仍不完備的資料。讀者從我所開列的並不完全的參考書目可以得知：如果沒有這些茅盾研究的前輩和同道們凝聚心血的成果，這本書斷然不可能誕生！我踩著也許不是巨人但對茅盾研究有著卓越貢獻的人們的肩膀上在攀登！趁此機會，向我尊敬的先生們表示誠摯的謝意。

在這本書成書的過程中，莊鍾慶教授不吝賜教，多次寄柬，進行指導。如果沒有他的熱情鼓勵和幫助，這本書也斷然不能成活。趁此機會，向我尊敬的莊先生表示誠摯的謝意。

廈門大學出版社在出書難的風潮中，毅然推出「茅盾研究叢書」，爲茅盾研究者們提供一個施展抱負的園地，十分難能可貴。

在我寫作茅盾研究文章時，我的老師——北京師範大學楊占升教授，曾寄書來柬，不斷教誨。趁此機會，向我尊敬的楊先生表示衷心的敬意！

在茅盾研究的領域裡，我只是一名小兵，貢獻甚微，現將這本微薄的小冊子，奉獻給讀者，深感惶恐，萬望讀者多多賜教！

在這本書中，對茅盾文學批評研究中的某些觀點，表示了一些不同看法。雖然自認爲言之有據、言之成理，不少同志仍會提出異義。我誠心誠意、十分迫切地希望前輩和同道們提出批評、指正。

作者　一九九一年四月十八日於紅山腳下